Wolf S. Dietrich

Letzter Abflug Calden

Der Kassel Krimi

Zuerst stirbt ein Mechaniker. Dann stürzt eine einmotorige Propellermaschine bei Hofgeismar in den Wald. Nach offizieller Darstellung Unfälle. Ohne Zusammenhang. Kurz darauf versetzen Morddrohungen gegen Mitglieder einer Bürgerinitiative die Menschen der Region um Kassel-Calden in Unruhe. Die Auseinandersetzung um den Ausbau des Flugplatzes eskaliert. Für die Kasseler Hauptkommissarin Hanna Wolf geraten die Ermittlungen zum Alptraum, denn man gibt ihr zu verstehen, dass an höherer Stelle kein Interesse an der Aufklärung besteht. Sie erwägt, den Fall zu den Akten zu legen. In diesem Augenblick fällt ihr – im wahren Sinn des Wortes – ein weiterer Toter vor die Füße. Ein Unfall? Oder war der Fallschirm des Springers manipuliert worden, wie ihr junger Kollege vermutet?

Im Computer eines der Toten findet die Kommissarin eine Nachricht mit rätselhaftem Inhalt. Ihr kriminalistischer Instinkt erwacht, und sie stürzt sich in die Ermittlungsarbeit. Schon bald erscheinen die vorausgegangenen Unfälle am Flugplatz in einem neuen Licht. Entsetzt erkennt die Kommissarin das Ausmaß der Bedrohung hinter den Ereignissen.

Der Autor

Wolf S. Dietrich studierte in Göttingen Germanistik und Theologie, arbeitete als Lehrer und wissenschaftlicher Mitarbeiter an der Universität Göttingen. Neben seiner Arbeit als Pädagoge schreibt er Kurzprosa und Romane. Der vorliegende Roman ist sein fünfter Krimi. Der Autor ist Mitglied im Syndikat, der Autorengruppe deutschsprachiger Kriminalliteratur.

Wolf S. Dietrich

Letzter Abflug Calden

Kassel Krimi

Prolibris Verlag

Handlung und Figuren entspringen der Phantasie. Ebenso die Verquickung mit tatsächlichen Ereignissen. Darum sind eventuelle Übereinstimmungen mit lebenden oder verstorbenen Personen zufällig und nicht beabsichtigt. Nicht erfunden sind Institutionen, Straßen und Schauplätze in und um Kassel.

Originalausgabe 2. Auflage, März 2003
Herausgegeben von der Buchhandlung Vaternahm

www.prolibris-verlag.de

Titelfoto: Rolf Wagner mit freundlicher Genehmigung
der Firma Businesswings Luftfahrtunternehmen GmbH Calden
Druck: Thiele & Schwarz, Kassel
ISBN: 3-935263-09-0

Ich danke

Jutta Donsbach und Christine Parr
Kristine Schumacher und Lili Seide
für hilfreiche Unterstützung und Ermunterung
sowie Barbara Kunze für fachliche Beratung
in polizeilichen Fragen.
Hermann Schierwater verdanke ich
Informationen zum Fallschirmspringen.
Werner Guth und Wilfried Zaun
danke ich für mundartliche Übertragungen
und der ortsansässigen Verwandtschaft,
den Familien Krug und Steube,
sowie Jörg Schramm und Michael Hönl
für Tipps und Informationen zu
den Schauplätzen.
Nicht zuletzt habe ich
Herrn Ulrich Walther vom
Polizeipräsidium Nordhessen
für Einblicke in Organisationsstruktur
und Räumlichkeiten des
Präsidiums zu danken.

Wolf S. Dietrich

Prolog

Als das Mädchen schrie, legte sich eine Hand über ihren Mund. Jetzt war nur noch ein schwaches Wimmern zu hören. Vorhin hatte sie noch gelacht.

Vorhin.

Während die Jungen sie über den Zaun des Freibades gehoben hatten. Wobei es seine Rolle gewesen war, den Stacheldraht niederzudrücken. Mit angestrengten Augen hatte er die Dunkelheit zu durchdringen versucht. Hannelore trug einen orangenfarbenen Minirock und eine weiße Bluse, die vorn zusammengebunden war. Darunter ihren Bikini, wie sie kichernd zugegeben hatte, als die Jungen sie zum nächtlichen Nacktbaden überredet hatten.

»Aber den behalte ich an,« hatte sie gesagt, »ihr könnt ja nackt baden.«

Im Schwimmbecken hatte sie das Oberteil dann doch gelöst und auf den Beckenrand geworfen.

Hannelore.

Sie lebte in seiner Straße. Seit er ein kleiner Junge war, hatte er ihr langes, schwarzes Haar bewundert, später hatte er sich in ihre dunklen Augen und den hübschen roten Mund verliebt. Noch später, als sie die Haare zu einem Pferdeschwanz gebunden trug, als die kleinen, spitzen Brüste runder und voller geworden waren, und nachdem er die winzigen Härchen entdeckt hatte, die am Beinansatz ihres Badeanzuges hervorkräuselten, war sie seine Geliebte geworden. In seiner Vorstellung. Abend für Abend hatte sie ihn geküsst und gestreichelt. Was niemals lange dauerte.

Sie war eine Schönheit, mindestens zwei Jahre älter als er und schon darum unerreichbar. Hannelore flirtete heftig mit allen jungen Männern des Viertels, aber niemals ging sie länger mit einem. Ihn übersah sie. Man erzählte sich, dass sie jeden fallen ließ, nachdem sie »es« mit ihm getan hatte. Eines Tages, wusste er, würde sie ihn erwählen, ihn küssen und »es« mit ihm tun. Nur mit ihm. Darum *musste* sie ihn vorerst »übersehen«. Und sie würde ihm versichern, dass all die schlimmen Geschichten über sie erfunden waren. Er würde ihr glauben.

Trotz des kühlen Wassers pulsierte sein Blut heiß und drängend. Die leiseste Berührung hätte ihn zur Explosion gebracht. Während die Jungen durch das Becken kraulten oder im Nichtschwimmerabteil versuchten, sich gegenseitig unter die Oberfläche zu drücken, registrierte er aus den Augenwinkeln, dass es den anderen kaum anders erging.

Abwechselnd drängten sie sich an Hannelore, umarmten sie spielerisch, um sie zu tauchen. Aber das Mädchen entwand sich geschickt ihren Griffen, lachte hell und schadenfroh, wenn einer der Jungen nach Luft schnappte und sich die Augen rieb, weil sie seinen Kopf ins Wasser gedrückt hatte.

Ein seltsames Gefühl breitete sich in ihm aus. Stolz? Glück? Zufriedenheit? Er war stolz, weil seine Männlichkeit den anderen ebenbürtig war. Glücklich, Hannelore zu sehen, sie sogar berühren zu können. Zufrieden, weil die anderen Jungen ihn, den Außenseiter, mitgenommen hatten.

Später hockten sie atemlos am Beckenrand. Die Erregung war geblieben und ließ sich trotz der Dunkelheit kaum verbergen. Hannelore tat, als bemerkte sie nichts. Als die Wolkendecke zerriss und Mondlicht hervorbrach, suchte sie nach ihrem Oberteil. Doch einer der Jungen war schneller, schnappte es sich und rannte zur Liegewiese. Hannelore und die anderen im Pulk hinterher. In einigem Abstand folgte er ihnen. Es gab eine Rangelei. Plötzlich war Hannelores Höschen verschwunden. Sie beschimpfte die Jungen und wehrte ihre Hände ab.

Fasziniert und erregt, angezogen und abgestoßen zugleich, starrte er auf den sich windenden Körper. Hannelore war eine Frau, eine richtige Frau. Zum ersten Mal in seinem Leben sah er eine Frau nackt. Helle Haut, hervorspringende Brüste mit dunklen Warzen. Schwarze Haare. Auch da unten. Ein Schauer erfasste seinen Körper, ballte sich zu einem Strom, wirbelte durch den Kopf, den Rücken hinab durch alle Glieder und ging schließlich über in ein unkontrollierbares Zucken. Gerade noch konnte er sich abwenden, damit die anderen nicht sahen, was mit ihm geschah.

Ob sie gesehen hatte ...? Vorsichtig wandte er den Kopf.

Sie wand sich unter den Griffen der kichernden Jungen. Zwei hielten die Beine, einer die Arme. Die Beine waren gespreizt.

»Los, komm«, rief einer der Jungen, »du als erster.«

1

Ich bin ein Mörder.

Einer, der bestraft werden muss. Der sein Leben verwirkt hat. Jedenfalls werden sie es so darstellen. Ihre Sicht der Dinge. Wenn sie darauf kommen. Aber sie werden nicht darauf kommen. Denn in Wahrheit ist es umgekehrt. Wer die Strafe schon bekommen hat, muss auch die Tat begehen dürfen. Die gerechte Tat. Auge um Auge. Wo bliebe sonst die Gerechtigkeit? Sie wussten, was sie taten. Und ich bin ihr Richter. Niemand sonst.

Immer, wenn er mechanische Arbeiten verrichtete, wenn er die Wohnung säuberte, Möbel polierte, Scheiben wienerte oder das Besteck ordnete, kreisten seine Gedanken um die Gerechtigkeit. Oder um die nächste Maßnahme. Alles hing zusammen. Das Schicksal hatte sie hier zusammengeführt. Eine höhere Macht. Wer auch immer. Und dieser Streit. Keine Woche verging ohne einen Bericht in der Zeitung. Er las sie alle. Aufmerksam und gründlich. Schnitt sie aus, klebte sie ordentlich auf. Über hundert Seiten umfasste seine Sammlung. Manchmal las er alle Artikel und Flugblätter noch einmal. Er wusste, wer welche Rolle spielte, hätte für jeden eine aktuelle Stellungnahme formulieren können. Denn sie sagten fast immer das gleiche. Die meisten interessierten ihn nicht. Die Liste in seinem Kopf umfasste nur fünf Namen. Zwei der Männer waren in den Streit verstrickt, einer arbeitete auf dem Flugplatz, einer hatte dort sein Privatflugzeug stehen. Der fünfte würde vielleicht ein Problem sein. Aber auch für ihn würde ihm etwas einfallen.

Sorgfältig wischte er mit dem Staubtuch über den Bilderrahmen und richtete das silbern gerahmte Foto auf der Vitrine wieder aus. Alles hatte seinen Platz. Seit Mutti gestorben war, musste er selbst für Ordnung sorgen. Fast vierzig Jahre hatte sie für ihn gesorgt. Wenn man die fünfzehn abrechnete. Früher auch noch für den Vater, an den er sich nur vage erinnerte. Groß, dunkel, gesichtslos, bedrohlich. Gestorben, bevor sie sich richtig kennen gelernt hatten. Seine Mutter hatte kaum über ihn gesprochen. »Das hast du von deinem Vater«, war der einzige Satz, mit dem sie einmal eine Verbindung zu seinem Erzeuger hergestellt hatte. »Ordnung und Sauberkeit – das hast du von deinem Vater.« Ihm war gleichgültig, woher sein Ordnungsdrang kam. Aber er brauchte ihn.

Ordnung und Sauberkeit gaben ihm Sicherheit. Schmutz sollte es in seinem Leben nicht mehr geben. Nicht die geringste Spur. Dreck machte das Leben zur Qual. Unordnung verursachte Schwindel.

Seit er Muttis Platz eingenommen hatte, verließ er die Wohnung in der Holländischen Straße nur noch selten. Meistens bei Dunkelheit. Die Stadt war voller Schmutz. Dämmerung verdeckte sie. Und sie schützte ihn. Fast unsichtbar konnte er sich in der Stadt bewegen. Niemand nahm ihn wahr. Schon als Kind hatte er gelernt, sich unsichtbar zu machen. Lautlos und mit verhaltenen Bewegungen, farblos und im Schatten. Wenn er nicht aufpasste, stießen wildfremde Leute mit ihm zusammen. Sie übersahen ihn.

Nach dem Staubwischen kam das Saugen. Nicht umgekehrt. Aufgewirbelte Staubkörner sanken zu Boden. Systematisch fuhr die Düse über das Muster des Teppichs, dessen geometrische Formen den Weg vorzeichneten. Keinen Quadratzentimeter durfte man auslassen, denn Staub war immer da, auch wenn man ihn nicht sehen konnte.

In das beruhigend gleichmäßige Geräusch des Staubsaugers mischte sich ein schriller Ton. Die Wohnungsklingel.

Er legte das Saugrohr aus der Hand, ließ den Motor aber weiterlaufen. Wer immer ihn störte, sollte nicht schließen können, dass er den Klingelton vernommen hatte.

Vorsichtig näherte er sich dem Türspion. Kein Grund zur Beunruhigung. Der Postbote hatte das Paket vor der Tür abgestellt und war schon auf dem Treppenabsatz zur nächsten Etage.

Er wartete, bis die Schritte verklungen waren, dann öffnete er geräuschlos die Wohnungstür, nahm das Paket auf und trug es in sein Zimmer. Der Absender verriet den Inhalt. Er hatte die Sendung erwartet. Auf dem Schreibtisch legte er das Paket ab, genau in die Mitte, die Kanten parallel zur Tischkante. Dann kehrte er zum Staubsauger zurück. Bevor er auspackte, musste die begonnene Arbeit zu Ende geführt werden. Nach dem Wohnzimmer waren Bad und Toilette zu reinigen, dann die Küche, zum Schluss der Flur. Das Schlafzimmer seiner Mutter betrat er nur bei Bedarf. Und jeden Samstag. Dann lüftete er ihre Kleider, bezog das Bett frisch und wischte die Dielen. Heute blieb es verschlossen. Bis zum Abend würde ihm ausreichend Zeit bleiben, sich mit dem Inhalt des Paketes vertraut zu machen. Für Mutti gab es heute nichts mehr zu tun.

Prüfend ließ er den Blick durchs Zimmer wandern. Die Gardinen warfen gleichmäßige Falten. Das goldgerahmte Bild über dem altdeutschen Sofa, mit dem Herkules in Öl, hing exakt zwischen den weinroten, laubumrankten Streifen der Tapete, der Schirm der Stehlampe schwebte über dem runden Spitzendeckchen des Beistelltisches. Die Brokatkissen lehnten, sorgfältig in der Mitte geknickt, an den Armlehnen. Alles hatte seine Ordnung. Fast alles. Irgend etwas stimmte nicht.

Auf der Fensterbank. Der Spitz. Statt ins Zimmer blickte der Hund gegen die Wand. Wahrscheinlich war er beim Staubsaugen mit dem Ellenbogen gegen die Porzellanfigur gestoßen. Sorgfältig rückte er sie zurecht. Mutti legte großen Wert darauf, dass der weißgraue Spitz stets freien Blick hatte. Dafür – wie für so vieles – war er jetzt verantwortlich. Nachdem sie aus der Kur in Bennenborn nicht mehr zurückgekehrt war, lag die Verantwortung bei ihm. Für den Hund, für die Wohnung, für alles.

Wenn Mutti jetzt ins Zimmer käme, wäre sie zufrieden.

Er packte den Staubsauger zusammen und schloss die Tür zum Wohnzimmer. Hier war alles in Ordnung.

2

Was soll das Herumgerede? Wir wissen doch alle, worum es hier geht. Ich kriege den Auftrag, und ihr werdet von mir bezahlt. Vorausgesetzt, der neue Flughafen wird überhaupt gebaut. Aber das ist ein anderes Problem. Und dafür müsst ihr euch noch gehörig anstrengen. Sonst gibt's keine Kohle.

Heinz Bollmann musste sich bremsen. Und seine Gedanken für sich behalten. Allzu gern hätte er den Verwaltungsfritzen den Marsch geblasen. Das vornehme Getue seiner Gesprächspartner ging ihm auf die Nerven. Aber das gehörte zum Spiel. Man redete in Andeutungen, lachte laut über Bemerkungen, aus denen man auf Zusammenhänge zwischen Spenden oder Geschenken auf der einen und öffentlichen Aufträgen auf der anderen Seite hätte schließen können, um ihnen den Charakter von Scherzen zu verleihen. Dabei waren die Summen beträchtlich. Für Bollmann Hoch- und Tiefbau stand ein Hundert-Millionen-Auftrag auf dem Spiel, bei der Preisgestaltung waren Provisionen von rund fünf Prozent einzuplanen. Fünf Millionen waren also an Parteien, Behördenvertreter und Bürgerinitiativen zu verteilen. Wenn er den Auftrag bekam. Aber dafür waren sie hier im La Strada. Je vornehmer der Rahmen, desto besser liefen die Gespräche.

Ohne Provisionen ging heute nichts mehr. Sein Vater hatte Ausschreibungen noch durch harte Kalkulationen gewonnen. Seit er den Betrieb übernommen hatte, war statt Kalkulation zunehmend Akquisition angesagt. Nicht dass ihn das störte. Heinz Bollmann hatte keine Skrupel. Und er hatte Freunde in der Landesregierung, die ihm manche Tür öffneten.

Und in den Behörden.

Allein im Hochbauamt der Stadt Frankfurt standen zwei Dutzend Leute auf seiner Provisionsliste. Ohne deren Aufträge sähe es schlecht aus um die Firma. Das Baugewerbe lag am Boden. Bollmanns Unternehmen gehörte zu den wenigen gesunden Betrieben der Branche. Aber dafür musste er sich tummeln. Reden. Geschenke verteilen. Reden. Bisweilen waren die Gesprächsrunden lästig. So wie heute. Vielleicht lag es am Amtsleiter. Der war sonst nicht dabei. Seine Mitarbeiter zierten sich in Gegenwart ihres Chefs wie Jungfrauen. Er musste aufpassen, dass jeder zu seinem Recht kam. Wenn sich einer benachteiligt fühlte, konnte das unangenehme Folgen haben. Trotzdem mussten gewisse Unterschiede gewahrt bleiben. Darum erfuhr niemand, welche Summen in den Umschlägen für die Kollegen steckten.

Bollmann sah unauffällig zur Uhr. Es wurde Zeit. Er hatte noch eine Verabredung. Eine, auf die er sich freute. »Meine Herren«, sagte er, »ich habe den Eindruck, dass wir uns weitgehend einig geworden sind. Wie wäre es mit einem guten Cognac zum guten Schluss?«

Die Gäste in den grauen Anzügen nickten beifällig, und Bollmann erhob sich ächzend aus dem Sessel. »Lassen Sie, ich mache das schon«, brummte er, als ihm ein junger Amtmann zu Hilfe kommen wollte.

Als die Bedienung mit den Cognacschwenkern erschien und sich zu jedem der Herren hinunterbeugte, gab sie den Blick auf ein üppiges Dekolleté frei, zugleich verteilte die goldene Flüssigkeit ihr Aroma im Raum. Beides ließ die Gäste des Bauunternehmers in freudiger Erwartung auf ihren Wohltäter schauen. Der hob sein Glas. »Zum Wohl, meine Herren. Auf gute Zusammenarbeit.« Die Runde nickte ihm zu. Erst als die Gläser wieder auf dem Tisch standen, kam Bollmann zur Sache. »Ich danke Ihnen für Ihren Besuch«, sagte er, »und ich hoffe, wir sehen uns bald wieder. Dann rechne ich mit Ihren Planungsentwürfen zu jeder der drei Varianten.« Und als die Herren etwas irritiert aufsahen, fügte er hinzu: »Ich habe keine Zeit zu verlieren und muss auf jede Entscheidung vorbereitet sein. Und Sie haben bitte Verständnis dafür, dass ich mich am Erfolg Ihrer Bemühungen orientiere.«

Während Bollmann seinen Mercedes über die Ludwig-Mond- und Schönfelder Straße zur Wilhelmshöher Allee lenkte, führte er drei Telefongespräche. Das erste – mit seiner Frau – war kurz. Er teilte ihr mit, dass er später kommen würde und sie nicht auf ihn warten sollte.

Dann wählte er eine Mobilfunknummer. Die raue Stimme der Frau, die ihn begrüßte, versetzte ihn in einen Zustand freudiger Erwartung. »Sieht so aus«, hauchte sie heiser, »als ob hier bald ein starker Ritter auftaucht.«

»Ritter ist gut.« Bollmann kicherte vergnügt. »Aber es stimmt, ich bin auf dem Weg. In zwanzig Minuten steht dein Ritter vor der Tür.«

»Ich hoffe, dass nicht nur der Ritter steht.« Die Stimme schnurrte wie der Bauch einer Katze.

»Worauf du dich verlassen kannst«, gluckste Bollmann. »Mein Schwert ist jetzt schon so scharf wie das von Jung-Siegfried.«

»Dann pass gut auf beim Aussteigen. Bis nachher, mein Held.«

»Bis nachher, mein Burgfräulein.«

In bester Laune betätigte Bollmann erneut die Tastatur. Diesmal wählte er eine Nummer in Wiesbaden, die nur wenigen Personen bekannt war. Während er auf das Rufzeichen lauschte, zogen die Säulen des Bahnhofs Wilhelmshöhe an ihm vorbei. Sein Gesprächspartner meldete sich mit einem kurzen »Ja?«

»Guten Abend, mein Bester, wie geh'n die Regierungsgeschäfte?«

»Ach, du bist's, Heinz. Danke. Ich schätze, nicht schlechter als deine.

Was gibt's?«

»Ich habe heute mit den Leuten aus Kassel wegen des Flughafens verhandelt. Die sind ja ein bisschen zögerlich. Wissen die nicht, dass ihr das Projekt durchsetzen wollt? Ich glaube, die könnten etwas Zuspruch gebrauchen.«

»Ich will sehen, was sich machen lässt. Mach dir keine Sorgen, Heinz. Du bekommst den Zuschlag. In der Öffentlichkeit muss ich mich bedeckt halten. Aber man kann nicht Arbeitsplätze für Nordhessen fordern und gleichzeitig gegen die Verbesserung der Infrastruktur demonstrieren. Das werden wir den Leuten klar machen. Und was die Behörden betrifft, das läuft schon. Es braucht halt alles seine Zeit. Wir müssen vorsichtig vorgehen. Nach allem, was war. Die Ermittlungen in Frankfurt sind auch nicht gerade förderlich. Ich hoffe, du hast deine Leute im Griff. Ich möchte nicht, dass unsere Verbindung ...«

»Keine Sorge«, unterbrach Bollmann. »Die Dilettanten, die sich haben erwischen lassen, und die Schwachköpfe, die sich jetzt freiwillig melden, gehören nicht zu meinen Leuten.«

»Das hätte mich auch gewundert. Also gut. Ich kümmere mich um die Angelegenheit.«

»Sehr gut. Danke. Für euch hätte ich auch noch was. Falls das alte Polizeipräsidium hier am Königstor zu teuer wird, hätte ich einen Interessenten. Französischer Finanzkonzern mit Banken und Versicherungen. Ihr müsstet aber den Denkmalschutz aufheben. Im Augenblick verfällt der Kasten. Daraus ein Museum zu machen, ist sowieso eine Schnapsidee. Und bezahlen könnt ihr's auch nicht. Also überlasst es besser mir. Würde etliche Milliönchen in die öffentlichen Kassen bringen.«

Bollmanns Gesprächspartner lachte leise. »Ich gebe die Anregung weiter, altes Schlitzohr. Garantieren kann ich aber nichts.«

»Ich weiß, das könnt ihr nie. Sollte auch nur ein Vorschlag sein.«

»Ich hab's verstanden, Heinz. Also mach's gut. Schönen Abend noch.«

»Danke, mein Bester, werde ich haben.«

»Die Rote Inge?«

»Du sagst es. Dir ebenfalls einen guten Abend. Bis demnächst.«

Inzwischen hatte der dunkelblaue Mercedes Spielcasino und Schloss Wilhelmshöhe passiert, und Bollmann steuerte routiniert über die kurvenreiche Tulpenallee. Seine Gedanken eilten voraus. Er malte sich aus, wie die Rote Inge ihn empfangen würde. Die Vorstellung bescherte ihm eine angenehme Regung. Als er auf die schnurgerade Rasenallee gelangte, beschleunigte er die schwere Limousine trotz Geschwindigkeitsbeschränkung auf über hundert Stundenkilometer.

3

Folter ist in Deutschland verboten. Das können die doch nicht machen. Warum hilft mir niemand? Ich muss es ihnen sagen. Warum kann ich nicht sprechen? Warum bin ich überhaupt hier? Ich bin doch Hauptkommissarin. Die vergreifen sich an der Staatsmacht. Wissen die nicht, dass sie dafür mindestens fünf Jahr kriegen? Ohne Bewährung.

Der gesichtslose Mann drückte ihren Unterkiefer mit schmerzhaftem Griff nach unten, schob einen Eisenstift in ihren Mund und klemmte ihn so zwischen Ober- und Unterkiefer, dass die spitzen Enden ins Zahnfleisch stachen. Sie schmeckte Blut, spürte den scharfen Schmerz bis in die Ohren und wagte nicht, sich zu bewegen, weil der Dorn sich tiefer in die Kiefer zu bohren drohte. Schweiß sickerte in ihre Augen, brannte scharf und ließ die Konturen der Folterknechte weiter verschwimmen. Angst und Schmerz beschleunigten ihren Atem. Sie keuchte.

Lange halte ich das nicht mehr aus. Noch immer keine Hilfe. Wo bleibt Stöber? Ständig rennt mir der Kerl vor den Füßen 'rum; jetzt brauche ich ihn, und er ist nicht da. Wo ist meine Waffe? Wenn ich die P 6 unauffällig in die Hand bekomme, kann ich den Gesichtslosen vielleicht erwischen. Wieso hat der eigentlich kein Gesicht? Egal. Ich brauche meine Sig Sauer.

Ihre Hand tastete zur Schublade, erwischte die Nachttischlampe. Sie entglitt ihren Fingern und fiel klirrend zu Boden.

Hanna Wolf erwachte.

Heftig atmend richtete sie sich auf und warf die Bettdecke ab. Sie schwitzte, ihr Mund war trocken. Automatisch tastete sie nach dem spitzen Gegenstand zwischen den Kiefern. Aber dort war nichts. Nur der

Schmerz. Langsam kehrte sie in die Realität zurück. Die Leuchtziffern des Radioweckers zeigten vier Uhr. Sie war zu Hause. Keine Folter, kein spitzer Gegenstand. Nur der Schmerz.

Sie stöhnte und schwang die Beine über die Bettkante. Der verdammte Backenzahn. Sie sollte zum Zahnarzt gehen. Stöber hatte ihr einen empfohlen, nachdem er beobachtet hatte, wie sie ihren Kiefer befühlt und vor Schmerz das Gesicht verzogen hatte. Der unbedarfte junge Mann, der seit ein paar Wochen ihr Kollege war, gab ihr Ratschläge! Ihr, die zwanzig Jahre Dienst im K 11 auf dem Buckel hatte, die gerade zur Ersten Kriminalhauptkommissarin ernannt und wegen ihrer erfolgreichen Arbeit vom Polizeipräsidenten belobigt worden war. Ihr wollte er vorschreiben, was sie zu tun hatte? Hanna schüttelte unbewusst den Kopf. Was den Schmerz zu einer neuen Attacke veranlasste.

Eine Weile verharrte sie bewegungslos. Vorsichtig hangelte sie nach der Lampe, stellte sie zurück und erhob sich. Bislang hatten zwei Calvados am Abend den Zahn in Schach gehalten. Jetzt mussten Tabletten her. In gut zwei Stunden war die Nacht zu Ende. Calvados kam nicht in Frage. Mit Fahne ins Büro, das fehlte noch. Kriminaloberrat Wenzel würde mit Vergnügen die Liste ihrer Verfehlungen um einen Punkt ergänzen.

Hauptkommissarin Wolf tappte durch die dunkle Wohnung zur Küche, um in einer der Schubladen nach Aspirin zu suchen. Während sie die Tabletten mit abgestandenem Wasser aus der Leitung hinunterspülte, starrte sie auf die Lichter der Stadt, die unter dem schwarzen Himmel eine milchige Glocke erzeugten. Über die Moritzstraße jagte ein Krankenwagen mit Blaulicht in Richtung Städtische Kliniken. Sie öffnete ein Fenster und sog die frische Nachtluft ein. Der Rettungswagen fuhr ohne Martinshorn.

Dem Patienten geht's schlechter als mir. Vielen Leuten geht's schlechter als mir. Aber das hilft mir auch nicht.

Im Hinterkopf drängte eine unschöne Erkenntnis an die Oberfläche. Sie würde zum Zahnarzt gehen müssen. Und davor hatte sie Angst, panische Angst.

Sie schob das Bild vom ärztlichen Folterstuhl beiseite und wanderte zurück zum Schlafzimmer. An Ninas Tür, die nur angelehnt war, lauschte sie kurz. Ihre Tochter schlief den unbeschwerten Schlaf der Jugend. Ihr Atem ging ruhig und gleichmäßig. Beneidenswert. Wann hatte sie zum letzten Mal so schlafen können? Vor zehn, vor zwanzig Jahren?

Selbst als Nina klein war, nachts gefüttert und gewickelt werden musste, hatte sie besser geschlafen als jetzt. Später hatte sie manche Nacht durchwacht. Als das Kind Keuchhusten hatte. Und während der Trennungsphase. Als sie sich mit der Frage gequält hatte, ob sie des Mädchens wegen weiter mit dem Mann, den sie nicht mehr liebte, zusammenleben sollte. Ob sie ihretwegen seine sexuellen Eskapaden und Verhältnisse ertragen und ohne eigenes Liebesleben auskommen musste.

Das alles war lange vorbei. Spät, aber nicht zu spät, hatte sie die Kraft gefunden, sich zu befreien. War mit ihrer Tochter aus der falschen Idylle des Einfamilienhauses in Kaufungen geflüchtet. Mitten in die Stadt.

Es war die Rückkehr ins Leben gewesen.

Und in den Beruf. Und jetzt war es die Arbeit, die ihr den Schlaf raubte. Verrückt. Sie liebte ihren Job. Gleichzeitig litt sie unter seinen Anforderungen. Sie arbeitete zuviel. Das Kommissariat 11 war chronisch unterbesetzt. Die anderen auch. In ganz Hessen fehlten tausend Beamte. Wie sollten sie die Verbrechensquote verringern, wenn dafür die Leute fehlten? Immerhin hatte sie jetzt wieder einen Partner. Ein Anfänger zwar, aber tüchtig. Hanna Wolf lächelte unbewusst. Stöber. Der junge Kollege hatte so etwas Erfrischendes. Voller Eifer, fast ungestüm, brannte er darauf, dem Verbrechen Einhalt zu gebieten – in Kassel und möglichst auch im Rest der Welt. Und er bewunderte sie, fast hatte sie den Eindruck, dass er sie verehrte. Das tat ihr gut.

Vor der Schlafzimmertür machte sie kehrt und tastete sich ins Bad.

Die Nadelstiche im Kiefer schienen nachzulassen, trotzdem kehrte der Schlaf nicht zurück. Sie starrte auf die digitale Anzeige der Uhr und fragte sich, ob sie sich krank melden sollte. Unausgeschlafen, mit geschwollener Wange, wahrscheinlich auch mit dunklen Ringen unter den Augen und tieferen Falten als sonst, würde sie gut ins Kriminalmuseum passen. Als Leiche. Mitleidige Blicke und mitfühlende Kommentare waren das Letzte, was sie heute gebrauchen konnte. Aber dann würde Stöber allein ermitteln. Und das vertrug sich nicht mit dem diffizilen Fall, an dem sie gerade arbeiteten. »Würger von Wehlheiden« hatte dieser Journalist vom Kasseler Kurier den unbekannten Vergewaltiger betitelt, den sie seit fast einem Jahr zu fassen versuchten. Seinen Kommentar hatte Stöber ausgeschnitten und an die Wand gepinnt.

Wie schön, dass unsere Polizei so ein komfortables Domizil bekommen hat. Der Neubau am Grünen Weg bietet alles, was zu moderner Polizeiarbeit gehört. Fragt sich nur, ob die Herren und Damen Beamten neben der Verwaltung ihrer Residenz noch Zeit für die Verbrechensbekämpfung finden. Vielleicht sind die Bürosessel ja auch zu bequem. Der Steuern zahlende Bürger fragt sich jedenfalls, wie die nordhessischen Schimanskis, Derricks oder Bienzles ihre Zeit verbringen. Es braucht schon eine Portion Glück, um in der Stadt mal einer Streife zu begegnen. Und die Kripo? Bald jährt sich der Tag, an dem der Würger von Wehlheiden zum ersten Mal zugeschlagen hat. Inzwischen gibt es eine Tote. Von Fahndungserfolgen ist nichts zu hören. Muss es erst weitere Opfer geben?

Dabei hatten die Kolleginnen und Kollegen vom K 12, dem Kommissariat für Sittendelikte, ihr Bestes getan. Trotz unzähliger Überstunden, die sie vor sich her schoben. In allen Fällen war es dem Mann gelungen, für seine Opfer unsichtbar zu bleiben. Mit einer Schlinge um den Hals hatte er sie in Schach gehalten, während er sich an ihnen verging. »A tergo« stand in den Protokollen. Eine der Frauen hatte registriert, dass er teure Schuhe trug. Sie war Schuhverkäuferin, und das feine Muster der Cavallo Oxford Fullbrogue hatte sich in ihr Gedächtnis gefressen. Doch hatte sich gezeigt, dass die wenigen Käufer dieser Schuhe fast ausnahmslos bar gezahlt und somit ihre Personalien nicht hinterlassen hatten.

Das vierte Opfer war gestorben. Eingedrückter Kehlkopf. Nun lag der Fall bei Hanna Wolf. Tötungsdelikte, Raub und Erpressung fielen in ihr Kommissariat. In mühevoller Kleinarbeit hatten Stöber und sie ein Täterprofil entworfen, das aber noch viel zu vage war. Und noch war nicht sicher, ob sie es mit nur einem Täter zu tun hatten. Sicher war nur, dass das Opfer ebenfalls mit einer Schlinge gewürgt worden war. Und sie hatten sein Sperma. Keine der Frauen war nach dem Schock des Überfalls so geistesgegenwärtig gewesen, so klar denkend gewesen, sofort zum Arzt zu gehen. Alle Opfer hatten sich nach mehreren Tagen oder Wochen, einige erst nach dem ersten Zeitungsbericht, gemeldet. Aber an der Toten waren eindeutige Spuren gefunden worden. Mit einem DNA-Vergleich würden sie den Täter überführen. Wenn sie ihn hätten.

Ärger kroch in ihr hoch, als ihr bewusst wurde, dass sie über den Fall grübelte. Wie oft hatte sie sich geschworen, zu Hause nicht an ihre Arbeit zu denken, schon gar nicht nachts. Aber die Gedanken krochen unaufgefordert hoch und besetzten das Bewusstsein.

Noch eineinhalb Stunden bis zum Wecken. Hanna Wolf seufzte und warf sich auf die andere Seite. Im Backenzahn reagierte der entzündete Nerv mit einem gedämpften Stich. Wütend warf sie die Bettdecke von sich und knipste die Lampe an. Im Nachtschränkchen fand sie die Notfall-Packung Zigaretten. Wieder schlich sie in die Küche, zündete sich eine Zigarette an und öffnete das Fenster. Nina würde schimpfen, wenn sie Rauchgeruch bemerken würde. Nein, angiften würde sie ihre Mutter. Du stinkst, würde sie rufen, angeekelt das Gesicht verziehen und ihr einen Vortrag halten. Über Luftverpestung und Umweltverschmutzung, Lungenkrebs und Magengeschwüre, Hautalterung und Schlaganfälle.

Und sie würde nichts erwidern, weil sie ja wusste, wie Recht ihre Tochter hatte.

Bis das Kind aufsteht, hat sich der Rauch verflüchtigt.

Hanna spülte die Asche in den Ausguss.

Wenn dieser Fall gelöst ist, gebe ich das Rauchen auf. Ganz bestimmt.

Sie beschloss, schon vor der üblichen Zeit ins Präsidium zu fahren. Um diese frühe Stunde würde sie die Akte in Ruhe noch einmal durchgehen können. Irgendwo musste es einen Ansatzpunkt geben.

4

Hanna hat wieder geraucht. Wie kann eine erwachsene Frau nur so blöd sein. Das Schärfste ist, sie glaubt, ich merke das nicht. Ordentlich lüften, und Ninalein riecht nichts. Ich könnte ihr eine reinhauen. Dabei hat sie's überhaupt nicht nötig. Jüngste Hauptkommissarin, vorzeitige Beförderung, Belobigung vom Polizeipräsidenten. Alle bewundern sie. Allein erziehend und erfolgreich im Beruf. Gut aussehend. Na ja, was die alten Kerle so finden. Blond und dicke Titten. Darauf stehen die ja. In Wahrheit hat sie Übergewicht. Und Falten hat sie auch. Sonst ist sie ja ganz okay. Lässt mir ziemlich viel Freiheit. Nur in letzter Zeit zickt sie 'n bisschen 'rum. Wegen dieses Würgers. Na ja, Berufskrankheit. Aber man kann mit ihr reden. Meistens jedenfalls. Die Qualmerei ist natürlich Scheiße. Aber vielleicht kriegt sie ja doch noch die Kurve. Wenn schon nicht wegen der Gesundheit, dann vielleicht wegen der Falten. Das nervt sie echt, dass ihre Haut nicht mehr so glatt ist.

Die HNA lag noch aufgeschlagen auf dem Tisch. Während Nina Wolf ihr Müsli rührte, fiel ihr Blick auf die Schlagzeile im Lokalteil. »Kassel-Calden: Arbeitsplätze für die Region.«

Hastig glitten ihre Augen über die Zeilen. »Diese Schweine«, flüsterte sie, »die stecken doch alle unter einer Decke.« Diesmal war es die Industrie- und Handelskammer, die sich für den Ausbau des Flughafens stark machte.

Nach einer Studie, die im Auftrag der Industrie- und Handelskammer (IHK) erstellt wurde, würden durch den Ausbau des Flughafens Kassel-Calden mittel- und langfristig 1350 neue Arbeitsplätze entstehen. Wie der Hauptgeschäftsführer der IHK in Kassel mitteilte, handle es sich dabei noch um zurückhaltende Prognosen. Nach den Worten des IHK-Präsidenten wäre ein ausgebauter Flughafen für Kassel ein grandioser Erfolg. Nach fünfundzwanzig Jahren Arbeitsplatzabbau in der Region werde durch den Flughafen die Chance eröffnet, dass Nordhessen beschäftigungspolitisch nicht weiter austrocknet.

»Wer's glaubt, wird selig.« Nina fegte die Zeitung vom Tisch und knallte die Müslischale auf die Platte. Sie musste telefonieren.

»Hast du schon die Zeitung gelesen?«, rief sie ohne Einleitung in den Hörer, als Dieter sich meldete.

»Guten Morgen, erstmal. Nina, bist du das?«

»Ja, natürlich. Hast du die Zeitung gelesen? Ein Riesenartikel. Auf der ersten Lokalseite. Wir müssen unbedingt eine Gegen...«

»Nina, nun mal langsam. Ich muss gleich zur Schule. Wir können heute Nachmittag ...«

»Aber dann kommt unsere Stellungnahme vielleicht zu spät. Da muss man doch sofort dagegen halten. Sonst glauben die Leute den Mist. Das setzt sich doch fest.«

»Wenn wir übermorgen drinstehen, lesen das mehr Leute, Nina. Das ist dann die Wochenendausgabe. Wär' doch auch nicht schlecht. Und wir können in Ruhe formulieren. Und eine gründliche Gegenrechnung machen. Das bringt mehr. Glaub mir, auf den einen Tag kommt es nicht an.«

»Wahrscheinlich hast du Recht«, seufzte Nina Wolf. »Wie immer. Ich hab mich nur so tierisch aufgeregt, weil ..., na, weil die immer wieder was behaupten, was gar nicht stimmt, und dann ... und wir ...« Sie verhedderte sich.

»Mach dir keine Sorgen, Nina. Wir stellen das schon richtig. In aller Ruhe. Wenn du Zeit hast, komm heute Nachmittag zu uns. Dann entwerfen wir den Text gemeinsam. Jan ist auch da.«

»Okay, ich komme.«

»Also bis dann. Wenn du Zeit hast, kannst du vielleicht schon mal die Zahlen aus dem FAG-Gutachten raussuchen. Mit so vielen Arbeitsplätzen haben noch nicht mal die gerechnet. Wenn wir denen die eigenen Zahlen um die Ohren hauen können, ist das besonders wirkungsvoll. Du hast doch die Unterlagen?«

»Na klar, habe ich die. Ich suche alles raus, was wir zum Thema Arbeitsplätze haben.«

»Prima. Dann mach's gut, Nina, ich muss jetzt los.«

»Ciao, Dieter. Bis heute Nachmittag.«

Nina ließ den Hörer auf den Apparat gleiten und wanderte pfeifend zurück zur Küche. Die Wut war einem besseren Gefühl gewichen, einer Mischung aus Streitlust und Zuversicht.

Gemeinsam sind wir stark.

Das hatte sie zwar schon in der Schule gelernt. Aber begriffen hatte sie den Satz erst vor wenigen Monaten. Als sie ihren alten Lehrer wieder getroffen hatte. Als Sprecher einer Bürgerinitiative gegen den Ausbau des Flugplatzes Calden zum Regionalflughafen.

Herr Dombrowski war jetzt Dieter für sie. Am Anfang war es komisch gewesen, den Lehrer zu duzen. »Wir duzen uns hier alle«, hatte er gesagt. Dabei war er schon ziemlich alt. Fünfzig oder so. Und hatte 'ne Halbglatze. Dieser Vorname war ja auch von vorgestern. Zu Anfang war er ihr kaum über die Lippen gekommen. Inzwischen hatte sie sich daran gewöhnt. Und war auch ein bisschen stolz. Dieter nahm sie ernst. Gab ihr wichtige Aufgaben. Behandelte sie als Erwachsene. Das beflügelte sie. Der Abstieg von der Abiturientin zum Erstsemester war ziemlich frustrierend gewesen. Durch die Arbeit in der Bürgerinitiative war ihr Selbstbewusstsein wieder gewachsen. Zwar war sie weit davon entfernt, die Rechtsexpertin zu sein, die die anderen in ihr sehen wollten – nur, weil sie ein Jura-Studium begonnen hatte, aber sie genoss die Anerkennung, die sie ihr entgegenbrachten.

Sie würden also eine Stellungnahme für die Presse formulieren. Und Jan würde da sein. Sie freute sich auf den Nachmittag.

*

Nina Wolf. Aus der rundlichen Raupe ist ein Schmetterling geworden. Ein richtig hübsches Mädchen. Und so aufgeweckt. Und dieses Gerechtigkeitsempfinden! Warum hat unsere Tina so wenig davon? Für ihr rundes Gesicht kann sie ja nichts. Aber diese Behäbigkeit. Und kein gesellschaftspolitisches Interesse. Nur ihr Studium. Psychologie. Brotlos und sinnlos. Nina studiert Jura. Das passt zu ihr. Sie will Gerechtigkeit. Immer und überall. Ohne Kompromisse. Mit ihrer Ausstrahlung wird sie Erfolg haben. Hoffentlich bleibt sie auf der richtigen Seite. Die Mutter bei der Kripo. Das kann zu Konflikten führen. Na ja, ich hab ja offenbar auch ein bisschen Einfluss. Vielleicht kann ich sie aufbauen. Als Leitfigur. Jugend gegen Kapitalinteressen. So darf man's natürlich nicht nennen. Jugend für das Leben. Ohne Fluglärm. Das klingt besser.

Dieter Dombrowski lenkte seinen dunkelblauen Passat auf den Parkplatz für Lehrkräfte und schlüpfte durch den hinteren Eingang in den Klassentrakt. Er war spät dran, das musste niemand mitkriegen.

Früher war er niemals zu spät gekommen. Aber mit den Jahren war ihm das Berufsethos abhanden gekommen. Schüler waren heute unwillig, unruhig und leistungsschwach. Klassenarbeiten, die er vor Jahren im siebten Jahrgang eingesetzt hatte, wurden heute kaum von Zehntklässlern bewältigt. Eltern schienen wenig Interesse daran zu haben, ihren Kindern die schulischen Verpflichtungen klarzumachen. Sie meldeten sich nur, wenn dem Kind Ungemach drohte, im Schulbus Sitzplätze fehlten oder das Essen in der Schulmensa nicht schmeckte.

Am meisten litt Dombrowski unter dem Desinteresse seiner Schüler an politischen und gesellschaftlichen Fragen. Der Griff der Parteien nach dem Staat und die soziale Schieflage durch profitorientierte Globalisierung waren ihnen ebenso schnuppe wie Bürgerrechte und Arbeitnehmerinteressen. Zu seiner Zeit waren sie gegen Notstandsgesetze und Fahrpreiserhöhungen auf die Straße gegangen. Die heutigen Schüler wurden allenfalls munter, wenn um das Verbot von Handys im Unterricht gestritten wurde.

Hin und wieder gab es Lichtblicke. Junge Menschen, die mehr im Kopf hatten als Klingeltöne, Piercings und Tattoos. So wie Nina Wolf. Die junge Frau war ein unschätzbarer Gewinn für die Bürgerinitiative, irgendwie belebend. Auch für ihn.

5

Eigentlich gehört das ja nicht zu meinen Aufgaben. Aber was tut man nicht alles. Wenn wir den Umbau nicht rechtzeitig schaffen, geraten wir mit den Wartungsarbeiten in Rückstand. Und dann springen Kunden ab. Scheiß-Abhängigkeit. Der Alte weiß genau, wie er unsereinen packen kann. Wenn's der Firma gut geht, schenkt einem keiner was, und wenn's mal nicht so rosig aussieht, erst recht nicht. Dann darf man unbezahlte Überstunden machen. Um den Job zu retten. Was soll's. Noch zwei, drei Tage, dann läuft alles wieder normal. Und ich kann mich weiter um die Cessna von Steinfels kümmern.

Bernd Wieland trug Ohrenschützer. Den Lärm spürte er trotzdem. Mit jeder Faser seines Körpers. Die gesamte Halle der Aviatec schien zu vibrieren. Langsam fraß sich der schwere metallene Bohrhammer in den Betonsockel und übertrug sein ohrenbetäubendes Hämmern auf die Hallenwände. Deren Wellblechflächen verstärkten den Krach um ein Vielfaches. Kein Wunder, dass der Flugzeugmechaniker zusammenschreckte, als ihn eine Hand an der Schulter berührte. Er wandte den Kopf, erkannte den Besucher und schaltete den Bohrhammer aus. Dann zog er die Ohrenschützer herab. »Ach, du bist's, Georg.«

»Lass dich nicht stören«, erwiderte der Mann im blauen Blazer, »ich wollte nur mal nach meiner Liebsten sehen. Hast du die Kontrolle schon gemacht?«

Wieland nickte. »Habe ich vorgezogen. Sonst wäre ich diese Woche nicht mehr dazu gekommen. Du siehst ja, was hier los ist. Die Verankerung für die Stütze der neuen Laufkatze muss ich selber einbauen. Sparmaßnahme. Aber nächste Woche bin ich damit durch. Dann läuft's hier wieder normal. Dann können wir uns in Ruhe um den Einbau des neuen Transponders kümmern. Außerdem ist mein Kollege wieder da. Ich ruf' dich an. Mit deinem Flieger ist alles in bester Ordnung.«

»Prima. Danke auch, dass du die Maschine so gut abgedeckt hast.« Er wies erst auf das von Plastikplanen bedeckte Flugzeug und anschließend auf das Loch im Beton vor den Füßen des Mechanikers. »Das staubt ja ganz schön.«

Bernd Wieland wischte sich den Schweiß von der Stirn. »Allerdings! Entschuldige, Georg, aber ich muss weitermachen. Will diese Woche noch fertig werden. Außerdem ist es besser, wenn dich der Alte hier nicht sieht. Der hat immer Angst, dass ich für dich was unter der Hand mache.«

»Ist in Ordnung, Bernd. Ich geh' schon. Vielen Dank, dass du die Maschine schon fertig gemacht hast. Möchte in den nächsten Tagen nach Sylt. Und ...«

»Verstehe«, grinste Wieland wissend. »Die kühle Blonde aus dem hohen Norden. Kannst dich auf mich verlassen.«

»Danke, Bernd. Und schönen Gruß zu Hause.«

Eilig strebte der Besucher zum Tor der Halle und verschwand winkend durch den hellen Spalt zwischen den Rolltoren.

Bernd Wieland rückte die Ohrenschützer zurecht und schaltete den Bohrhammer ein.

Als sich wenig später eine graue Gestalt durch die Öffnung ins Halleninnere schlich, war der Mechaniker in seinen Gedanken bei seinem Jugendfreund Georg Steinfels. Wie unterschiedlich sich ihre Wege entwikkelt hatten. Jahrelang nichts voneinander gehört. Dann auf dem Flugplatz wieder getroffen. Georg hatte studiert. Medizin. Vor einem Jahr war er aus Heidelberg zurückgekehrt, um sich in Calden niederzulassen.

Nun waren sie alle wieder hier. Eigentlich müsste man sich mal treffen. Erinnerungen austauschen. War lange her, dass er und Georg, Kalle und die anderen auf Mopeds die Gegend unsicher gemacht hatten. In Vellmar und Heckershausen und in den umliegenden Dörfern. Georg fuhr eine Kreidler-Florett, Chris und Rolli jeder eine NSU-Quickly, Kalle besaß eine Zündapp Combinette. Nur er war Fahrradfahrer gewesen. Für ein Moped hätte das Geld nicht gereicht. Aber Georg nahm ihn auf den Soziussitz, wenn sie in die Nachbarorte fuhren. Fast immer ging es um Mädchen. So hatte er auch Marie-Luise kennen gelernt. Verliebt hatten sie sich erst später, nach der Lehre. Und nun war bald Silberhochzeit. Unglaublich, wie die Zeit vergangen war. Georg war noch immer auf der Jagd. Schon zum dritten Mal verheiratet. Und jetzt hatte er diese Blondine aus Westerland an der Angel. Höchstens halb so alt wie Steinfels. Und er musste als Alibi herhalten. Oder Georgs Frau was von Orientierungsflügen und Pilotentreffen erzählen.

Bernd Wieland schüttelte unbewusst den Kopf und schaltete den Bohrhammer aus. Die plötzliche Stille rauschte in seinen Ohren. Während er mit der einen Hand die Maschine hielt, angelte er mit der anderen in der Hosentasche nach seiner Armbanduhr. Fast eine Stunde bis Feierabend. Er zögerte. Dann ließ er die Uhr wieder in die Tasche gleiten und rückte die Ohrenschützer zurecht. Er würde die Zeit nutzen, um diese verdammten Löcher fertig zu bohren. So konnte er morgen schon die Schrauben verankern und einbetonieren. Und musste nicht noch einmal mit dieser Bohrerei anfangen.

Entschlossen packte er den Bohrhammer und drückte den Einschaltknopf. Die Maschine rührte sich nicht. »Verdammt«, knurrte Wieland, »auch das noch«. Dann drang ein leises, aber vertrautes Geräusch an sein Ohr.

Ein Stecker fuhr in eine Steckdose.

Der Schlag warf ihn nach vorn. Für den Bruchteil einer Sekunde fragte sich Wieland, was in seinem Körper vor sich ging. Er riss den Mund auf, um nach Luft zu schnappen, dann schlug er der Länge nach auf den Betonboden. Die Hitze in den Handflächen spürte er schon nicht mehr.

Minutenlang hielt die Totenstille an. Dann eilte eine Gestalt durch die Halle, nestelte an der Befestigung der Abdeckplane, zog die Plastikfolie so weit vom Bug der Cessna 172, dass die Triebwerksverkleidung freilag. Zügig, aber ohne Hast, löste der Mann die Verschlüsse und stellte die Klappe auf. Dann öffnete er die Abdeckung des Öleinfüllstutzens und die Ölablassschraube, ließ einige Liter des Motoröls in einen Eimer fliessen, verschloss die untere Öffnung wieder und füllte aus einem Kanister eine dunkle Flüssigkeit nach. Gründlich entfernte er alle Öltropfen und sonstigen Spuren mit einem Lappen, stellte Eimer und Kanister beiseite und wandte sich dem Leitwerk zu. Am Höhenruder war ein Stift auszuwechseln. Mit einer Zange entfernte er einen kleinen Splint, zog den Stift heraus, setzte einen anderen an die Stelle und sicherte ihn mit einem Splint, den er selbst hergestellt hatte, gegen Herausfallen.

Sorgfältig musterte er sein Werk. Die kleine Veränderung würde niemandem auffallen. Und der Eigentümer der Maschine war bei der Vorflugkontrolle nicht besonders gründlich. Das hatte er oft genug beobachtet. Nachdem er den Eimer an seinen Platz neben dem Altölcontainer zurückgestellt hatte, nahm der Mann den Kanister und verschwand geräuschlos aus der Halle.

6

Wenn diese blöden Vorschriften nicht wären. Und die Kollegen nicht so lahmarschig. Ich krieg hier noch die Krätze. Wenn ich könnte, wäre ich schon am Flugplatz. Aber nein, erst muss Frau Kriminalhauptkommissarin wieder da sein. Und wenn sie nicht mehr kommt? Wenn der Doktor sie krank schreibt? Sie sah ja ziemlich schlimm aus. Aber wie ich sie kenne, kommt sie direkt vom Zahnarztstuhl wieder hierher. Aber ob wir dann rausfahren? Wahrscheinlich will sie erst mit dem Arzt reden. Und dann mit den Kollegen, die zuerst am Unfallort waren. Zwei Telefonate. Womöglich vergeht 'ne halbe Stunde. Und ich darf hier die Akten sortieren. Oder muss Vermerke schreiben. Hanna ist ja spitze in ihrem Job. Und 'ne klasse Frau. Erinnert mich an Frauenfiguren in alten Filmen. In denen die Frauen noch Formen hatten. Wie hieß die noch, die in »Spiel mit das Lied vom Tod« ... die Witwe ... Claudia Cardinale. Ge-

nau. Nur, dass Hanna blond ist. Und immer so ... beherrscht.

Vom Hauptbahnhof wehte der schrille Pfiff einer Lokomotive herüber, begleitet vom Kreischen schwerer Eisenräder, die gegen den Widerstand gekrümmter Schienen und Weichen auf ihren Weg gezwungen wurden. Florian Stöber beugte sich vor und beobachtete den Güterzug, der langsam auf eines der Abstellgleise beim Zollamt rollte. Die rote Rangierlok löste sich, hielt inne und entzog sich seinem Blick.

»Na, Stöber, spielen wir wieder Eisenbahn?«

Hauptkommissarin Wolf stand in der Tür und griente. Ein bisschen verzerrt, fand Florian, aber sie schien wieder bei Laune zu sein. Heute morgen hatte sie ihn nur angemuffelt. Sie musste schon länger im Büro gewesen und die Akte des Würgers studiert haben, als er gekommen war. Dabei hatte er sich Mühe gegeben, besonders pünktlich zu sein. Aber wie immer, wenn er sich von seiner besten Seite zeigen wollte, ging es prompt schief.

»Ich muss zum Zahnarzt«, hatte sie gemurmelt, auf ihre Wange und dann auf den ebenso unförmig angeschwollenen Hefter gezeigt. »Lies dir noch mal die Vernehmungsprotokolle durch. Aber sorgfältig. Und schreib alle Hinweise zur Kleidung heraus. Wer so edle Schuhe trägt, läuft nicht im Jogginganzug 'rum. Vielleicht kommt der Herr ja aus besseren Kreisen.«

Was für ein Stumpfsinn, hatte er gedacht, aber nur ergeben genickt und sich die Akte herübergezogen. Er wusste genau, wann er auf Widerspruch verzichten musste. Normalerweise war Hanna ziemlich locker. Aber manchmal schwang ein Unterton mit, der ihre entschlossene Seite erkennen ließ. Besser, man hielt sich dann zurück.

»Wir haben einen neuen Fall«, sagte Stöber und ließ sich auf den Bürostuhl zurückfallen. Demonstrativ hielt er seiner Kollegin eine Notiz unter die Nase. »In Calden. Toter Mechaniker in einer Flugzeugwerft. Aviatec oder so ähnlich.«

»Und? Was sagt der Arzt? Was sagen die Kollegen?«

Stöber seufzte innerlich. Er hatte es gewusst.

»Tod durch Stromschlag. Könnte auch ein Unfall gewesen sein. Allerdings ...«

»Was sollen wir dann damit?« Hanna Wolf warf ihre Jacke über den Garderobenhaken und ließ sich vorsichtig auf ihrem Bürostuhl nieder.

Die Wirkung der Spritze ließ nach, Erschütterungen jeder Art waren zu vermeiden.

»Die Umstände sind etwas merkwürdig. Der Mechaniker hat schon den ganzen Tag mit einem Bohrhammer gearbeitet. Und plötzlich stand das Ding unter Strom.« Er überflog die Notiz. »Metallgehäuse ... fest umklammert ... arbeitete allein ... Kabel und Anschlüsse nicht beschädigt.« Stöber sah auf und riskierte einen fragenden Blick. »Vielleicht sollten wir ...«

»... gleich mal rausfahren?« Hanna Wolf verzog das Gesicht. »Ohne konkreten Anhaltspunkt für ein Tötungsdelikt? Erst will ich den Arzt sprechen. Und du rufst bitte die Kollegen an, die den Unfallort untersucht haben. Lass dir die Einzelheiten schildern. Dann sehen wir weiter.« Sie wies auf das Blatt in Stöbers Händen. »Hast du da die Nummer des Arztes? Wo ist eigentlich Isabella?«

»Señorita Rodriguez hat einen Termin bei Ober-Wenzel. Es geht um ihren Vertrag. Ob er noch mal verlängert wird oder nicht oder ob sie unbefristet eingestellt wird.«

Hanna sprang auf. »Das sollte doch keine Frage mehr sein. Ich muss dem Wenzel wohl noch mal auf die Füße treten. Wir brauchen Isabella. Was denkt der sich? Wir können doch hier nicht auf Dauer mit wechselnden Vertretungen arbeiten. Frau Rehberg geht nach der Kur in Rente. Das weiß der doch.«

Stöber zuckte mit den Schultern. »Inhaber höherer Ämter sind mit höherer Weisheit gesegnet. Das wissen wir doch. Außerdem sparen die, wo sie nur können.«

»Aber nicht mit mir.« Hanna Wolf fegte aus dem Zimmer und schlug die Tür hinter sich zu. Stöber grinste. Vor seinem inneren Auge sah er, wie die Hauptkommissarin dem Kriminaloberrat die Leviten las. Ohne Wenn und Aber und ohne Luft zu holen. Wenzel würde sich hinter seinen Schreibtisch ducken und immer kleinlauter werden.

Er griff zum Hörer, um zuerst die Kollegen vom zweiten Polizeirevier in Vellmar anzurufen.

Als er nach dem dritten Telefonat den Hörer auflegte, sprang die Tür auf. Hanna. Mit Isabella Rodriguez im Schlepptau. Isabella sah verheult aus. Aber sie strahlte. »Hanna hat's geschafft. Ich bleibe. Nächste Woche lade ich euch ins La Frasca ein.«

»Danke für die Einladung, Isabella. Wir freuen uns.« Hauptkommissarin Wolf klang herzlich, aber damit war das Thema für sie auch schon erledigt, und sie beugte sich über Stöbers Notizen.

»Mit dem Arzt hast du schon gesprochen? Siehst du – wahrscheinlich doch ein Unfall. Arbeitsunfall. Ist auch besser für die Witwe. Also nichts für uns. Tut mir ja leid für dich, Stöber. Kein Ausflug nach Calden.« Hanna Wolf zeigte auf die »Würger«-Akte. »Wir können uns weiter auf den da konzentrieren. Was hast du herausgefunden?«

7

Verdammte Scheiße. Und ich war noch kurz vorher bei ihm. Gut, dass er wenigstens die Kontrolle noch gemacht hat. Ist doch ein besseres Gefühl. Der Transponder hat Zeit. Armes Schwein, der Wieland. Hat immer nur gearbeitet. Für Frau und Kinder. Und das Haus in Grebenstein. Aber so kann's gehen. Dabei war der immer so genau. Und auf Sicherheit bedacht. Der zuverlässigste Mechaniker weit und breit. Dass so einer am Stromschlag krepiert ... Ironie des Schicksals. Schade auf jeden Fall. Nur gut, dass sie mich geholt haben. Ein Kollege hätte vielleicht den Totenschein ... Nachforschungen können wir hier nicht gebrauchen. Mysteriös ist die Sache schon. Hoffentlich konnte ich die Bullen überzeugen, dass es ein Unfall war. Einen, der sich wie Wieland um die Maschine kümmert, finde ich jedenfalls so schnell nicht wieder. Vor allem keinen, der Katja am Telefon ... Verdammt, ich muss ja dafür sorgen, dass Katja ... kann ich auch mal selber machen. Vom Handy aus. Der Anruf kann ebenso gut aus Mannheim kommen wie aus Westerland.

Georg Steinfels verstaute die Reisetasche im Gepäckfach und legte den Kleidersack auf die Rückbank. Dann umrundete er die Maschine, zog den Staurohrschutz ab und warf einen Blick auf die Statik-Ports. Obwohl es ihm überflüssig erschien, öffnete er die Klappe über dem Ölmessstab, zog ihn heraus und kontrollierte den Ölstand. Weitere Überprüfungen schenkte er sich, schließlich hatte Wieland gerade erst die Hundert-Stunden-Kontrolle durchgeführt. Und auf Wielands Arbeit war Verlass. Absolut. Er rollte die Maschine aus der Halle und schob das Tor wieder zu.

Dann schwang er sich auf den Pilotensitz und legte das Kniebrett neben sich auf den Sitz. Auf der Strecke nach Westerland erwartete ihn bestes Flugwetter. Zwei Achtel Bewölkung, leichter Wind aus Nordwest, Sicht acht Kilometer oder mehr. Er kannte die Strecke, würde den Autopiloten auf die Flugfunkfeuer Hannover, Bremen und Westerland programmieren und ihn erst kurz vor Hörnum wieder abschalten.

Einzelheiten der Strecke waren nicht mehr sonderlich interessant. Wichtiger war, dass sie ihn erwartete. Das Bild in seinem Kopf ließ ihn unwillkürlich lächeln. Ärztin im Praktikum. Chirurgie. Kennen gelernt hatte er sie auf dem Kongress in München. Sie war ihm sofort aufgefallen. Frauen bevorzugten andere Fachrichtungen, unter Chirurgen waren sie selten. Und sie hatte alles, was ihn ansprach. Sie war groß, blond, langbeinig und – ebenfalls ungewöhnlich in diesem Metier – sehr, sehr weiblich. Am zweiten Abend waren sie im Bett gelandet. Alle fünf folgenden auch. So oft hatte er mit Katja in fünf Wochen nicht ... Also hatte sein Stehvermögen doch noch nicht nachgelassen. Und er war drauf und dran gewesen, einen Kollegen zu konsultieren, weil er Katjas Ansprüche nicht mehr so recht erfüllen konnte. Seit München hatte er alle Anzeichen eines Süchtigen an sich bemerkt.

Nun bekam die Fliegerei einen Sinn. Mal abgesehen von Selbstwertgefühl und Ansehen brachten die Rumgurkerei zwischen Calden, Höxter und Northeim und die gelegentlichen Flüge mit Kollegen zu Tagungen und Symposien nicht mehr viel Vergnügen. Seit er regelmäßig nach Westerland flog, hatte sich das geändert.

Steinfels betätigte den Hauptschalter und schaltete das Funkgerät ein.

»Kassel Tower, Delta-Echo-India-Lima-Zulu. Cessna eins-siebenzwo, Position Hangar eins. Erbitte Anlassfreigabe für VFR-Flug nach Westerland.«

»Delta-Echo-India-Lima-Zulu. Frei zum Rollen über Charly zur Null-Vier. Melden Sie Rollhalt.«

Der Pilot bestätigte die Freigabe und schaltete das Funkgerät wieder aus. Dann zog er die Vergaservorwärmung, schob den Gashebel in die Startstellung, schaltete die Benzinpumpe ein und ließ den Motor an. Nach einigen schwerfälligen Umdrehungen zündete das Triebwerk, der

Propeller verschwamm zu einem Kreis und die Maschine richtete sich auf. Steinfels schaltete Funk- und Navigationsgeräte ein und löste die Handbremse. Langsam ließ er die Maschine rollen.

»Kassel Tower. Delta-Echo-India-Lima-Zulu. Position Rollhalt Null-Vier.«

»Delta-Echo-India-Lima-Zulu. Start frei. Wind aus Null-Neun mit acht Knoten. Frei zum Ausflug über November. Melden Sie November. Bitte achten Sie auf bewohntes Gebiet.«

»Delta-Echo-India-Lima-Zulu. Start frei auf Null-Vier. Wird ausgeführt. Danke, Jungs. Und schönes Wochenende.«

Georg Steinfels setzte die Klappen auf Startposition, schob den Gashebel bis zum Anschlag, gab die Bremsen frei und hielt Seiten- und Querruder leicht gegen den Wind. Zügig nahm die Cessna Fahrt auf und hob weit vor dem Ende der Bahn ab. Der Pilot fuhr die Klappen ein und passte die Trimmung an. Entspannt lehnte er sich zurück, leitete die Linkskurve ein und hielt auf den Rosen-Berg zu. Hofgeismar kam bereits in Sicht. Bei Ostheim, wo die Eisenbahnlinie parallel zur Diemel verlief, lag November. Dort würde er auf Kurs gehen.

Steinfels kontrollierte die Instrumente. Die Anzeige des Höhenmessers kletterte gleichmäßig: vierhundert, sechshundert, achthundert Fuß. Er regulierte das Gas. Fahrtmesser und Tankanzeigen waren im grünen Bereich. Die Triebwerksüberwachungsinstrumente sowieso.

Nur die Öltemperaturanzeige spielte verrückt. Mit dem Mittelfingerknöchel klopfte er auf das Glas. Die Nadel hing am Anschlag und bewegte sich nicht. Hatte der arme Wieland doch geschlampt? Eigentlich unvorstellbar. Klang der Motor normal? Ja – oder? Nein, da stimmte etwas nicht. Irgendwie schrill. Also Gas raus, Drehzahl reduzieren. Was machte der Öldruck? Normal. Nein, die Nadel zitterte, fiel zurück.

Steinfels zuckte zusammen. Über das Blech der Triebwerksverkleidung krochen schwarze Streifen auf ihn zu. Stotterte der Motor? Gas rein. Keine Wirkung. Schweiß lief dem Piloten in die Augen, eine Faust packte seine Eingeweide. Er griff zum Mikrofon. Die Tower-Frequenz war noch drin. »Kassel-Tower, Delta-Echo-India-Lima-Zulu. Habe Probleme mit dem Triebwerk. Muss wohl runter. Scheiße, hier ist nur Wald. Wo soll ich hin? Es qualmt und stinkt jetzt.«

»Lima-Zulu«, antwortete die Stimme, »zur Not schulmäßig auf die

Baumwipfel. Achten Sie auf Höhe und Fahrt. Langsam reduzieren und volle Klappen setzen. Bis zum letzten Meter Fahrt abbauen. «

»Danke, verstanden, ich verstehe bloß nicht ... jetzt ist ... jetzt steht die Maschine still.«

»Lima-Zulu, wir haben Sie in Sicht und auf dem Radar. Halten Sie den Kurs. Versuchen Sie nicht, das Triebwerk anzulassen. Achten Sie nur noch auf die Fahrt. Benutzen Sie kein Quer- und kein Seitenruder. Halten Sie die Maschine so lange wie möglich in der Luft. Keine Kurven fliegen. Schalten Sie die Zündung aus. Kurz vor dem Aufsetzen auch den Hauptschalter. Haben Sie mich verstanden?«

»Ja, verstanden. Zündung und Hauptschalter aus.«

»Lima-Zulu, haben Sie die Klappen gesetzt?«

»Ja, ich ... Scheiße, das Höhenruder ... Moment, das Mikro ... die Kiste schmiert ab! Hilfe, ich habe keinen Ruder ...«

Blitzartig wirbelte der Horizont nach oben, der Schädel des Piloten schlug gegen das Lüftungsrohr, Steinfels schrie auf, riss am Höhenruder, die Maschine überschlug sich, kippte seitwärts, fiel, trudelte, stürzte. Krachte schließlich in die Bäume.

Der Aufprall brach dem Piloten das Genick. Als die Tanks explodierten und Flammen in die Kabine schossen, war Georg Steinfels bereits tot.

Am Stadtrand von Hofgeismar nahm ein Mann das Fernglas von den Augen. »Herrn Doktors letzter Abflug«, sagte er. Laut. Obwohl kein Mensch in der Nähe war.

8

»Du hast geraucht. Ich hab's gerochen.« Nina Wolf warf ihrer Mutter einen missbilligenden Blick zu.

Das Mädchen saß mit Kartoffelchips vor dem Fernsehapparat, hatte die Füße auf den Tisch gelegt und zappte durch die Programme, als Hanna in der Tür zum Wohnzimmer erschien.

Das ist ja vielleicht 'ne Begrüßung.

»Entschuldige Kind«, sagte sie. »Heute Morgen ... Ich hatte Zahnschmerzen und außerdem ... aber du hast ja Recht. Soll nicht wieder vorkommen. Wenn erst mal der Würger gefasst ist, höre ich ganz auf. Du musst zugeben, dass ich zur Zeit nur wenig ...«

»Vergiss es.« Nina machte eine vage Handbewegung, die die Belanglosigkeit der Diskussion, aber auch deren Sinnlosigkeit hätte bedeuten können. Hanna entschied sich, zu schweigen. Warum, fragte sie sich, bin ich bei meiner Tochter immer so schnell in Verteidigungshaltung? Das schlechte Gewissen? Kümmerte sie sich zu wenig um das Mädchen? Nina war schließlich erwachsen. Oft genug hatte sie sich Einmischungen in ihr Leben verbeten. Hanna hatte sich weitgehend daran gehalten. Aber wenn sie ehrlich war, mehr wegen ihrer Arbeit als aus Überzeugung. Nur zu gern wüsste sie, was ihre Tochter während der Semesterferien den ganzen Tag trieb, wen sie traf, mit wem sie über ihre Probleme sprach, wem sie womöglich den Kopf verdrehte und wem sie mit ihrem Dickkopf auf die Nerven ging. Möglichst in allen Einzelheiten. Aber die Chance war gering, dass Nina sie so weit in ihr Leben einbezog.

Sie versuchte es trotzdem.

»Lass uns lieber von dir reden, Ninalein. Wie war dein Tag?«

Das Mädchen stöhnte.

»Kannst du vielleicht mal aufhören, mich Kindchen oder Ninalein zu nennen? Das ist ja voll peinlich, wie du redest.«

»Wieso, hier hört uns doch keiner. Also gut. Nina, wie war dein Tag heute?«

»Ganz okay.«

»Und?«

»Was und?«

»Was heißt das – ganz okay? Willst du nicht mal erzählen, was du so gemacht hast?«

Nina Wolf schaltete den Ton des Fernsehers aus. »Interessiert dich das wirklich?«

»Ja. Stell dir vor, deine Mutter interessiert sich für dich. Findest du das nicht normal?«

Unsicher sah das Mädchen zwischen Hanna und den Fernsehbildern der stumm grimassierenden No Angels hin und her.

»Gut«, sagte sie schließlich, »wir können's ja mal versuchen. Aber auf deine Verantwortung. Könnte nämlich sein, dass es dir nicht gefällt. Und ich hab' keinen Bock auf Gemecker.«

Hanna hob die Hand wie zum Schwur. »Versprochen«, lachte sie, »ich halte mich zurück. Nina?«

Nina starrte auf den Bildschirm, öffnete den Mund und schloss ihn wieder.

»Nina, was ist denn? Willst du jetzt ...?«

Das Mädchen packte die Fernbedienung, und in der nächsten Sekunde dröhnte die erregte Stimme eines Reporters durch den Raum, nannte Namen, Orte, Zeiten. Unwirklich und real zugleich.

»Mama, das ist echt, das ist in New York. Nein, das kann doch nicht ... Mama!« Sie schrie auf. Hanna stürzte heran, glaubte weder ihren Ohren noch ihren Augen. In einer gewaltigen Detonation brachen Teile aus dem Hochhaus, dann raste ein Flugzeug in den nächsten Wolkenkratzer, ein Feuerball schoss aus dem Gebäude. Erneut, diesmal aus einer anderen Perspektive, stürzten die Maschinen in die Häuser. Kurz darauf erfasste eine Kamera unscharf, aber erkennbar, menschliche Gestalten, die wie Trümmerteile an den Hochhausfronten herab fielen.

Nina schluchzte auf. Hanna umklammerte ihre Tochter, konnte weder begreifen, was sie sah, noch sich von den Bildern lösen. Sie wollte aufspringen, den Apparat ausschalten, der diesen Horror in ihr Leben brachte. Doch sie blieb sitzen, presste ihre weinende Tochter an sich, fragte sich, was in New York passierte. War der dritte Weltkrieg ausgebrochen?

«Mama, gibt es jetzt Krieg?« Zwischen Schluchzern stieß Nina die Worte hervor. »Nein, mein Kind«, antwortete sie. Ohne Überzeugung. »Du hörst doch. Das sind Anschläge. Das müssen Irre sein.«

»Aber wie können die mit Flugzeugen ... Da sind doch Menschen ... Das kann doch alles nicht wahr sein.« Der Nachrichtensprecher, dessen professionelle Stimme die verzweifelte Hoffnung auf einen Irrtum zunichte machte, hatte Passagiermaschinen erwähnt. Und das Wort Anschlag wiederholt. Eine weitere Maschine sei auf das Pentagon gestürzt.

»Passagiermaschinen.« Nina schüttelte den Kopf. »Mit Menschen drin. Das kann ich nicht glauben. Wer tut denn so was?«

Rauchende Trümmer eingestürzter Gebäudeteile erschienen im Bild. Und wieder das World Trade Center. Zuerst die gleichen Aufnahmen wie zuvor. Dann stürzten die Türme ein.

Menschen rannten in wilder Panik vor herabstürzenden Trümmern davon, hinter ihnen sackten die Gebäude nacheinander wie in Zeitlupe in sich zusammen.

»Wir sind da gewesen«, wimmerte Nina und zeigte mit fahrigen Bewegungen auf die sich wiederholenden Bilder. »Mit Rachel und ihren Eltern. Mein Gott, ich muss sie anrufen. Rachels Dad arbeitet doch dort. Wir haben ihn damals besucht. Mama, wir müssen anrufen. Sofort.« Das Mädchen schüttelte ihre Mutter. »Wir müssen sofort anrufen!«

»Ist ja gut, Nina. Bestimmt sind die Leitungen jetzt überlastet. Aber wir versuchen es trotzdem. Gleich.«

Hanna Wolf hielt ihre weinende Tochter im Arm, die plötzlich wieder ihr kleines Mädchen war, und wünschte sich, die Zeit zurückdrehen zu können. Diese Bilder, ahnte sie, würden sie ihr Leben lang begleiten. Und erst recht Ninas Leben. Ein lange nicht erlebtes Gefühl stieg in ihr hoch. Angst. Angst vor der Zukunft. Angst um Nina.

9

Zur Eröffnung der Wohnanlage war neben den lokalen Größen auch der Ministerpräsident erschienen. Mit grimmigem Vergnügen beobachtete Bollmann, wie Politiker der Stadt und des Landkreises um den MP herumscharwenzelten. Parteifreunde waren sie weiß Gott nicht, aber wie sie sich bemühten, ein wenig vom Glanz des hohen Herren auf sich zu lenken, wie sie darauf bedacht waren, möglichst an seiner Seite abgelichtet zu werden, und dann breit in die Kameras lächelten, erschienen sie wie Bewerber für hohe Ämter, die nach dem Grad ihrer Ergebenheit beurteilt würden.

Die sind doch alle gleich. Hofschranzen. Einer schleimt schlimmer als der andere. Könnte sich ja mal auszahlen. Hoffentlich gibt's bald was zu essen.

Bollmann schielte nach den Kanapées, die in der Empfangshalle auf die Festgemeinde warteten. Aber noch war die Rede des Ministerpräsidenten nicht zu Ende. Was er sagte, war zwar weitgehend aus ähnlichen Anlässen bekannt, aber das schienen die Lokalpolitiker vergessen zu haben. Sie klatschten mit einer solchen Begeisterung, als er an das übliche, kaum getarnte Eigenlob eine großzügige Würdigung für die örtlichen Entscheidungsträger anschloss, dass man glauben konnte, sie hätten eine Offenbarung gehört. Natürlich vergaß er nicht, den weitsichtigen Bauunternehmer zu erwähnen, der die Anlage so vorbildlich errichtet hatte und mit seinem gesunden Betrieb zur wirtschaftlichen Stabilität in Nordhessen beitrug. Bollmann lächelte pflichtschuldig und wartete auf den Schlusssatz. Der fiel genau so aus, wie er erwartet hatte. »Ich würde es begrüßen«, sagte der Regierungschef, »wenn weitere Projekte zur Förderung von Investitionen und Arbeitsplätzen in Nordhessen ebenso zu einem erfolgreichen Abschluss gebracht werden könnten. Die Landesregierung, meine Damen und Herren, wird im Rahmen ihrer Möglichkeiten dazu beitragen, dass zukunftsorientierte Vorhaben - auch und gerade in dieser Region – zu einem guten Ende gebracht werden. Ich sage aber auch: Wer Arbeitsplätze will, wer Bewegung und Fortschritt will statt Stillstand und Beharrung, muss auch bereit sein, dafür gewisse Einschränkungen in Kauf zu nehmen. Wo gehobelt wird, da fallen Späne. Und wer wollte vom Schreiner verlangen, er möge das Holz glätten, ohne sein Werkzeug zu benutzen?«

Später, am kalten Büffet, stieß Bollmann seinen alten Gefährten aus Studienzeiten in die Rippen.

»Du hast mal wieder den Nerv getroffen. Die Zeitungen werden kaum anders können als dir zuzustimmen. Investitionen sind das A und O für Nordhessen.«

»Nicht nur für Nordhessen, mein Lieber. Gewisse Wahrheiten sind nun mal gültig – ob hier oder anderswo. Man muss die Leute nur immer wieder dran erinnern.« Freundlich in alle Richtungen lächelnd, schob sich der MP ein Lachshäppchen in den Mund.

»Apropos Wahrheit.« Bollmann senkte die Stimme. »Bleibt es bei den siebzig Millionen für den Flugplatzausbau? Oder hat die veränderte weltpolitische Lage zu einer neuen Bewertung geführt?«

Der Ministerpräsident schüttelte den Kopf. »Grundsätzlich nicht. Eventuell müssen wir das Projekt ein wenig nach hinten schieben. Alles, was mit Luftfahrt zu tun hat, ist ja zur Zeit am Boden. Wenn sogar die

Swissair pleite geht ... Sei es wie es sei. Irgendwann haben die Leute verdrängt, was passiert ist. Dann fliegen sie wieder. Und deutsche Urlauber lassen sich ohnehin so schnell von nichts abhalten. Also ist alles nur eine Frage der Zeit.«

»Dein Wort in Gottes Ohr«, brummte der Bauunternehmer. »Oder vielmehr in das der Leute. Die haben da kürzlich wieder eine Umfrage gemacht ... das sieht nicht besonders gut aus. Vierunddreißig Prozent sind prinzipiell gegen den Ausbau. Und nur neun Prozent dafür.«

»Was sind schon vierunddreißig Prozent? Gerade mal ein Drittel. Vielleicht sollte man mal eine Bürgerinitiative für den Ausbau gründen.«

»Gibt es schon.« Bollmann machte eine abwertende Handbewegung. »Aber diese paar Leute können doch gegen die anderen nicht ... Außerdem nimmt die keiner richtig ernst.«

»Das muss man auch anders machen. Du kennst doch hier die richtigen Leute. Die musst du mal in Trab setzen. Alles andere ist nur eine Frage des Geldes. Lasst mal 'n paar Mark springen und engagiert 'ne professionelle Drückertruppe. Die sollen Unterschriften sammeln. In vier Wochen haben die ein paar Tausend zusammen. Glaub mir, Heinz, damit kann man Stimmung machen.«

»Das bezweifle ich nicht.« Bollmann nickte nachdenklich. »Ich werde es mir überlegen. Danke für den Tipp.«

»Im übrigen tun wir auch unseren Teil. Aber das braucht seine Zeit. Jetzt schaffen wir erst mal das Verbandsklagerecht ab. Damit wirtschaftlich notwendige Projekte nicht mehr von Querulanten und Wichtigtuern torpediert werden können. Dann sehen wir weiter. Es gibt noch viel aufzuräumen in Hessen. So, mein Lieber, jetzt muss ich mich um die Parteifreunde kümmern. Die wollen auch mal gestreichelt werden. Mach's gut, Heinz.«

»Einen Moment noch.« Bollmann senkte die Stimme und nickte freundlich dem persönlichen Referenten des MP zu, der sich gerade Garnelen auf den Teller häufte.

»Eine kleine Bitte. Sie betrifft den Abgeordneten Altenburg. Ein brauchbarer Mann. Ist in Wiesbaden noch nicht so sehr in Erscheinung getreten. Aber hier schlägt er sich wacker in der Flughafen-Frage.«

»Ich verstehe«, antwortete der Regierungschef, »du möchtest, dass wir ihm mehr Verantwortung geben. Aber lebt er nicht in Scheidung?«

»Schon. Aber bis zur Wahl hat er seine familiären Verhältnisse in Ordnung gebracht. Er wird in die Familie Oesterheldt einheiraten. Eine in jeder Beziehung glückliche Verbindung. Könnte auch für dich nützlich sein. Der alte Oesterheldt ist in Berlin ...«

»Ich weiß«, lächelte der MP und grüßte mit einer leichten Verbeugung eine Dame auf der anderen Seite des Buffets. »Danke trotzdem für den Hinweis. Wenn das so ist, sollten wir die Verbindung fördern. Für die nächste Legislaturperiode werden loyale Mitarbeiter gebraucht. Bis hin zum Minister.«

Bollmann nickte scheinbar gedankenverloren. »Für besonders verantwortungsvolle Ämter braucht es besonders verantwortungsvolle Männer. Ich sehe, wir verstehen uns.«

»Wie immer, Heinz, wie immer. Und nun entschuldige mich bitte. Ich muss noch einige Damen und Herren ... du weißt schon. Wegen der Streicheleinheiten ...«

Der Bauunternehmer nickte verständnisvoll und sah seinem Gesprächspartner nach, der beide Hände ausstreckte und rasch auf eine Gruppe wartender Kommunalpolitiker zuschritt.

Ausgekochter Kerl. Der übertrifft mich noch.

*

Sportflugzeug abgestürzt.
Hofgeismar. Wenige Minuten nach dem Start in Kassel-Calden ist gestern eine viersitzige Propellermaschine vom Typ Cessna 172 bei Hofgeismar in den Wald gestürzt. Nach Auskunft der Fluguntersuchungsstelle des Bundesluftfahrtamtes Braunschweig kann über die Absturzursache noch kein abschließendes Urteil abgegeben werden. Die Ermittlungen gestalten sich besonders schwierig, weil das Flugzeug vollständig ausgebrannt ist. Von der Flugplatzleitung war zu erfahren, dass außer dem Piloten keine weiteren Personen an Bord waren. Am Steuer der Cessna saß der neunundvierzigjährige Halter, der Arzt Dr. Georg S. aus Calden. Er kam bei dem Unfall ums Leben. Der Brand, der auch das Gehölz um die Absturzstelle erfasst hatte, wurde von den Feuerwehren aus Hofgeismar und Ostheim gelöscht.

Schmerzhaft traf ihn die Erkenntnis, als er den Bericht der Zeitung überflog. Von einem tödlichen Unfall war die Rede. Natürlich. Er selbst hatte es so gewollt. Niemand sollte auf den Gedanken kommen, dass absichtsvolles Handeln zu den Todesfällen geführt haben könnte. Ohne Verdacht würde es keine Ermittlungen geben. Und das war gut so. Für ihn. Aber nicht für die anderen. Was denkt und fühlt ein Mensch im Augenblick des Todes? Was auch immer er denken mochte, was auch immer er fühlte – es dauerte nur Sekundenbruchteile. Dann war alles vorbei. Wer am Stromschlag starb oder mit dem Flugzeug abstürzte, erfuhr nicht, warum sein Leben endete.

Oder würde man es ihm im Jenseits mitteilen? Er glaubte nicht an Paradiese oder Höllen. Jedenfalls nicht nach dem Tod. Im Leben konnte es paradiesisch zugehen. Für einige. Er hatte die Hölle erlebt. Der Gerichtssaal war die Hölle gewesen. Monatelang hatte er das Ende seiner Zukunft vor Augen gehabt. Und vierzehneinhalb Jahre in einer schmutzigen Zelle vegetiert. Während die anderen lebten. Zwei waren nun gestorben. Einen schnellen Tod. Sie hatten nicht gelitten, hatten weder Todesangst noch das Grauen immerwährenden Schmutzes erfahren.

Er hatte wieder alles falsch gemacht.

Tränen rannen ihm über die Wangen, tropften auf das Parkett. Rasch wischte er die Flecken vom Fußboden. Polierte mit einem weichen Tuch nach. Brachte den Lappen in die Küche, wo er ihn in den Abfalleimer warf.

Ein heftiger Kopfschmerz befiel ihn, als er sich über den Eimer bückte, um das eingelegte Zeitungspapier zurecht zu rücken. Automatisch bewegte er sich zum Medizinschrank im Bad, nahm das Röhrchen, schüttelte zwei Pillen heraus und spülte sie mit etwas Wasser hinunter. Nachdem er Zahnputzglas und Waschbecken gereinigt und getrocknet hatte, ließ er sich im Wohnzimmer auf den alten Lehnstuhl sinken. Er war schließlich krank, der Kopf tat weh. Darum durfte er Muttis Stuhl benutzen. Wenn es ihm wieder besser ging, würde er sich in sein Zimmer setzen. Er würde die Unterlagen hervorholen und sie noch einmal durchgehen.

Er musste alles gründlich durchdenken. Neue Pläne entwerfen. Anders. Er wusste nicht wie, er wusste nur, dass er es anders machen musste.

10

Dieser Blödmann. Erst quatscht er von Liebe. Und dann tanzt er die ganze Zeit mit Sandra. Und wie! Jeder weiß doch, dass die dumme Tussi für jeden die Beine breit macht, der ihr erzählt, wie gut sie aussieht. Dabei ist das meiste Einbildung. Ja gut, sie fällt auf. Coole Klamotten, tiefer Ausschnitt. Und ziemlich heftig geschminkt, fast nuttig. Alles andere bestenfalls Durchschnitt. Dass Phillip auf so eine reinfällt! Soll er doch mit ihr abziehen. Wird schon sehen, was er davon hat. Mir kann er jedenfalls gestohlen bleiben. Wenn er das nächste Mal von Liebe redet, haue ich ihm eine rein. Jawohl. Und ich verabrede mich mit Stefan. Dann guckt er dumm aus der Wäsche.

Julia Engelhardt atmete tief durch und zog ihre Jacke über der Brust zusammen. Ihre Ohren rauschten, waren vom Techno-Rhythmus wie betäubt. Nach der stickig-heißen Atmosphäre im Stammheim fühlte sich die feuchte Nachtluft auf der Straße kühl an. Obwohl es tagsüber für die Jahreszeit noch mild war, hatte es sich in der Stadt so weit abgekühlt, dass auf den parkenden Autos vor der Kulturfabrik Salzmann Nässe perlte.

Julia befühlte den Fünfziger in der Innentasche ihrer Jacke. Sie sollte ein Taxi nehmen. Unbedingt. Eltern waren immer so besorgt. Besonders ihr Vater. Dabei war sie volljährig. Aber er stellte sich an, als wäre sie vierzehn. Dass sie wieder im Stammheim gewesen war, durfte sie ihm gar nicht sagen. Dann würde er von Drogenszene quatschen und von Fixern und diesen ganzen Müll reden, den sie schon kannte. Aber wahrscheinlich war sie ohnehin zum letzten Mal hier gewesen. Ein paar Typen hatten davon geredet, das Stammheim müsste schließen. Und wenn schon. Als nächstes würde sie sowieso zum Musikpark A7 gehen. Die neue Superdisko sollte ziemlich cool sein.

Der Fuffi war ja nicht schlecht. Aber sollte sie ihn für eine Taxifahrt verschwenden? Wenn sie hier in Bettenhausen die Straßenbahn nahm, war sie in zwanzig Minuten am Wehlheider Platz. Von dort brauchte sie gut zehn Minuten bis nach Hause. Sie sah auf die Uhr. Noch nicht mal zwei Uhr. Sonst war sie nie vor drei zu Hause. Selbst wenn sie den ganzen Weg zu Fuß zurücklegte, wäre sie früher daheim als sonst. Alles wegen Phillip. Ihr Vater würde sich freuen. Aber dem würde sie sowieso nicht auf die Nase binden, dass es aus war. Und außerdem ... Vielleicht war es ja noch nicht endgültig aus. Ihre Gedanken wurden durch die herannahende Straßenbahn unterbrochen. Wenn es so ist, dachte Julia, nehme ich die Bahn.

»Einmal Kirchweg«, sagte sie zum Fahrer und hielt den Fünfziger hoch.

»Mäjen«, erwiderte der Fahrer, »ich honn grade erscht angefangen. Un du kimmest glich mit 'nem Fuffzijer. Setz dich hinnen hinne. Sinn je bloß 'n paar Statzjonen.« Julia bedankte sich mit einem strahlenden Lächeln und steckte den Schein in die Tasche zurück. Komisch, dachte sie, ältere Männer sind meistens viel netter als die in meinem Alter. Der Strassenbahnfahrer war bestimmt schon vierzig. Und richtig nett.

Sie wanderte durch den Wagen und ließ sich auf die letzte Bank fallen. Die Bahn ruckte an und nahm rasch Fahrt auf. Julia beobachtete das Lichterspiel der vorbeifliegenden Schaufenster. Davor bewegten sich die Schattenrisse der Passanten. Erstaunlich, wie viele Menschen um diese Zeit noch unterwegs waren.

Wenn der Hintergrund dunkel blieb, erschien ihr Spiegelbild in der Scheibe. Ein schmales, ebenmäßiges Gesicht unter blondem Haarschopf. Fein geschwungene Linien. Große, leicht schräg stehende, braune Augen. Glatte Haut. Eine Schönheit, fand ihr Vater und klang besorgt, wenn er es sagte. Phillip ist ein Blödmann. Und blind ist er auch. Sandra mit ihrem Pfannkuchengesicht. Aber auf's Gesicht kommt es wohl in dieser Nacht nicht an.

»Danke noch mal«, rief Julia und winkte dem Fahrer zu, als sie die Bahn verließ. Auch am Wehlheider Platz war noch Betrieb. Dagegen herrschte in der Friedenstraße Ruhe. Am Friedhof fiel ihr auf, dass sie nur noch ihre eigenen Schritte hörte. Automatisch nahm sie den gewohnten Fußweg neben dem Friedhofszaun.

In der Dunkelheit erschienen Bäume und Sträucher hinter dem Zaun wie Gespenster. Kreuze und Grabsteine wirkten größer als am Tage und reckten sich drohend zum schwarzen Himmel. Aber Julia war in diesem Viertel aufgewachsen, sie kannte jeden Strauch und jeden Stein. Dunkelheit machte ihr keine Angst. Unzählige Male hatte sie den Weg am Friedhof genommen. In fünf Minuten würde sie an der Haustür in der Ortelsburger Straße sein. Sie tastete nach dem Schlüssel.

Plötzlich hielt sie inne. Hatten ihre Schritte ein Echo bekommen? Das Geräusch war verstummt. Zögernd ging sie weiter. Es blieb ruhig. Doch als sie ihre Schritte beschleunigte, wusste sie, dass jemand hinter ihr war. Sie wollte rennen. Ein scharfer Ruck riss sie zurück. Brennend schoss der Schmerz vom Hals zu den Ohren.

»Nicht umdrehen«, sagte der Mann. »Wenn du dich umdrehst, bist du tot.« Mit eisernem Griff zog er sie über die niedrige Friedhofsmauer.

11

Mein Gott, bin ich aufgeregt. Dabei ist es mein achtzehnter Sprung. Die Twin-Otter brummt wie immer. Gegenüber grinsen Mike und Jenny. Noch zwei oder drei Minuten, dann sind wir auf viertausend Meter. Und es geht raus. Von all dem kann doch die Aufregung nicht sein. Wegen Mama und Papa? Das darf doch nicht wahr sein. Ich muss cool bleiben. Besonders nach der Landung. Schade, dass ich noch keinen Hookturn versuchen kann. Würde bestimmt Eindruck machen.

Christian Altenburg fühlte sein Herz schlagen. Ein Traum war in Erfüllung gegangen. Und seine Eltern waren gekommen. Einerseits ein bisschen peinlich. Die anderen könnten ihn für ein Muttersöhnchen halten. Andererseits war er stolz. Nach dem endlosen Kampf um ihre Zustimmung wollte er, dass sie ihn springen sahen. Sie sollten ruhig ein bisschen Angst haben. Irgendwie gefiel ihm die Vorstellung.

In den kraftvollen Ton der Triebwerke mischte sich das Knattern der Lamellen. Mike schob die Tür nach oben. Fahrtwind schoss herein, endlich frische Luft. Und noch mehr Motorenlärm. Nun gab es Verständigung nur noch durch Handzeichen. Zu zweit würden sie rausgehen. Nur Mike – als letzter – allein.

Christian schob sich vorwärts. Jenny war heute seine Partnerin. Sekunden später nahmen sie in der offenen Tür ihre Exit-Position ein. In den Klamotten knatterte der Wind. Ein Blick zu Mike, der hob den Daumen. Dann zu Jenny. Sie nickte. Also los. Christian stieß sich ab, der

Wind riss ihn vom Flugzeug. Er flog. Wo war Jenny? Er bewegte die Arme und ließ sich drehen. Da war sie. Winkte. Streckte zwei Finger aus.

Okay, du hast ja Recht. Ich muss auf die Beine achten. Länger machen.

Der Abstand zu Jenny war jetzt ausreichend. Er konnte sich ganz dem Fliegen hingeben. Irgendwo da unten an der Landebahn standen seine Eltern.

Christians Augen suchten den Platz. Ein kleiner Flieger wartete an einem der Rollwege. Menschen waren nur als Punkte zu erkennen. Vor der Abfertigung eine Häufung.

Dort mussten sie sein. Was für ein schöner Tag. Auch das Wetter.

Christian breitete die Arme aus und zog die Beine an. Auch zum Horizont war die Sicht klar. Ungewöhnlich für einen Oktobertag. Rings um Calden waren die Wälder in warmes Licht getaucht, das die Vielfalt der Grün-, Gelb- und Orangetöne zum Glühen brachte. Wieder durchströmte ihn dieses Glücksgefühl. Er hätte schreien können.

Ein Blick auf den Höhenmesser erinnerte ihn an die Regeln. Elfhundert. Das hieß: gleich Zeit zu ziehen. Der Hilfsschirm flog raus, riss den Hauptschirm aus dem Container, die Fangleinen schlauften sich aus. Mit einem Ruck füllte sich die Kappe und riss am Gurtzeug. Christian hangelte nach den Steuerschlaufen. Blick in die Kappe, leichte Bremsprobe, alles okay. Jetzt konnte es losgehen. Schweben, gleiten, beschleunigen, abfangen. Seine Kreise mussten von unten gut zu sehen sein. Die der anderen auch. Wo waren die? Ringsum genug Raum. Also noch ein paar Turns. Bis auf sechshundert Meter.

Es wurde Zeit, nach einem schönen Fleckchen für die Landung zu suchen. Die Zielzone lag neben der Landebahn. Direkt vor den Füßen seiner Eltern würde er nicht landen können. Noch war er ziemlich weit vom Schuss. Also musste er sich rankrebsen. Dreihundert, zweihundert, hundert. Und dann gegen den Wind. Der Boden kam rasch näher. Christian zog gleichmäßig die Steuerschlaufen. Glitt über den Rasen, lief ein paar Schritte, stand. Hinter ihm kräuselte sich die Kappe auf dem Gras.

Elisabeth Altenburg hatte Tränen in den Augen, als sie ihren Sohn in die Arme schloss. »Mein Junge, was bin ich froh, dass du wieder unten bist. Aber schön hat's ausgesehen, das muss man schon sagen. Ich weiß nur nicht, ob ich das noch mal mit ansehen kann. Ich hab ja richtig Herzklopfen bekommen.«

»Bravo Junge.« Der Vater klopfte ihm auf die Schulter. »Sportlich, mutig, entschlossen. Das gefällt mir. Mach weiter so. Vielleicht wird doch noch ein brauchbarer Jurist aus dir.« Diesmal spürte Christian den Widerwillen kaum. Stolz und Glücksgefühle verdrängten das unangenehme Gefühl, das immer dann in ihm hoch kroch, wenn das Gespräch auf seine berufliche Zukunft kam. Anwalt sollte er werden. Später die Kanzlei übernehmen. Für seinen Vater war das keine Frage. Für ihn schon. Noch hatte er nicht gewagt, seine Pläne zu offenbaren. Rechtsanwalt und Notar Doktor Christoph Altenburg wäre zutiefst entsetzt gewesen, hätte er geahnt, welchen Weg sein Sohn einschlagen wollte. Einem künftigen Schauspieler hätte er die Fallschirmspringerausbildung nicht bezahlt.

War jetzt der Zeitpunkt, seinem Vater reinen Wein einzuschenken? Christian sah ihn an und versuchte, die wahre Stimmungslage seines alten Herren zu ergründen.

Elisabeth Altenburg spürte die Gefahr. »Kommt«, rief sie mit betont fröhlicher Stimme, »lasst uns ein Eis essen gehen.«

Als die Familie der Gaststätte zustrebte, wurde sie von einem unauffälligen Mann im grauen Trenchcoat beobachtet, der kurz darauf das Flugplatzgebäude verließ und zum Parkplatz eilte, wo er einen grauen Golf älteren Baujahres abgestellt hatte. Niemand nahm von ihm Notiz.

12

Nachdem Hanna Wolf ihr Käfer-Cabrio im Parkhaus Vaterland in eine Lücke rangiert hatte, verharrte sie im Wagen, um die Nachrichten bis zum Ende zu hören. Sie fragte sich, ob vorauseilender Gehorsam zu den herausragenden Merkmalen des deutschen Wesens gehörte. Politiker überschlugen sich mit eilfertigen Zusagen. Ohne Vorbehalte und ohne Einschränkungen stellten sie Freibriefe für militärische Unterstützung der USA aus. Für den Kampf gegen islamistische Terroristen war plötzlich jedes Mittel recht. Selbst die Grünen wanden sich zwischen ehemaligen Idealen und realpolitischen Forderungen nach militärischem Eingreifen. Die Vorsitzende der großen Oppositionspartei forderte gar den Einsatz der Bundeswehr für die innere Sicherheit. Eine Frau! Hanna fröstelte bei der Vorstellung, Aufgaben der Polizei könnten mit Kriegswaffen verfolgt werden. Kopfschüttelnd folgte sie dem Gerede des Verteidigungsministers. Ohne Not schwadronierte der Mann, der sich und seine Geliebte gerade erst mit fröhlich-unbekümmerten Badefotos in die Klatschpresse gebracht hatte, von Bundeswehreinsätzen, die unmittelbar bevorstünden. Dabei hatten weder die Amerikaner noch die Nato bisher Unterstützung angefordert.

Im Aufzug erfuhr sie, wie weit das Kriegsgeschrei schon in die Köpfe gedrungen war.

»Ausräuchern sollte man die ganze Bagage.«

»Genau. Und den Saddam gleich mit. Wozu haben die Amis denn ihre Cruise Missiles! Alles in Schutt und Asche legen. Dann ist endlich Ruhe im Karton.«

»Hat man ja gesehen, wie die Saddams wieder aus ihren Löchern kriechen, wenn man sie nicht ausrottet.«

»Wenn die Herren so wild aufs Kriegspielen sind«, sagte Hanna, als sie die Kabine verließ, »warum melden Sie sich nicht zum Einsatz in Afghanistan?«

Drei männliche Augenpaare starrten ihr voller Empörung nach. Eines davon gehörte Gatzemeier vom K 13. Bei nächster Gelegenheit würde er ihr die Bemerkung heimzahlen.

Warum kann ich mein Maul nicht halten? Es bringt doch sowieso nichts.

Schon vor der Tür roch sie das Rasierwasser. Sie zögerte. Auf diese Begegnung war sie nicht erpicht. Schließlich drückte sie doch die Klinke. Zur Not würde sie ihn hinauswerfen.

Florian Stöber hob den Kopf. »Wir hatten Besuch«, sagte er überflüssigerweise und wedelte mit einem Blatt.

Hanna nickte. »Ich rieche es. Kann nur Karras gewesen sein.«

»Bingo«, grinste Stöber »Und er war sichtlich enttäuscht, dich nicht anzutreffen.«

»Die Enttäuschung ist ganz auf meiner Seite«, knurrte Hanna Wolf und ließ sich auf ihren Bürostuhl fallen. »Was wollte Kopf-ab-Kalle?«

»Höre ich da eine gewisse Voreingenommenheit heraus, Frau Hauptkommissarin?«

»Quatsch nicht wie Wenzel. Was wollte Karras?«

»Also – wenn ich es recht bedenke ...« Stöber tat, als müsste er nachdenken, »hatte unser Kollege von der Sitte mehrere Anliegen. Erstens hat er eine Ergänzung zur Würger-Akte gebracht. Das war aber wohl eher ein Vorwand, denn den Spurenbericht hatten wir schon vom ED bekommen. Zweitens hatte ich das Gefühl, er wollte ein bisschen schnüffeln, wie weit wir sind, und drittens hatte er wohl Sehnsucht.«

»Sehnsucht.« Hanna schnaufte verächtlich. »Der Kollege hat ständig Sehnsucht. Nach allem, was einen Rock trägt. Oder tragen könnte.«

Stöber wechselte das Thema. Bei Karl-Heinz Karras reagierte Hanna immer ziemlich heftig. Den forschen Kollegen vom K 12, der jedem das Du anbot und sich »Charly« nennen ließ und äußerlich ein wenig diesem neuen James-Bond-Schauspieler glich, mochte auch er nicht. Insgeheim nannten sie ihn Kopf-ab-Kalle, weil er bei jeder sich bietenden Gelegenheit die Todesstrafe für Mörder und Vergewaltiger forderte. Wieder einmal fragte sich Stöber, ob an dem Gerücht etwas dran war, dass die beiden mal was miteinander hatten. Eigentlich unvorstellbar. Hanna reagierte auf Macho-Allüren allergisch. Schon mancher Kollege hatte sich als Antwort auf einen unbedachten Spruch eine verbale Ohrfeige von ihr eingefangen. Mit einem alternden James-Bond-Verschnitt würde sie sich bestimmt nicht einlassen.

»Es gibt Neuigkeiten«, sagte er. »Wieder vom Flugplatz. Du kannst mich schlagen, aber ich kann nichts dafür. Diesmal ist einer abgestürzt. Und zwar der Arzt, der ...«

»Steinfels?«

Stöber nickte. »Genau der. Dein Gedächtnis ist phänomenal.«

»Und wieso landet der bei uns?«

»Gelandet ist er ja nicht gerade. Jedenfalls, was man normalerweise Landung nennt.« Stöber schob Hanna einen Aktendeckel hinüber. »Aber die Leute von der Fluguntersuchungsstelle müssen uns informieren, wenn die Absturzursache unklar ist. Bisher haben wir nur dieses hier. Danach kann Fremdverschulden nicht ausgeschlossen werden. Wohl, weil erst der Motor und dann möglicherweise das Höhenruder ausgefallen ist. Zuviel Zufall. Das genaue Ergebnis kriegen wir später aus Braunschweig.«

»Und? Was schlägst du vor?« Hanna Wolf sah ihren Kollegen ausdruckslos an.

Florian Stöber antwortete nicht gleich. Natürlich wäre er gern mal rausgefahren. Schon um an die frische Luft zu kommen. Und Flugplätze faszinierten ihn. Er träumte davon, selbst einmal am Steuer eines kleinen Flugzeugs über die Landschaft zu gleiten. Fallschirmspringen wäre auch nicht schlecht. Bei seiner Gehaltsgruppe vielleicht sogar realisierbar. Der Pilotenschein wohl eher nicht. Oder Gleitschirmfliegen. Er sollte sich mal erkundigen ...

»Florian? Die Frage lautete: Was schlägst du vor?«

War da ein leicht spöttischer Unterton zu hören?

»Ja, äh, also, ich denke, da könnte ein Zusammenhang bestehen. Erst der Mechaniker, der das Flugzeug des Arztes gewartet hat, dann der Arzt. Man sollte sich vielleicht mal umhören, welche Beziehung zwischen den beiden ...«

»Also los.« Hanna erhob sich. »Kümmerst du dich um den Wagen?«

Unmittelbar vor einem Bus der Linie 15 ließ Stöber den Dienstwagen auf die Reuterstraße schießen. Der Fahrer hupte verärgert und tippte sich gegen die Stirn. Stöber beschleunigte und überquerte die nächste Ampelkreuzung, als das Signal schon auf Rot gesprungen war. Er ging kein Risiko ein, schließlich hatte die Stadt die Überwachungskameras schon vor Jahren abgeschaltet.

»Wir sind nicht auf Einsatzfahrt, Florian. Bitte fahr vorsichtig. Wir kommen schon früh genug zum Flugplatz.« Hanna Wolf hatte die Hand auf seinen Unterarm gelegt.

Stöber murmelte eine Entschuldigung. Zum zweiten Mal schon hatte sie ihn beim Vornamen genannt. Das ließ auf milde Stimmung schließen. Umsichtig fädelte er sich in den Verkehr auf der Holländischen Straße ein. Wenn Hanna gute Laune hatte, sollte er sie nicht verärgern. Bis nach Calden waren sie fast eine halbe Stunde unterwegs. Und wenn sie auch noch zur Absturzstelle nach Hofgeismar führen, hätten sie vielleicht Gelegenheit, mal ein privates Wort zu reden. Die meisten Kollegen erzählten oft schon nach kurzer Zusammenarbeit ihre Lebensgeschichte. Von der Hauptkommissarin wusste er wenig. Geschieden war sie. Eine Tochter um die zwanzig. Er schätzte Hanna auf Anfang vierzig. Mehr als zehn Jahre älter als er, vielleicht sogar fünfzehn. Aber ungeheuer attraktiv. Manchmal wünschte er sich, sie würde ihn als Mann wahrnehmen. Nicht nur als männlichen Kollegen. Hitze stieg ihm in den Nacken, und das Blut rauschte in seinen Ohren, wenn er sich vorstellte, mit ihr ... Aber wahrscheinlich hatte sie einen Freund. Obwohl – in den zwei Jahren hatte nie jemand angerufen, hatte sie nie eine Verabredung erwähnt. Dabei musste jeder Mann sich glücklich schätzen, der sie nur zum Essen ausführen durfte. Seit Corinna sich von ihm getrennt hatte, um sich in esoterischen Kreisen selbst zu verwirklichen, überkam ihn immer öfter die Phantasie, mit Hanna ...

»Woran denkst du, Florian?«

Stöber fühlte sich ertappt, das Blut schoss ihm in die Wangen. »Och, nichts«, murmelte er und versuchte, sich aufs Fahren zu konzentrieren.

Ob Hanna ahnte, was in ihm vorging? Wahrscheinlich meinte sie doch bloß die Unfälle. Sie war eben eine gute Polizistin. Mit Leib und Seele dabei. Und erfolgreich. Was ihr manche gehässige Bemerkung einbrachte. Aber bei den meisten Kolleginnen und Kollegen war die Hauptkommissarin beliebt. Sie setzte sich ohne Rücksicht auf die eigene Karriere für ihre Leute ein, wenn sie von ihnen überzeugt war. Scheute auch vor Kritik an Vorgesetzten nicht zurück. Kriminaloberrat Wenzel wirkte manchmal richtig hilflos, wenn Hanna loslegte. Dafür rächte er sich mit kleinkrämerischen Schikanen.

Das Gespräch drohte vollends zu versanden.

»Was macht dein Zahn?«, fragte Stöber, nur um irgendetwas zu sagen. Sie hatten die Unterführung unter dem Güterbahnhof passiert, helles Sonnenlicht fiel ins Wageninnere. Er spürte, wie sie ihn musterte.

»Danke, der ist raus, und der Schmerz ist auch weg.« Hanna befühlte mit der Zungenspitze die ungewohnte Lücke im Oberkiefer. »Demnächst kriege ich ein Gebiss.«

»Gebiss?«

»Na ja, nicht wirklich.« Sie seufzte und lächelte gequält. »Brücke nennt man das wohl. Die Lücke wird überbrückt. Aber eine Prothese ist es halt doch.«

Florian Stöber nickte und suchte nach einem Ansatzpunkt. Aber er fand keinen. Mit Zahnersatz hatte er keine Erfahrung. Also konzentrierte er sich auf den Verkehr.

Hanna Wolf betrachtete ihren Kollegen von der Seite. Für einen Partner in der Mordkommission war er eigentlich zu jung und zu unerfahren.

Dennoch war sie froh, ihrem Instinkt gefolgt zu sein. Als Wenzel sie aus Anlass des Umzuges vom Königstor zum Grünen Weg vor die Wahl gestellt hatte, den jungen Kommissar oder einen erfahrenen Kollegen aus der Fahndung in ihre Gruppe zu nehmen, hatte sie sich spontan für Florian Stöber entschieden. Dem überraschten Kriminalrat hatte sie erklärt, dass ein junger Kollege noch formbar sei. Was ihr darüber hinaus durch den Kopf ging, behielt sie für sich.

»Ihnen traue ich das sogar zu«, hatte Wenzel gegrummelt. »Aber ich will später keine Klagen hören.«

Zwei Jahre arbeiteten sie jetzt zusammen. Stöber war zuverlässig und loyal. Und phantasievoll. Damit lag er ganz auf ihrer Linie. Sich in Täter hineindenken, ihre Handlungen nachvollziehen und voraus denken, damit hatten sie manche Spur aufnehmen können. Allerdings war Florian impulsiv. Und ungestüm. Sie musste ihn bremsen. Aber das war ihr lieber als das Gegenteil. Junge Leute durften ungeduldig sein. Und radikal. Jedenfalls ein bisschen. Wie Nina. Hanna lächelte leise. Ihre Tochter verhielt sich nicht anders als sie in dem Alter. Eigentlich gab es keinen Grund, sich zu streiten. Trotzdem gerieten sie immer wieder aneinander. Sie seufzte unbewusst.

»Alles in Ordnung, Hanna?« Florian Stöber klang besorgt.

»Alles bestens. Und denk daran, dass die Rasenallee ihren Namen nicht hat, damit dort alle rasen können.«

Als sie bei Heckershausen die Ahne überquerten, klingelte Hannas Handy. Sie kramte das Telefon aus der Handtasche und meldete sich.

»Nina, du? Was ist?«

13

Diesmal saßen sie nicht im La Strada – was Bollmann vorgezogen hätte, sondern im Ramada Treff Plaza. Einige Herren hatten noch weitere Termine – im Haus oder nebenan in der Stadthalle. Dort tagte der Parteirat einer großen Volkspartei. Zwar hatte keiner der Herren in den feinen Anzügen mit dem Volk viel im Sinn, aber die Gelegenheit, mit wichtigen Politikern zusammenzutreffen, war günstig. Man hielt in dieser Runde auch von Parteioberen nichts, dennoch musste man sich um den einen oder anderen bemühen. Alles hing davon ab, dass in der Kreisverwaltung an der Humboldtstraße ebenso wie im Wiesbadener Kabinett die Weichen richtig gestellt wurden.

Instinktsicher hatte Heinz Bollmann erkannt, welches Potenzial im Zusammenwirken einiger wichtiger Firmen steckte. Sein Hinweis auf die Tagung und deren Thema – Zukunft für Hessen – hatte zahlreiche potentielle Nutznießer eines Flughafens in Calden bewogen, seiner Einladung zu folgen. Alle bedeutenden Handels-, Industrie- und Logistikunternehmen der Region waren vertreten. Für die Moderation hatte er einen Assistenten vom Fachbereich Wirtschaftswissenschaften der Gesamthochschule Kassel engagiert, der sich nun vorstellte.

»Meine sehr verehrten Herren«, begann der Referent, »mein Name ist Jürgen Ahlborn. Ich bin wissenschaftlicher Mitarbeiter am Lehrstuhl für Produktionswissenschaft und Logistik. Mein Hauptarbeitsgebiet ist das Supply Chain Management, hier insbesondere Efficient Consumer Response und Electronic Data Interchange. Wenn sich der eine oder andere darunter nichts vorstellen kann, macht das nichts. Ich werde Sie auch nicht weiter mit Fachchinesisch behelligen, sondern sie auf einige Zusammenhänge und Hintergründe aufmerksam machen, die für Hessens Zukunft von Bedeutung sind und deren rote Fäden – keineswegs zufällig – in Kassel zusammenlaufen, genauer gesagt: in Kassel-Calden. Bitte betrachten Sie zunächst einmal diese Darstellung.«

Ahlborn hatte, während er sprach, sein Notebook aufgeklappt, und erst jetzt bemerkte Bollmann den kleinen Projektor neben dem Redner und die Leinwand an der Stirnseite des Raumes. Die Manager wandten die Köpfe. Die Umrisse Deutschlands waren dort skizziert. Im nächsten Augenblick füllte sich die Karte mit den großen Städten, mit Autobahnstrecken und Eisenbahnlinien. Dann erschienen Donau und Rhein, Elbe und Weser.

»Keine Angst, meine Herren, ich werde Ihre kostbare Zeit nicht für unerbetene Nachhilfe in Geographie in Anspruch nehmen.« Ahlborn lächelte vielsagend. »Bitte lassen Sie einmal dieses auf sich wirken.«

Er drückte seine Maustaste, und die Farben der Deutschlandkarte verblassten. Gleichzeitig legte sich ein rotes Spinnennetz über das Land, dessen Zentrum Kassel bildete.

»Ich sage Ihnen nichts Neues, wenn ich daran erinnere, dass wir uns hier im geographischen Mittelpunkt Deutschlands befinden. Aber ist Ihnen wirklich bewusst, dass Nordhessen dadurch zum logistischen Kerngebiet für das ganze Land geworden ist?«

Mit mildem Lächeln sah der Referent in die Runde erstaunter Gesichter.

»Immer wieder«, fuhr er fort, »stelle ich fest, dass Manager der bedeutendsten Logistikdienstleister es zwar für selbstverständlich halten, sich in Nordhessen anzusiedeln, weil sie von hier aus neunzig Prozent ihrer deutschen Kunden innerhalb von sechs Stunden beliefern können. Aber den wenigsten ist klar, dass sie mit diesem Standortvorteil nicht allein stehen. Und nun wird es interessant: Sowohl konkurrierende Speditionen und Paketdienste als auch Industriebetriebe wie Volkswagen in Baunatal oder Viessmann Heizungstechnik in Allendorf, aber auch Einzelhandelsketten wie Edeka, Rewe oder Procter und Gamble haben objektiv gemeinsame Interessen. Ihnen allen muss im Zeitalter zunehmender Vernetzung und Verknüpfung des Güterverkehrs an schnellen Reise- und Transportmöglichkeiten gelegen sein. Ihnen allen muss aber vor allem – zumal vor dem Hintergrund eines vereinten Europa – an einem schnellen, zukunftssicheren europaweiten Logistik-Netzwerk gelegen sein. Dies mag weniger für die Distribution von Konsumgütern gelten, dafür aber um so mehr für hochwertige Postfrachtgüter. Wer denkt nicht mit Schrecken an die Gefahr eines Produktionsausfalles durch – beispielsweise – unerwartete Defekte an komplexen Herstellungsautomaten. Hier kann ein Zeitvorteil von wenigen Stunden über Gewinn oder Verlust in Millionenhöhe entscheiden. Dies alles, meine sehr verehrten Herren, ist Ihnen im Grunde nicht neu. Aber nun stellen Sie sich vor,

Kassel-Calden verfügte über ein funktionierendes europaweites Luftfracht-Netzwerk. Sie könnten innerhalb weniger Stunden ein in Ihrer Niederlassung bei Lyon ausgefallenes Maschinenteil ersetzen. Sie könnten über Nacht einen Steuerungscomputer Ihrer Produktion in Irland austauschen. Last, not least, könnten Ihre Techniker in wenigen Stunden vor Ort sein ...«

Bollmanns Gedanken schweiften ab. Was der Wirtschaftswissenschaftler zu Marktanteilen und Umsätzen im Kleingutverkehr ausführte, klang beeindruckend, interessierte ihn aber nicht wirklich. Ihn beschäftigte die Frage, wie Ahlborns Ideen bei seinen Zuhörern ankamen. Unauffällig beobachtete er die Runde unter scheinbar schläfrig halb geschlossenen Lidern. Kein Zweifel, die Manager und Firmenchefs waren beeindruckt. Mit Vergnügen registrierte er, wie zwei Herren aus konkurrierenden Logistikunternehmen miteinander flüsterten und dann anerkennend nickten. Bollmann gewann den Eindruck, dass sich die Investition in die Veranstaltung gelohnt hatte. Nachher würde mindestens jeder zweite aus der Runde beim Verkehrsminister, beim Wirtschaftsminister, vielleicht auch beim Ministerpräsidenten, einen mehr oder weniger geschickten Hinweis auf die Notwendigkeit des Flughafenausbaus in Kassel-Calden fallen lassen.

Der Referent kam zum Schlusswort. »Sollte es gelingen, Calden auszubauen«, verkündete er, »stünden die Chancen nicht schlecht, den Luftpoststern von Frankfurt nach Kassel zu verlegen. Damit könnte der Flughafen für Europa zu dem werden, was für Amerika der Frachtflughafen Memphis ist. Und der Aufschwung für die Region wäre auf Jahrzehnte gesichert.«

Dieser Satz brachte ihm spontanen Beifall ein. Bollmann trank rasch seinen Cognac aus und erhob sich, um Jürgen Ahlborn zu danken. Er nahm sich vor, den jungen Wissenschaftler im Auge zu behalten. Er würde ihm noch öfter nützlich sein können.

»Meine Herren«, wandte er sich an die geladenen Gäste, »wir haben alle geahnt, im Grunde gewusst, dass wir den Flughafen brauchen. Doch mit dem wissenschaftlich fundierten Material, das Herr Doktor Ahlborn zusammengestellt und in so überzeugender Weise aufbereitet hat, stehen uns Fakten zur Verfügung, an denen die Politik nicht vorbei kann. Herr Ahlborn war so freundlich, eine ausführliche Fassung seines Vortrages in schriftlicher Form zur Verfügung zu stellen. Bitte nehmen Sie Ihr persönliches Exemplar mit; Sie finden darin auch alle angesprochenen Daten und Berechnungen. Allerdings wäre es in unser aller Interesse, das Gutachten gegenüber Presse und Öffentlichkeit nicht zu verwenden. Die Vision eines Luftpoststerns mit Nachtflugbetrieb könnte von gewissen Gruppierungen als Propaganda gegen den Ausbau von Calden missbraucht werden. Ihnen allen danke ich für Ihr Kommen und wünsche Ihnen noch einen erfolgreichen Tag.«

14

»Gott sei Dank. Schön, dass du gleich angerufen hast. Ja, froh und erleichtert. Endlich mal eine gute Nachricht aus Amerika. Bist du heute Abend zu Hause? Vielleicht können wir zusammen ... Ja, nein, ich mache heute pünktlich Feierabend. Wirklich. Nina, ich verspreche ... Essen gehen? Ich weiß nicht, Eigentlich müsste ich ... na gut, einverstanden. Casa Colombiana ist okay. Treffen wir uns dort? Um sieben? Ja, bis dann.«

Hanna Wolf klappte das Handy zu und verstaute es in der Handtasche.

»Nina war in Sorge wegen ihrer amerikanischen Gastfamilie, bei der sie vor drei Jahren war«, erklärte sie. »Im vorigen Jahr waren wir zusammen drüben. Nette Leute, leben in New York, und der Vater hat im World Trade Center gearbeitet. Seit einer Woche versuchen wir anzurufen. Jetzt hat Nina sie per E-Mail erreicht. Sie waren im Urlaub in Florida. Gott, was bin ich froh. Nina war schon völlig durch den Wind.«

»Ich kann mir noch immer nicht richtig vorstellen, was da passiert ist. Ich sehe die Bilder im Fernsehen, und gleichzeitig denke ich, es kann nicht wahr sein.«

»Ich glaube«, nickte Hanna, »so geht es den meisten Leuten. Und dann diese Drohgebärden von Bush. Das macht mir zusätzlich Angst. Ich fürchte, die Amerikaner werden mit Bomben und Raketen gegen Afghanistan vorgehen.«

»Aber gibt es eine Alternative?«

Hanna hob die Schultern. »Ich weiß es nicht«, seufzte sie. »Aber mit Bomben werden sie weder Bin Laden erwischen, noch die Bereitschaft radikaler Islamisten zu Terrorakten verringern. Ich befürchte eher das Gegenteil.«

Florian Stöber schwieg. Er ahnte, dass Hanna Recht haben könnte. Andererseits fühlte er seit dem 11. September das seltsame Bedürfnis nach einem Gegenschlag. War er rachsüchtig? Kopf und Bauch gaben widersprüchliche Signale.

Zu Hannas Überraschung herrschte am Flugplatz wenig Betrieb. In ihrer Vorstellung hatte sie Bilder aus Frankfurt, die sie bei gelegentlichen Urlaubsflügen eingefangen hatte, nach Calden übertragen. Offenbar völlig zu Unrecht. Zwar hatte der spätsommerliche Sonnenschein einige Ausflügler angelockt, die im Restaurant und auf der Terrasse ihr Eis löffelten, doch auf der Startbahn – oder sagte man Landebahn? – war kein einziges Flugzeug zu sehen. Vor einer Halle am Ende des Komplexes lärmte ein Hubschrauber, und über ihnen brummte ein Flugzeug in großer Höhe. Stöber legten den Kopf in den Nacken und blinzelte gegen die Helligkeit.

»Vielleicht kriegen wir noch Fallschirmsprünge zu sehen«, vermutete er. Hanna vernahm die Begeisterung in seiner Stimme. Sie schüttelte den Kopf. »Würdest du dich freiwillig aus einem Flugzeug stürzen?«

»Warum nicht«, entgegnete Stöber. »Muss absolut geil sein.«

Hanna fehlte jedes Verständnis. »Komm, lass uns vorher noch ein paar irdische Probleme lösen.«

In den Räumen der Flughafengesellschaft trafen sie auf den Geschäftsführer. Hanna war erneut überrascht. Horst Ehlert empfing sie freundlich und zeigte sich hilfsbereit. In Ninas Erzählungen aus der Arbeit in der Bürgerinitiative trugen alle, die irgendwie mit dem Flugplatz zu tun hatten, monsterhafte Züge.

Nachdem sie sich vorgestellt hatten, geleitete sie der Mann in sein Büro, bot ihnen Kaffee und jede gewünschte Information zu dem Flugunfall an.

»Wenn Sie möchten, können Sie auch den Funkverkehr mit Herrn Steinfels hören.«

Bevor Hanna entschieden hatte, ob der mögliche Erkenntniswert eines solchen Mitschnitts den Zeitaufwand rechtfertigte, hatte Stöber schon eifrig genickt: »Oh ja, gern.«

Um dem Kollegen nicht in den Rücken zu fallen, ertrug Hanna Wolf das gruselige Tondokument über die letzten Minuten des Piloten.

»Was denken Sie?«, fragte sie, nachdem der Geschäftsführer das Band gestoppt hatte.

Der hob die Schultern. »Ich weiß ehrlich gesagt nicht, was ich davon halten soll«, antwortete er. »Manchmal geht's mit dem Teufel zu. Andererseits erscheint es mir unwahrscheinlich, dass mehrere technische Störungen gleichzeitig auftreten. Zumal Steinfels' Maschine als gut gewartet galt. Der arme Herr Wieland hat sich besonders vorbildlich um die Cessna gekümmert. Wir müssen wohl den Untersuchungsbericht der BFU abwarten.«

»Was halten Sie vom Unfall des Mechanikers?«, warf Stöber ein.

»Dazu kann ich Ihnen wirklich nichts sagen«, antwortete der Geschäftsführer. »Wieland ist – war – Angestellter der Aviatec. Ich weiß nur vom Hörensagen, dass er als umsichtig und zuverlässig galt. Vielleicht fragen Sie mal bei der Geschäftsleitung ...«

»Danke für den Hinweis. Wir werden uns erkundigen«, unterbrach Hanna. »Ich möchte dennoch von Ihnen wissen, warum sich Herr Wieland so intensiv um die Unglücksmaschine gekümmert hat, wie Sie angedeutet haben. Waren die beiden befreundet? Oder hat der Mechaniker alle Flugzeuge in gleicher Weise versorgt?«

Ehlert schwieg einen Augenblick nachdenklich. «Ich weiß nicht«, sagte er dann, »ob sie befreundet waren, aber sie müssen sich gut gekannt haben. Vielleicht von früher. Ich habe sie gelegentlich zusammen gesehen. Sie gingen sehr – wie soll ich sagen – familiär miteinander um. Nicht gerade wie ...«

»... Angehörige verschiedener Gesellschaftsschichten?«

Ehlert nickte. »Das trifft es ungefähr. Aber bitte, ich kann das alles nicht beschwören. Es ist mehr die Summe vieler Eindrücke, die man ja nicht so bewusst ...«

»Danke, Herr Ehlert. Sie müssen sich nicht rechtfertigen. Nur noch eine Frage: Was heißt früher?«

»Früher?«

»Sie sagten, die beiden Toten hätten sich vielleicht von früher gekannt?«

Ehlert hob die Schultern. »Eine Vermutung. Weil sie so ... na ja, wie gute alte Bekannte eben. Ich weiß auch nicht ...«

Hanna erhob sich. »Vielen Dank für Ihre freundlichen Auskünfte – und für den Kaffee. Es könnte sein, dass wir Sie noch einmal behelligen müssen. Falls sich noch Fragen ergeben.«

»Selbstverständlich stehe ich Ihnen zur Verfügung. Gestatten Sie?« Ehlert nahm Hanna die Jacke ab, um ihr hinein zu helfen. Sie bedankte sich mit einem herzlichen Lächeln. Mit einer Verbeugung geleitete der Geschäftsführer seine Besucher zur Tür und öffnete sie.

Draußen zog Hanna die Jacke wieder aus. »Das gefällt mir«, murmelte sie, »aber hier ist es ja wärmer als drinnen.«

Stöber sah sie irritiert an. Hanna lachte. »Es gefällt mir«, erklärte sie, »wenn Männer höflich sind. Eine Tugend, die ich übrigens auch an dir schätze, mein lieber Florian.«

Stöber fühlte, wie ihm das Blut in die Wangen schoss.»

Du kannst ja richtig verlegen sein. « Hanna stupste ihren Kollegen in die Seite. »Was meinst du? Fall oder Unfall?«

Erleichtert über den Themenwechsel sprudelte Stöber los. »Wir sollten mit den Witwen sprechen. Wenn Wieland und Steinfels gute Bekannte, vielleicht sogar Freunde waren, müssten die das doch wissen. Wenn es eine Verbindung gibt und wir herausbekommen, welcher Art die ist, ich meine: war, ergeben sich vielleicht Anhaltspunkte. Und dann hat dieser Ehlert natürlich Recht. Wenn die BFU herausfindet, dass mit dem Flugzeug etwas nicht in Ordnung war, könnte es sich um eine Beziehungstat handeln. Steinfels könnte mit Wielands Frau ... oder umgekehrt ... nein, ich meine, Wieland mit Steinfels Frau oder so.«

»Oder so?«

»Na ja, irgendwie könnte es doch für Wieland einen Grund gegeben haben, Steinfels aus dem Weg zu räumen. Als Mechaniker hätte er jedenfalls die besten Voraussetzungen, einen Flugunfall auszulösen.«

»Und Wielands Unfall? Haben sich beide gegenseitig umgebracht?«

»Wir müssen eben herausfinden, ob der Tod des Mechanikers wirklich ein Unfall war. Steinfels war nicht nur in der Nähe, er hat sogar den Totenschein ausgefüllt.«

Hanna Wolf sah in den leicht milchigen blauen Himmel, an dem sich kleine schwarze Punkte in rascher Folge aus einem silbrig glänzenden Flugzeug lösten.

»Ziemlich gewagt«, murmelte sie

Stöber folgte ihrem Blick. »Meinst du meine Theorie oder die Fallschirmspringer?«

»Beides«, antwortete Hanna Wolf, ohne die Augen von den rasch größer werdenden Punkten zu lösen.

*

Vor einer Woche war er vor den Füßen seiner Eltern gelandet. Sozusagen. Heute war niemand da, der sich um ihn ängstigen oder ihn bewundern konnte. Dennoch fühlte Christian Altenburg wieder diese Strömung in seinem Körper.

Es war, als zweige der Luftstrom des freien Falles ein wenig von seiner Kraft für sein Inneres ab, um auch die Seele die Energie des Elementes spüren zu lassen. Glücksmomente, die sich bei jedem Sprung wiederholten, die ihn frei und fröhlich machten, die eine unbändige Lust am Dasein auslösten und viele Sekunden anhielten.

Christian kontrollierte die Höhe. Noch tausendfünfhundert Meter. Mit wenigen Handbewegungen versetzte er seinen stürzenden Körper in Drehungen. Der Horizont schwebte vorüber. Ein Blick in die Runde, kein anderer Springer in der Nähe. Es wurde Zeit, sich zu konzentrieren. Tausend, neunhundert, abwinken, ziehen.

Nichts.

Sein Herzschlag setzte aus. Wo blieb der Hilfsschirm? Christian zerrte an den Schlaufen. Noch tausend Meter. Ihm brach der Schweiß aus. Seine Gedanken rasten. Jetzt ist es soweit. Ich muss den Reserveschirm ...

Verzweifelt riss er an den Griffen.

Fünfhundert Meter. Jetzt kann nur noch der Automat ... Bei zweihundertfünfzig knallt der Cypres den Reserveschirm raus. Jetzt! Warum nicht...?

Christian Altenburg schrie. Dann schlug sein Körper auf. Der Erdboden ließ ihn zurückprallen. Den zweiten Aufschlag spürte er nicht mehr.

Ein kollektiver Aufschrei wehte vom Flugplatzgebäude herüber, schwebte über die Leiche hinweg und verlor sich in den Wiesen jenseits des Geländes.

*

»Florian, bist du okay?« Hanna wiederholte ihre Frage und sah ihren Kollegen prüfend an. Stöber war kreidebleich. Mit offenem Mund starrte er zu dem gekrümmten, leblosen Körper auf der anderen Seite des Platzes hinüber. Langsam erwachte er aus seiner Erstarrung. »Ja«, flüsterte er, »alles in Ordnung. Hast du das gesehen, Hanna?« Er schien keine Antwort zu erwarten, denn er murmelte weiter vor sich hin.

»Komm, Florian.« Sie zog ihn am Ärmel zum Wagen. »Du wartest hier auf mich. Ich rufe die Kollegen an und sehe mal, ob wir helfen können. Bis gleich.«

Während sie zum Flugplatzgebäude zurückeilte, tippte sie auf die Tasten ihres Handys. Florian beobachtete, wie sie das Mobiltelefon ans Ohr drückte und mit der freien Hand das andere Ohr zuhielt, weil in diesem Augenblick die Sirene eines Sanitätsfahrzeuges aufheulte, das in ihrer Nähe startete.

Als Hanna zurückkehrte, hatte sich Florian Stöber wieder gefasst. Fragend sah er seiner Kollegin entgegen.

Die schüttelte den Kopf und beugte sich zum Wagenfenster. »Wir können hier jetzt nichts mehr tun«, sagte sie. »Der Notarzt ist gleich da, und die Kollegen aus Hofgeismar sind auch schon im Anmarsch. Du hast mich übrigens überzeugt. Lass uns in den Ort fahren. Mit der Witwe Steinfels reden. Fühlst du dich stark genug? Oder soll ich fahren?« Stöber schüttelte den Kopf. »Danke, nein. Ich fahre.« Erleichtert registrierte Hanna, dass die Farbe in sein Gesicht zurückgekehrt war.

»Hoffentlich wird das nicht auch noch ein Fall für uns«, seufzte sie, während sie sich anschnallte und Stöber den Wagen startete.

»Würde mich nicht wundern«, antwortete ihr Kollege. Und dann hing jeder seinen Gedanken nach. Erst als sie in Calden gestoppt hatten, um sich bei der Gemeindeverwaltung nach der Adresse der Familie Steinfels zu erkundigen, kam wieder so etwas wie ein Gespräch in Gang.

»Grausam«, sagte Stöber. »Das muss ein grausames Ende sein, so in den Tod zu stürzen. Du siehst es auf dich zukommen und kannst nichts machen.«

Hanna sah ihren jüngeren Kollegen an. »Vielleicht solltest du dir einen anderen Traum aussuchen. Es muss ja nicht so was Gefährliches sein.«

»Fallschirmspringen ist eigentlich nicht gefährlich«, erwiderte Stöber. »Jedenfalls heutzutage nicht mehr. Es gibt nur selten Unfälle. Und die meistens bei waghalsigen Landemanövern. Ich wette, da hat jemand am Fallschirm manipuliert. Die heutigen Schirme haben eine doppelte ...«

»Wir müssen da vorn einbiegen«, unterbrach Hanna. »In die Lindenstraße. Dann zum Schellingweg. Lass uns auf dem Rückweg weiterreden. Dann kannst du mir alles über Fallschirme erzählen. Du scheinst dich ja gut auszukennen.«

»Wie man sich eine Arztvilla vorstellt.« Hanna Wolf ließ den Blick über das Haus schweifen, nachdem sie den Wagen in der breiten Zufahrt abgestellt hatten, und folgte dann mit schnellen Schritten ihrem Kollegen zur Haustür. Während Stöber auf den Klingelknopf drückte, kramte sie nach ihrem Dienstausweis.

Katja Steinfels sah aus wie die perfekte Witwe. Gleichzeitig aber auch wieder nicht. Sie war kleiner als Hanna, dunkelhaarig und sehr schlank. Ihre Stimme leise und ein wenig geziert. Geradezu der Gegenentwurf zu Hanna Wolf, dachte Stöber. Die Hauptkommissarin erläuterte ihr Anliegen. Zögernd bat die Frau die Besucher herein. Warum, fragte sich Stöber, sieht sie aus wie eine Frau, die eine Witwe darstellt? War das schwarze Kleid zu elegant? Die Frisur zu perfekt? Er würde Hanna nach ihrem Eindruck fragen. Später. Jetzt folgte er aufmerksam dem Dialog der ungleichen Frauen.

»Frau Steinfels, wir bedauern, Sie mit unangenehmen Fragen behelligen zu müssen, aber sicher liegt auch Ihnen daran, falsche Verdächtigungen rasch aus der Welt zu schaffen.«

»Verdächtigungen?« Ganz leicht hob Katja Steinfels die makellosen Augenbrauen.

»Noch liegt das Untersuchungsergebnis zum Unfall Ihres Mannes nicht vor. Aber es kann nicht ausgeschlossen werden, dass die Maschine zum Absturz gebracht wurde. Haben Sie eine Vorstellung, wer ein Interesse daran haben könnte, Ihren Mann ... Ihrem Mann zu schaden?«

Katja Steinfels schüttelte langsam den Kopf. »Nein«, sagte sie schließlich. »Das ist unvorstellbar.«

»Kannten Sie Bernd Wieland?«

»Nein, wer soll das sein?« Die Antwort kam etwas zu rasch, fand Stöber. Hanna ließ sich nichts anmerken.

»Der Flugzeugmechaniker, der kürzlich ums Leben kam. Wenige Tage vor dem Unfall Ihres Mannes.«

»Ach, der ... Ich habe davon gelesen.«

»Und Sie kannten Herrn Wieland nicht?«

»Nein. Jedenfalls nicht persönlich. Kann sein, dass mein Mann mal von ihm gesprochen oder mit ihm telefoniert hat. Vielleicht hat er auch mal hier angerufen. Aber ich erinnere mich nicht. Die ganze Fliegerei hat mich nicht interessiert.«

Hanna nickte verständnisvoll. »Eine Bitte hätten wir noch. Könnten wir einen Blick in das Arbeitszimmer Ihres Mannes werfen? Danach sind Sie uns auch sofort los.«

Die Witwe erhob sich. »Wenn es Ihnen hilft. Aber woher wissen Sie, dass mein Mann hier ein Arbeitszimmer hat? Die Praxis ist doch im Kirchweg.«

»Von Wissen kann nicht die Rede sein.« Die Hauptkommissarin lächelte entschuldigend. »Ich habe es nur vermutet.«

Der Raum, in den sie geführt wurden, war sparsam möbliert. Es gab weder Bilder an den Wänden noch Bücher. Ein Schreibtisch mit Stuhl, ein niedriges Regal mit Luftfahrtkarten und mehreren Ausgaben der Flugrevue. Und ein PC. Stöber hatte schon den Finger am Einschaltknopf. »Darf ich?«

An wen sich die Frage richtete, war nicht ganz klar. Hanna sah Katja Steinfels an. Die nickte zögernd. »Letztlich kann ich es wohl doch nicht verhindern. Also bitte. Ich kann mit dem Ding ohnehin nichts anfangen. Mein Mann hat damit seine Flüge geplant, Flugbuch geführt, Wetter abgefragt und so weiter.«

Der Rechner brummte, auf dem Bildschirm erschienen einige Zeichen, dann eine Passwortabfrage.

»Kennen Sie das Passwort?«

Kopfschüttelnd starrte die Witwe den Computer an. »Ich wusste nicht, dass mein Mann ein Passwort benutzte. Seltsam. Er hat sich immer über die Leute lustig gemacht, die ihre Passwörter vergessen. Das einfachste Passwort ist kein Passwort, hat er öfter gesagt. Tut mir leid, da kann ich Ihnen nicht helfen.«

»Schade.« Stöber schaltete den Rechner aus.

Als sie sich an der Haustür verabschiedeten, schoss Hanna endlich die Frage ab, auf die Stöber gewartet hatte: »Waren Ihr Mann und Bernd Wieland alte Freunde? Schulkameraden zum Beispiel?«

»Ich glaube kaum«, erwiderte die Witwe. »Das hätte er bestimmt erwähnt.«

Im Wagen sahen sie sich an. Die Frage kam wie aus einem Munde. »Die andere Witwe?«

Stöber ließ den Motor an, und Hanna telefonierte mit dem Präsidium, um sich die Adresse von Wieland heraussuchen zu lassen. Als der Wagen in die Wilhelmsthaler Straße einbog, rief Isabella zurück.

»Weiter geradeaus«, sagte Hanna, »wir müssen nach Weimar. Die Straße heißt Böllhöfe. Komischer Name.«

»Kommt vom Böll, der heute Bühl heißt. Ein See, der sich in einem ehemaligen Basaltwerk gebildet hat.«

»Was du alles weißt.« Hanna pfiff durch die Zähne.

Stöber grinste verhalten. »Als Kind war ich oft in Wiemeren. Hab Verwandtschaft dort. Wenn wir da jetzt hinfahren – heißt das, der Unfall ist ein Fall?«

Hanna zuckte die Schultern. »Ich bin nicht sicher. Aber da ich den Eindruck habe, die Witwe Steinfels wollte uns was vormachen, sollten wir Frau Wieland fragen. Vielleicht verrät sie uns die Verbindung zwischen den beiden Männern.«

Sie hatten das Ortsausgangsschild erreicht, Stöber beschleunigte. »Ich würde ja zu gern mal in Steinfels' Computer schauen.«

»Was versprichst du dir davon?«

»Ich weiß nicht, aber die Geschichte mit dem Passwort klang glaubwürdig. Und wenn der Doktor gegen seine eigene Maxime handelte, hatte er bestimmt einen Grund. Vielleicht ist dort eine Information gespeichert, die niemand sehen sollte.«

Hanna wiegte den Kopf. »Mag sein. Aber womöglich hat er auch nur Internetseiten betrachtet, von denen seine Frau nichts erfahren durfte. Aber ohne Passwort ...«

»Nichts ist unmöglich«, murmelte Stöber, und Hanna sah ihn prüfend von der Seite an.

Die Böllhöfe war eine typische Siedlungsstraße der Nachkriegszeit. Man sah den Einfamilienhäusern an, dass sie in den fünfziger Jahren errichtet und über die Jahrzehnte hinweg von ihren Besitzern dem Zeitgeschmack und wohl auch dem Geldbeutel entsprechend ausgebaut und verschönert worden waren.

Marie-Luise Wieland schien – im Gegensatz zu Katja Steinfels – vom Verlust ihres Mannes hart getroffen. Sie rieb ihre Hände unaufhörlich an der geblümten Kittelschürze, die Augen waren gerötet, die Frisur offenbar seit Tagen nicht geordnet, das Gesicht grau und zerfurcht. Als Hanna ihr vorsichtig zu erklären versuchte, warum sie mit ihr sprechen wollten, brach sie in Tränen aus. Florian Stöber dachte an seine Mutter, und es tat ihm leid, dass sie die Frau mit Fragen quälten, die ihr völlig unverständlich sein mussten.

Schließlich gelang es Hanna, die Frau zu beruhigen und die entscheidende Frage anzubringen. »Ja«, antwortete sie leise, »der Herr Doktor ist mit meinem Bernd zur Schule gegangen. Und ...«

»Und?«

»Er musste doch immer die Frau Steinfels anrufen, wenn der Doktor nach Sylt geflogen ist. Zu dieser jungen Kollegin.«

»Das verstehe ich nicht. Können Sie mir erklären, was es mit diesen Anrufen auf sich hatte?«

Als sie wieder im Wagen saßen, sah Stöber die Hauptkommissarin fragend an. Hanna war klar, dass er ein Lob hören wollte. Aber sie ließ ihn warten. Ihre Gedanken kreisten um die Aussagen der Witwen.

»Sieh an, der saubere Herr Doktor hatte ein Verhältnis. Und Wieland war so etwas wie sein Gehilfe. Auf der fliegerischen Ebene und auf der erotischen.«

»Aber warum lügt Katja Steinfels?«

Hanna lächelte. »Als Lüge würde ich das nicht bezeichnen. Sie verdrängt. Und das kann ich sogar verstehen. Ich bin sicher, sie wusste von Wielands Rolle. Sein Name ist für sie Synonym für die Eskapaden ihres Mannes. Davon will sie nichts mehr wissen. Außerdem ist der Mechaniker jetzt auch tot. Damit möchte sie den Unfall ihres Mannes nicht in Verbindung gebracht sehen. Ist doch verständlich – oder?«

»Wenn man es so sieht ...«

Hanna betrachtete die Eintragung in ihrem Notizheft. »Svenja Hansen. Jetzt würde mich doch interessieren, was in dem Computer steckt.«

»Und ich wette«, frohlockte Stöber, »das Passwort heißt SVENJA.«

»Na, dann ...«

»Zurück nach Calden?«

Hanna Wolf nickte. »Ich glaube, du hattest den richtigen Riecher. Die Unfälle sind vielleicht doch keine. Gib Gas.«

15

»Erst mal gibt's Tee. Und dann verteilen wir die Arbeit.« Dieter Dombrowski erschien mit einer Teekanne in der einen und einem Teller mit Bio-Gebäck in der anderen Hand auf der Terrasse.

Für Oktober war es ungewöhnlich warm und sonnig, also hatten sich die Mitglieder der Bürgerinitiative in der windgeschützten Veranda des Einfamilienhauses in Harleshausen auf Korbsesseln und eilig herbeigeschafften Klappstühlen niedergelassen.

Sorgsam schenkte der Hausherr ein. Während der Zeremonie brachte Gunhild Dombrowski die Zeitung, einige leere Blätter und einen Stapel Briefe auf die Terrasse. »Wer möchte ...?«, fragte sie. Nina nahm ihr die Post ab und legte sie vor sich hin. »Ich schau gleich mal, was so gekommen ist. Bestimmt sind neue Mitglieder dabei.«

»Das ist nett von dir.« Dieter Dombrowski lächelte ihr aufmunternd zu. Dann wandte er sich an einen schmalen, hoch gewachsenen Jungen, der mit gedämpfter Stimme seinem Nachbarn auseinandersetzte, warum der Bombenkrieg in Afghanistan nicht zu dem gewünschten Erfolg führen könne. »Jan, möchtest du Nina vielleicht helfen? Dann könnten Sarah und Arne sich schon mal mit den Zahlen beschäftigen, die Nina mitgebracht hat. Und ich würde versuchen, einen Entwurf für die Presseerklärung zu formulieren. Die genauen Daten können wir dann später einarbeiten. Seid ihr einverstanden?«

Alle nickten.

Nina trank ihren Tee aus und sah fragend zu Jan hinüber. Er erhob sich. »Ich komme am Besten zu dir rüber. Wenn Dieter ein bisschen rücken könnte, hätten wir genug Platz, um die Post zu sortieren.«

»Passt auf, dass kein Milzbrandbrief dabei ist«, grinste Arne.

»Das ist nicht witzig«, rief Nina und schoss einen wütenden Blick auf Arne ab. Seine Scherze hatten selten Niveau, Nina mochte ihn nicht besonders.

»Hab ich's nicht gesagt?« Triumphierend hielt Nina einen Brief in die Höhe und wedelte mit einem blauen Stück Papier. »Eine Familie aus Fürstenwald möchte unsere Arbeit unterstützen. Dafür liegt schon mal ein Scheck bei. Hundert Mark. Und mitmachen wollen sie auch. Bei Aktionen oder so. Hier, hört mal her, die schlagen sogar was vor. Nina las laut: In der Frankfurter Rundschau haben wir gelesen, dass im Raum Frankfurt Flughafengegner Pfahlreihen in der Landschaft aufgestellt haben, um symbolisch Grenzen gegen die Ausweitung des Flughafens zu setzen. Das könnte man doch auch rings um Calden machen. Wir besitzen etwas Wald und betreiben Holzwirtschaft. Gern würden wir für eine solche Aktion Holz zur Verfügung stellen.«

Nina strahlte in die Runde. »Ist das nicht toll?«

»Jetzt lies erst mal das hier.« Jan schob ihr ein Blatt hin, das er gerade auseinander gefaltet hatte.

Nina stieß einen erstickten Schrei aus. Alle Köpfe fuhren herum und sahen sie an.

»Ein Drohbrief«, flüsterte sie und hielt das Blatt so, dass alle die ausgeschnittenen Schriftzeichen sehen konnten.

Wer Arbeitsplätze verhindert, den Fortschritt aufhält und die Zukunft unserer Kinder kaputt macht, hat hier nichts zu suchen. Wir fordern den Aufrührer und Kinderverderber Dieter D. aus Harleshausen auf, innerhalb von 48 Stunden die Region zu verlassen. Solltest du dich unserer berechtigten Forderung widersetzen, werden wir mit dir kurzen Prozess machen. Dein Grab wartet schon.

STAATSBÜRGER FÜR FORTSCHRITT

Nina hatte leise vorgelesen. Stumm und fassungslos sahen alle auf Dieter Dombrowski. »Das ist doch Schwachsinn«, erklärte er. »Das müssen wir nicht ernst nehmen. Ein Irrer, der sich wichtig machen will. Am Besten, wir werfen den Brief weg und vergessen ihn.«

»Kommt nicht in Frage«, protestierte Nina. »Ich nehme ihn mit und zeige ihn meiner Mutter. Die haben im Präsidium Experten für so was. Vielleicht steckt ja doch die andere Seite dahinter. Ich traue denen alles zu. Wir wissen doch, dass einige Leute ernsthaft glauben, ihre Existenz hinge vom Ausbau des Flughafens ab. So einer kann schon mal durchdrehen. Oder das Ganze ist psychologische Kriegsführung. Die wollen uns verunsichern, uns Angst machen, was weiß ich. Jedenfalls bin ich dafür, die Polizei einzuschalten.«

»Ich auch.« Jan legte seine Hand auf Ninas Arm.

Nina sah ihn dankbar an und blitzte herausfordernd in die Runde. »Wer noch?«

»Ich bin dagegen.« Arne verschränkte die Arme vor der Brust. »Dieters Vorschlag ist besser. In ein paar Tagen ist die Sache vergessen. Wenn die Bullen das in die Finger kriegen, schnüffeln sie überall 'rum. Auch bei uns. Darauf habe ich keinen Bock.«

Nina spürte, wie die Wut in ihr hochstieg. Jan drückte ihren Arm. »Lass ihn«, flüsterte er. »Warte, was Dieter selber meint.«

Dombrowski suchte nach einem Kompromiss. Konfrontationen in der Gruppe waren zu vermeiden. Irgendwie musste er die Sache pädagogisch angehen. Wie sehr ihm daran lag, den Absender herauszufinden und an den Pranger zu stellen, durfte dabei nicht anklingen.

»Wir sollten«, begann er, »uns deswegen nicht streiten. Der oder die Briefschreiber sollen uns doch nicht von unserer Aufgabe ablenken. Also arbeiten wir weiter wie bisher. Nina ist es selbstverständlich freigestellt, ihre Mutter zu Rate zu ziehen. Damit ist noch keine offizielle Polizeiaktion ausgelöst. Warten wir doch erst einmal ab, was Frau Hauptkommissarin Wolf dazu sagt. Dann sehen wir weiter. Einverstanden?«

Niemand erhob Einwände. Sogar Arne nickte. »Gut«, stellte Dombrowski fest. »Dann lasst uns weitermachen.«

Vielleicht, dachte er, entwickelt sich daraus ein guter Aufhänger, Nina zur Sprecherin der Gruppe zu machen. Damit wäre der Initiative ein wichtiger Schritt zu einem jugendlicheren Erscheinungsbild in der Öffentlichkeit gelungen. Außerdem wäre er dann weniger exponiert.

*

»Dauert das noch lange? Mir ist nicht ganz wohl dabei, Florian. Wir haben kein Recht ...«

»Wieso? Frau Steinfels ist doch einverstanden.« Mit atemberaubender Geschwindigkeit klickte Stöber sich durch Menüs und Dateien. Er war stolz, sein Wissen zeigen zu können. Und er hatte mit seiner Vermutung Recht behalten. Mit SVENJA hatte sich der Rechner starten lassen.

Hanna schüttelte den Kopf. »Sie ist nicht wirklich einverstanden. Wir haben sie überrumpelt. Und je länger du in dem Ding herumsuchst ... Jetzt kommt auch noch jemand.«

Mit melodischem Klang hatte sich die Haustürglocke bemerkbar gemacht.

»Ich bin gleich durch. Ich kann ohnehin nichts entdecken, das uns weiterhelfen könnte. Scheint sich alles auf die Fliegerei zu beziehen. Keine Korrespondenz, keine Aufzeichnungen. Auch kein Hinweis auf versteckte Dateien.«

Vom Flur her klang die energische Stimme eines Mannes. »Polizei? An Georgs Computer? Das werden wir sofort unterbinden.«

»Halt sie auf«, flüsterte Stöber. »Ich checke noch schnell die E-Mails.«

»Aber beeil dich.« Hanna Wolf seufzte und verließ den Raum. Stöber hatte schon das Mailprogramm gestartet und öffnete die Verzeichnisse für eingegangene und gesendete Mails. Auch hier ging es um fliegerische Angelegenheiten. Zwischen Anfragen bei Firmen, die Navigationsgeräte oder Ausrüstungsgegenstände für Privatpiloten anboten, Rundschreiben eines Fliegerclubs und Mitteilungen des Bundesluftfahrtamtes fiel ein unformatiertes kurzes Schreiben auf, dessen Absender mit »K.« gezeichnet hatte. Vom Flur her näherte sich ein Gewirr erregter Stimmen.

»Als Anwalt der Familie ...« hörte Stöber und handelte instinktiv. Zum Lesen der Nachricht blieb keine Zeit. Rasch tippte er seine eigene E-Mail-Adresse ein und klickte auf »Weiterleiten«. Als die Tür aufgerissen wurde, hatte er die versandte Mail bereits gelöscht und das Programm beendet.

Ein Mann in einem eleganten dunkelblauen Zweireiher trat ins Zimmer. In diesem Augenblick zog Stöber die Diskette aus dem Laufwerk, die er zuvor einer herumliegenden Packung entnommen hatte, und steckte sie in die Brusttasche.

»Doktor Severin«, schnaubte der Eindringling. »Ich bin der Anwalt der Familie. Sie werden sofort dieses Haus verlassen. Ihrer Anwesenheit fehlt jede Rechtsgrundlage.«

Stöber erhob sich. »Wir wollten sowieso gerade gehen. Frau Steinfels war übrigens so freundlich, uns zu gestatten ...«

»Katja, ich meine Frau Steinfels, hat überhaupt nicht ... Sie haben ... Halt! Die Diskette bleibt hier. Das ist Eigentum meiner ... meiner Mandantin.«

Stöber zögerte und sah fragend zu Hanna. Sie zuckte bedauernd die Schultern. »Ich glaube, der Herr ... Rechtsanwalt ... hat in diesem Fall Recht.«

Umständlich kramte Stöber in seiner Brusttasche, zog schließlich die Diskette hervor und reichte sie an Severin, der die Hand ausgestreckt hatte, vorbei, der Witwe, die hinter ihm aufgetaucht war. »Wie Sie sagten, Herr Rechtsanwalt, Eigentum Ihrer ... Ihrer Mandantin.«

Hinter Severins Rücken verzog Hanna das Gesicht. Anerkennend? Tadelnd? Stöber war nicht sicher.

Höflich verabschiedeten sich die Beamten von der Dame des Hauses. Severin beachteten sie nicht.

Im Wagen stieß Hanna Wolf ihren Kollegen in die Seite. »Der wäre beinahe geplatzt«, lachte sie. »Du warst umwerfend, Florian. Das war bühnenreif. Gratuliere. Nur schade, dass er dir die Diskette wieder abgenommen hat. War was Interessantes drauf?«

Stöber grinste vieldeutig. »Die Diskette war leer. Aber ich hab was gefunden.«

»Wirklich?«

»Ja, eine etwas merkwürdige E-Mail. Hatte leider keine Zeit, sie vollständig zu lesen.«

»Verdammt. So dicht dran. Und wieder mal nichts.« Hanna schlug mit der Faust auf das Armaturenbrett.

»Kein Grund, Staatseigentum zu beschädigen.« Stöber grinste noch breiter. »Wir können sie morgen lesen.«

»Lesen? Morgen? Was soll der Quatsch, Florian.«

»Entschuldigung. Montag natürlich. Morgen ist ja Wochenende. Also Montag. Ich bringe sie mit.«

»Was heißt das: Ich bringe sie mit?«

»Die E-Mail. Oder heißt es: das E-Mail? Jedenfalls habe ich sie vom Computer des Verstorbenen zu mir nach Hause geschickt. Wir können uns nächste Woche in Ruhe damit befassen. Oder auch gleich, wenn du willst. Dann müssten wir zu mir fahren.«

Sekundenlang sah Hanna ihren Kollegen mit großen Augen an. »Ich fass' es nicht«, sagte sie schließlich. »Kommissar Florian Stöber, aus dir wird noch mal was. Denk an meine Worte. Und nun fahr los. Das Ding interessiert mich.«

»Also zu mir nach Fuldatal? Du hast noch eine Verabredung.«

Hanna sah auf die Uhr.

»Schon so spät? Nein, dann doch nicht. Lass uns zurück zum Präsidium fahren. Setzt du mich am Parkhaus Vaterland ab? Dann schaffe ich es noch bis um sieben. Du kannst dir ja diese Mail schon mal anschauen. Und mir dann berichten.«

»Selbstverständlich.« Stöber nickte und ließ den Wagen an.

*

Warum tue ich mir das eigentlich an? Mein Ansehen in der Region ist dahin. Viel leichter wäre es gewesen, auf der anderen Seite zu stehen. Das hätte Punkte gebracht. Nach den Umfragen sind die meisten Bewohner des Wahlkreises gegen den Flughafenausbau. Natürlich in erster Linie diejenigen, die persönliche Nachteile befürchten. Fluglärm und Luftverschmutzung und was weiß ich noch alles. Bequem wollen es alle haben. Jedes Jahr nach Mallorca düsen, aber den Flugplatz bitte nicht vor meiner Haustür. Schnelle Zugverbindungen und freie Fahrt auf Autobahnen. Aber die Strecken bitte woanders bauen. Und die Politik soll alles richten. Als ob ein Abgeordneter aus Nordhessen in Wiesbaden was zu sagen hätte. Mitsprache muss man sich verdienen. Und man kann nichts werden, wenn man sich querlegt. Außerdem sind wir für Hessen da. Und für das Land wäre es nun mal besser, wenn der Flugplatz ausgebaut würde. Wenn ich das hinkriege, bin ich in der Fraktion unangreifbar. Und in der nächsten Regierung werden für einige Ressorts neue Gesichter gebraucht ...

»Meine Damen und Herren, in wenigen Minuten erreichen wir Kassel-Wilhelmshöhe. Sie haben Anschluss nach Kassel-Hauptbahnhof um zwanzig Uhr siebenundzwanzig auf Gleis ...« Roland Altenburg ließ die Zeitung sinken, deren Bericht über den Stand des Raumordnungsverfahrens seinen Tagtraum ausgelöst hatte, und warf sie in die Gepäckablage. Wie fast jedes Mal benutzte er den Intercity-Express Hannah Arendt von Frankfurt nach Kassel-Wilhelmshöhe, um das Wochenende zu Hause zu verbringen. Die Neunzehn-Uhr-Verbindung brachte ihn in einer Stunde und zwanzig Minuten ans Ziel. Allerdings musste er sich nach Frankfurt fahren lassen. Und in Wilhelmshöhe benötigte er ein Taxi für die restlichen Kilometer zum Juliusstein in Kirchditmold. Er fragte sich, wie schnell wohl eine Flugverbindung sein würde. Linienflüge zwischen Frankfurt und Calden – das wär's. Schon wegen des Renommees.

Als der Zug in den Bahnhof einrollte, stand der Abgeordnete Roland Altenburg summend im Gang des Erste-Klasse-Wagens und erwärmte sich an der Vorstellung, das Wochenende mit Ines zu verbringen. Nach der nervenaufreibenden Trennung von Marianne hatte die junge Frau seinem Leben wieder einen Sinn gegeben. Sobald die Scheidung durch war, würden sie heiraten. Schon jetzt freute sich Altenburg auf die Gesichter seiner Kollegen und Parteifreunde. Ines war eine Schönheit. Spanische Vorfahren mütterlicherseits hatten ihr klassische Züge, dunkle Augen und tiefschwarze Haare mitgegeben. Und Temperament.

Unbewusst lächelnd stieg der Abgeordnete aus dem Zug und eilte mit federnden Schritten zum Taxistand auf dem Bahnhofsvorplatz.

Der grauhaarige Fahrer legte die Bild-Zeitung aus der Hand und fragte in den Rückspiegel: »Wo soll's dann hinnegehn?«

Endlich mal ein Einheimischer, dachte Altenburg und nannte die Adresse. Der Fahrer nickte. Ihm würde er den Weg nicht beschreiben müssen. Erleichtert lehnte sich der Abgeordnete zurück. Taxifahrer ausländischer Herkunft, die kaum Deutsch verstanden und denen er auch noch die Strecke erklären musste, nervten ihn.

Während der Wagen im abendlichen Verkehr auf der Heßbergstraße mitschwamm, ging Roland Altenburg in Gedanken die Ressorts durch.

Wenn der MP klug ist, wechselt er nach der nächsten Wahl wenigstens fünf Minister aus. Für drei der freiwerdenden Posten bin ich mindestens so geeignet wie die jetzigen Amtsinhaber. Und wenn Calden erst einmal auf den Weg gebracht ist, kommt er an mir nicht vorbei. Heinz unterstützt mich, da müsste es doch mit dem Teufel zugehen, wenn ich nicht ...

Heinz Bollmann. Seit Senior Kurt Bollmann sich in den Ruhestand zurückgezogen hatte, leitete Altenburgs ehemaliger Studienkollege den Familienkonzern. Bollmann junior hatte das BWL-Studium abgebrochen, um die Firma seines Vaters zu übernehmen. Das war ihm nicht schwer gefallen. Die Theorie der Betriebswirtschaft war ihm ohnehin zu »unproduktiv« gewesen. »Jetzt wird nicht mehr gelabert, jetzt wird geballert«, waren seine Abschiedsworte gewesen.

Tatsächlich schien Heinz Bollmann die Nase für gute Geschäfte von seinem Vater geerbt zu haben. Unter seiner Führung expandierte Bollmann Hoch- und Tiefbau gewaltig, war das Unternehmen sogar über die europäischen Grenzen hinaus gewachsen. Inzwischen baute die Firma in Syrien, in Saudi-Arabien und in Libyen.

Bollmanns Einfluss war geradezu unheimlich. Er duzte fast alle wichtigen Politiker, ging beim Ministerpräsidenten ein und aus und war regelmäßig Gast im Bundeskanzleramt. In Berlin offenbar weniger als früher in Bonn, aber auch in der neuen Hauptstadt zog der massige Hesse seine Fäden.

»Glauw'ich nitt«, unterbrach der Fahrer Altenburgs Gedankengänge. »Hibben dä doch disse Verriggden us dem Fluchzeuch und wunnern sich, wenn se uf de Ähre knallen.« Kopfschüttelnd drehte der Taxifahrer am Lautstärkeregler. Der Hessische Rundfunk brachte Regionalnachrichten. »... für den Neunzehnjährigen aus Obervellmar kam jede Hilfe zu spät. Wie der Vorsitzende des Caldener Aero-Clubs mitteilte, wird der Unfall zunächst von Experten des Deutschen Fallschirmsportverbandes untersucht. Sollten sich Hinweise auf Fremdverschulden ergeben, wird die Kriminalpolizei hinzugezogen. Und nun zum Sport. Der Aufwärtstrend der Kassel Huskies setzt sich fort. Heute erkämpften die Huskies nach einem Zwei-Tore-Rückstand doch noch einen Sieg gegen die Mannheimer Adler. Deren offensive Spielführung hatte zuvor ...«

Altenburg spürte plötzlich sein Herz.

Hoffentlich nicht der Junge.

Neunzehnjährige gab es viele. Auch in Obervellmar. Es durfte nicht sein. Und wenn doch? Sollte Christian nicht in diesen Tagen seine Sprungausbildung abgeschlossen haben? Mein Gott! Elisabeth würde durchdrehen. Und um den Jungen wäre es auch schade.

Er sollte anrufen.

Aus dem Autoradio erklangen hektische Rhythmen.

»Drehen Sie mal das Radio leiser«, sagte er nach vorn. »Ich muss telefonieren.«

Nachdem er gewählt hatte, drückte er die Ende-Taste. Falls Christian tatsächlich verunglückt war, hatte er mit seinem Bruder ein paar sehr ernste Dinge zu besprechen. Und die waren nicht für fremde Ohren geeignet. Er ließ das Handy in die Tasche gleiten. »Sie können wieder einschalten. Es meldet sich niemand.«

Der Fahrer sah ihn im Rückspiegel an. »Das ging aber schnell«, murmelte er und suchte einen Sender mit weniger aufdringlicher Musik.

Als Ines an der Haustür erschien, wusste Altenburg seine schlimmste Befürchtung bestätigt. Sie hatte geweint, und als sie ihn sah, brach sie erneut in Tränen aus.

»Christian?«, fragte er. Sie nickte. »Woher ...?«

»Ich hab's im Radio gehört. Im Taxi. Ich rufe gleich an.«

Altenburg umarmte sie kurz, drückte ihr Mantel und Aktentasche in die Hand und verschwand im Arbeitszimmer.

Zum Glück meldete sich sein Bruder.

»Um Gottes Willen, Christoph. Was ist passiert? Ein Unfall?«

Ungewöhnlich leise und verhalten berichtete Christoph Altenburg seinem Bruder von Christians letztem Sprung. Jemand vom Flugplatz hatte in der Kanzlei angerufen. Er war sofort hinausgefahren, um dafür zu sorgen, dass kein öffentliches Aufsehen entstand. Alle waren sehr verständnisvoll gewesen. Leider war die Nachricht doch irgendwie durchgesickert.

»Aber alle Meldungen erscheinen ohne Namensnennung. Dafür habe ich gesorgt.«

»Das ist gut.« Roland Altenburg war erleichtert. »Unser Name im Zusammenhang mit einem tödlichen Unfall auf dem Flugplatz wäre derzeit das letzte, was wir gebrauchen können. Außerdem sollten wir verhindern, dass die Kripo bei uns herumschnüffelt. Ich werde mit dem Polizeipräsidenten sprechen. Es gibt ja wohl keinen Zweifel daran, dass es sich um einen Unfall handelt, oder?«

»Bisher nicht. Der Notarzt konnte zwar einen natürlichen Tod nicht bescheinigen, aber niemand wird etwas anderes als einen Unfall unterstellen. Der Fallschirm wird noch untersucht. Man hat mir gesagt, dass technisches Versagen unwahrscheinlich sei. Aber ganz ausschließen könne man es nicht.«

»Hoffen wir, dass es dabei bleibt. Wie geht es Elisabeth?«

»Im Augenblick schläft sie. Der Arzt hat ihr eine Spritze gegeben. Aber sie ist natürlich völlig fertig. Ihre Schwester ist jetzt hier. Und Judith kommt morgen nach Hause. Wir werden uns abwechselnd um sie kümmern. Mehr können wir nicht tun.«

Während Roland Altenburg seinem Bruder noch einmal auftrug, jede öffentliche Aufmerksamkeit zu vermeiden und sich versichern ließ, dass er sofort informiert würde, wenn sich neue Aspekte ergäben, zog er den Posteingangskorb heran und sortierte die Briefe, die in den vergangenen Tagen gekommen waren.

Werbung warf er ungeöffnet in den Papierkorb. Parteipost und amtliche Schreiben legte er zur Seite. Ein einziger Brief ohne Absender erregte sein Interesse.

Nachdem er sich von seinem Bruder verabschiedet und aufgelegt hatte, schlitzte er das mit einer altertümlichen Schreibmaschinenschrift adressierte Kuvert auf.

Auch der Text war mit der Maschine geschrieben.

Abgeordneter Altenburg, Sie gehören zu den rücksichtslosen Knechten des großen Geldes und vertreten die Interessen der Industrie. Obwohl die Bürger, die Sie gewählt haben, gegen den Ausbau des Flug-

platzes sind, betreiben Sie das Geschäft derer, die uns Lärm, Schmutz und zusätzlichen Gefahren aussetzen wollen – nur um noch bessere Geschäfte machen zu können. Sie haben sich in Wiesbaden sogar für die Verlagerung der Frankfurter Nachtpostflüge nach Calden ausgesprochen. Damit haben Sie Ihr eigenes Todesurteil unterschrieben.

BÜRGER GEGEN FLUGLÄRMTERROR

Ärger stieg in Altenburg auf, er zerknüllte das Blatt und warf es in den Papierkorb. Doch dann bückte er sich, nahm das Knäuel auf und glättete es. Aus der Drohung ließe sich was machen. Wenn er sie mit dem richtigen Tenor in die Zeitungen brachte, würde er mehrere Fliegen mit einer Klappe schlagen.

Wahrscheinlich hatte ein Verrückter den Brief geschrieben. Aber vielleicht ließ er sich gegen gewisse Bürgerinitiativen verwenden. Man müsste es nur geschickt anstellen und die richtigen Leute ansprechen.

Altenburgs Züge entspannten sich zu einem Lächeln. Er griff zum Telefonhörer. Für solche Fälle hatte man schließlich Bundesbrüder. Und einen Anwalt in der Familie.

16

»Ich würde das nicht ernst nehmen.« Hanna schob das Blatt, das Nina neben die Speisekarte gelegt hatte, zurück über den Tisch. Sie saßen im hinteren Teil des Casa Colombiana im Hölkeschen Haus, etwas abseits vom Tresen und den übrigen Tischen.

»Aber Hanna, das ist eine Morddrohung.« Empört blitzte Nina ihre Mutter an. »Dafür seid ihr doch da. Stell dir vor, ich würde so ’n Ding kriegen ...«

»Ist ja gut, Nina. Ich nehme es mit und gebe es unseren Spezialisten.«

»Danke, Mama, du bist doch ein Schatz.« Nina strahlte. »Hab’ ich jetzt einen Hunger. Wie wär's mit ein paar Tapas? Und dann ...« Sie vertiefte sich in die Speisekarte.

Hanna sah sich um. »Das war eine gute Idee. Wie lange waren wir nicht mehr hier? Bestimmt ein Jahr. Wenn ich daran denke, wie heruntergekommen das schöne Haus war.«

»Wollte die Stadt es nicht sogar mal abreißen?« Nina sprach in die aufgeschlagene Karte hinein.

»Ich glaube, ja. Und jetzt ist es ein Baudenkmal.« Hanna schüttelte den Kopf. »Versteh einer die Politiker.«

»Wem sagst du das.« Nina hob den Kopf. »Was trinken wir?«

»Ich würde gern einen Rotwein bestellen. Könntest du vielleicht nachher fahren?«

»Sag bloß, du bist mit dem Auto hier.«

»Tut mir leid, Nina. Sonst hätte ich es nicht mehr geschafft.«

»Ist schon okay. Aber ein Glas möchte ich auch. Einen Castillo de Alvaro vielleicht? Als Vorspeise nehme ich Sardinas fritas und dann Enchilada con Verdura. Und du?«

»Gambas al Ajo. Und Cocodrilo aventurero. Ich habe nämlich auch Hunger. War den ganzen Tag auf Achse. Mit Florian Stöber, der dich übrigens schön grüßen lässt.«

»Danke. Wie geht's deinem Jungbullen?«

»Gut, glaube ich. Aber er ist nicht mein Jungbulle, Nina.«

»Mama, sei mal ehrlich ...«

Die Bedienung trat an den Tisch, und Hanna gab die Bestellung auf.

»Du willst wirklich Krokodilsteak essen?« Nina schüttelte sich. »Abartig.«

»Warum nicht? Manches muss man einfach mal ausprobieren. Und heute habe ich Lust dazu.«

»Apropos Lust, Mama: Sag mal ehrlich – hast du was mit dem?«

»Mit wem?«

»Na, mit Stöber. Ist doch ein attraktiver Mann.«

Hanna seufzte. »Du hast vielleicht Ideen. Florian ist ... Ich bin doch viel zu alt für den. Und außerdem geht das nicht, weil ...«

»Ich weiß, dienstliches Abhängigkeitsverhältnis und so. Du bist die Chefin. Aber wer hält sich schon daran? Dieser KVG-Vorstand, der mit seiner Mitarbeiterin rumgemacht hat. Erst hat er mit ihr am Herkules gestanden und dann hat was bei ihm ge...«

»Nina! Bitte!« Hanna sah sich unwillkürlich um.

»Sorry, Mama. Aber du bist doch sonst nicht so ... Na ja, ich will dich nicht in Verlegenheit bringen. Aber seit der Affäre mit diesem Staatsanwalt bist du sexuell krass unter ...«

»Bitte sehr, die Damen. Einmal Gambas und einmal Sardinas. Der Wein kommt sofort.«

Dankbar für die Unterbrechung, fixierte Hanna ihre Tochter. »Lass uns das Thema wechseln. Was macht die Arbeit in der Initiative? Gibt's Neuigkeiten? Wisst ihr was über die aktuellen Planungen?«

Nina hob die Schultern. »Ziemlich frustig das Ganze. Wenn die Leute nicht so nett wären, die bei uns mitmachen, ich weiß nicht ... Ich habe immer das Gefühl, die anderen sitzen am längeren Hebel.«

»Du wirst doch nicht aufgeben?«

Nina schüttelte den Kopf. »Nein, natürlich nicht. Es ist nur ... alles so mühsam. Man sieht keine Erfolge.«

Hanna nickte. »Damit wirst du leben müssen. Auch später im Beruf. Es läuft nicht alles so, wie man es sich wünscht oder vorstellt. Manchmal braucht man sehr viel Geduld. Aber nun erst mal guten Appetit. Da kommt unser Wein. Lass uns anstoßen, Nina. Auf deine Zukunft.«

»Und auf dein ... auf deine ... Arbeit.« Nina lächelte vieldeutig. Hanna hätte gern gewusst, an was ihre Tochter in diesem Augenblick dachte. Aber sie verkniff sich die Frage.

»Ich habe übrigens noch eine Überraschung für dich«, verkündete Nina, nachdem die Bedienung Enchilada und Cocodrilo serviert hatte.

»Da bin ich aber gespannt.« Hanna probierte das Krokodilfleisch. »Gar nicht schlecht«, sagte sie, »schmeckt ein bisschen wie Wild und ein bisschen wie Rind. Was ist das?«

Nina hatte ein Blatt Papier aus ihrem Rucksack gezogen und auf den Tisch gelegt. »Dreh's um«, gab sie statt einer Antwort zurück.

Hanna wendete das Blatt, das sich wie ein Foto anfühlte.

»He, das bist ja du!« Erstaunt wanderte Hannas Blick zwischen ihrer Tochter und dem Foto hin und her. »Siehst du toll aus. Das muss ein Profi gemacht haben. Du siehst aus wie ... wie ein Filmstar. Oder ein Model.«

Hannas Blick klebte an dem Foto. Ihre Tochter. Professionell fotografiert. In nabelfreiem Top, kurzem Rock, verführerisch in die Kamera lächelnd. Das blonde Haar – das hatte sie von ihr – wehte ein wenig im

Wind, die Augen leuchteten blaugrün, im Hintergrund ein stahlblauer Abendhimmel. Hinreißend, erotisch, aber keineswegs anstößig.

Nina ist mir ähnlich. Nur schmaler. Na ja, und jünger.

Hanna fühlte ein seltsame Mischung aus Stolz, Skepsis und Eifersucht. Nina war nicht nur jünger als ihre Mutter. Sie war – das musste sie zugeben – auch schöner.

»Du siehst toll aus«, wiederholte sie. »Wer hat das Foto gemacht?«

»Carsten Maiwald.«

»Was? Dieser Hamburger Fotograf, der ...?«

»Genau der.«

»Wie kommst du ...?«

Nina lächelte hintergründig. »Ich erzähle es dir, keine Sorge. Aber lass dein Krokodil nicht kalt werden.«

Hanna nahm einen Bissen, ohne recht wahrzunehmen, was sie aß.

Was weiß ich eigentlich von meiner Tochter? Seit Jahren führt sie ihr eigenes Leben. Ich wollte immer, dass sie selbständig wird. Offenbar hatte ich damit Erfolg. Schon in der Oberstufe hat sie alle Entscheidungen selbst getroffen. Und nicht nur über die Kleidung. Seit sie studiert, sehe ich sie nur noch selten. Wenigstens wohnt sie in den Semesterferien bei mir.

Ist das nun ein gutes oder ein schlechtes Zeichen? Vielleicht ist sie nur wegen der Arbeit in der Bürgerinitiative hier. Und was hat das mit dem Foto auf sich? Sie wird doch nicht ...

»Dieses Foto ist nur eins von vielen. Der Fotograf ... Hanna, hörst du mir zu?«

»Ja, Kind, entschuldige. Ich war eben in Gedanken ... Also wie?«

»Angefangen hat es mit einem Scout, der mich in der Uni angesprochen hat. Die suchten ...«

»Scout?«

»Ja, das sind Leute, die für Casting-Agenturen Modelle suchen. Oder Teilnehmer für Talk-Shows. Oder was weiß ich. Keine Ahnung. Jedenfalls suchten die gerade ein blondes Mädchen in meinem Alter. Für eine Werbe-Agentur. Ich war zu Probeaufnahmen da. Und dann haben sie mir einen Vertrag angeboten. Tausend Mark für dieses Foto. Es erscheint auf der Titelseite der übernächsten Ausgabe vom *Schaufenster*.«

»*Schaufenster*? Hier in Kassel?« Hanna sah plötzlich ganze Hundertschaften von Kollegen im Präsidium, die sich um Ninas Foto scharten.

Heftig schüttelte sie den Kopf. »Das kannst du doch nicht machen, Nina. Wenn dich alle Leute so sehen ...«

»Du meinst, was sie denken könnten? Meinst du das wirklich? Hast du nicht vorhin gesagt, man muss alles ausprobieren?«

Hanna sah ihre Tochter an wie eine Erscheinung. »Nicht alles, vieles. Aber du hast Recht. Es ist deine Sache. Ich wünsche dir jedenfalls viel Erfolg. Und dass du es nicht bereust.«

»Warum sollte ich?«

»Ich weiß auch nicht, Nina. Es ist wahrscheinlich völlig unberechtigt. Aber als Mutter habe ich ein seltsames Gefühl bei der Vorstellung, meine Tochter überall als Titelschönheit ... Na ja, es ist eh nicht zu ändern, und die Hauptsache ist, dass es dir gefällt.«

Sie hob ihr Glas. »Also vergiss die Bedenken deiner Mutter. Lass uns auf deinen Erfolg anstoßen. Das Honorar ist jedenfalls nicht schlecht. Bestimmt hast du schon Ideen, wofür du das Geld ...«

»Erst mal lade ich dich ein. Das Essen heute Abend geht auf meine Rechnung. Und dann möchte ich einen halben Tag durch die Königsgalerie bummeln. Powershopping. Mit dir. Prost.«

»Danke für die Einladung. Und auf dein Wohl.« Hanna leerte ihr Glas. »Das Essen war gut. Aber jetzt brauche ich einen Tequila. Zur Verdauung und auf den Schreck.« Sie sah sich nach der Bedienung um und begann, in ihrer Handtasche zu kramen.

Nina sah sie missbilligend an. »Wenn du Zigaretten suchst – die gibt's dort.« Sie zeigte zum Eingangsbereich. »Aber wenn du jetzt rauchst, rauche ich eine mit.«

»Was – du?« Hanna schüttelte entsetzt den Kopf.

»Ja«, erklärte Nina bestimmt, »ab sofort rauche ich jedes Mal eine mit, wenn du dir eine Zigarette anzündest. Passivrauchen ist nicht weniger schädlich. Also kann ich gleich richtig mitqualmen.«

Wortlos hängte Hanna ihre Handtasche über die Lehne. »Meine Tochter«, sagte sie, »ist immer für eine Überraschung gut. Hast du noch was auf Lager?«

Nina kicherte. »Nein, heute nicht. Aber was das Rauchen betrifft – ich will doch nur dein Bestes.«

Hanna Wolf nickte. »Ich bin nur gespannt, was als nächstes kommt.«

»Als nächstes«, kicherte Nina, »werde ich dir einen Lover besorgen. Der Trend geht zum jüngeren Mann. Also lass dich überraschen.«

Diesmal reizte Hanna die Vorstellung, ihre Tochter könnte ihr eine Auswahl an Liebhabern präsentieren, zum Lachen. Sie fiel in Ninas Gelächter ein und bemerkte die Bedienung erst, als diese begann, die Teller abzuräumen.

»Einen Tequila bitte«, rief sie und wischte sich die Tränen aus den Augenwinkeln.

Mein Gott, ist das schön, mal wieder so unbeschwert herumzualbern. Ich sollte wirklich öfter mit Nina ausgehen.

Vor der Goethe-Schule, Nina war gerade in die Ysenburgstraße eingebogen, wurden sie gestoppt. »Verkehrskontrolle? Hier? Spinnen die?« Hanna kurbelte die Scheibe herunter, als Nina abbremste. Ein Streifenbeamter beugte sich herab. Er kam ihr bekannt vor. Vergeblich suchte sie in ihrem Kopf nach dem Namen.

»'n Abend, Kollege, was treibt euch denn ...?«

»Guten Abend, Frau Hauptkommissarin. Wir suchen einen Einbrecher. Soll sich in der Nähe der Schule aufgehalten haben. Treibt sich hier irgendwo im Bereich Wesertor herum. Wir wissen nicht, ob der Typ gefährlich ist. Also seien Sie vorsichtig. Und gute Nacht, Frau Hauptkommissarin.« Der junge Beamte lächelte höflich, grüßte und wandte sich dem nächsten Fahrzeug zu.

»Weiß gar nicht, warum ich fahre.« Nina startete. »Dir kann doch sowieso nichts passieren.«

»Irrtum, meine Liebe. Erstens war das Zufall, dass mich der Kollege kannte, und zweitens würden die bei einer Alkoholkontrolle keine Ausnahme machen.«

»Auch nicht beim Polizeipräsidenten?«

»Selbstverständlich nicht.«

Aber da war Hanna nicht so sicher wie sie vorgab.

Nachdem Nina den Käfer in die Garage rangiert und Hanna das Tor heruntergelassen hatte, ließ ein schepperndes Geräusch die Frauen zusammenfahren. Angestrengt starrten sie zur Hofeinfahrt, von wo das Klirren gekommen war. Trotz des klaren Himmels drang nur wenig Mondlicht in den Hinterhof, die Lampe in der Einfahrt war mal wieder defekt und kaum eines der rückwärtigen Fenster gab um diese Zeit noch Licht.

Plötzlich rumorte es an dem Unterstand für die Mülltonnen, ein Schatten huschte in Richtung Kellertreppe. Hanna tastete nach ihrer Waffe und schob ihre Tochter hinter sich.

»Ist da jemand?«, rief sie laut und entsicherte die Sig Sauer.

Statt einer Antwort kippte eine der Tonnen. Dosen und Flaschen polterten über den gepflasterten Hof. Erneut sprang ein Schatten hervor und raste auf sie zu. Hanna hob die Waffe.

Nina kicherte zuerst. Der Schatten war klein und buschig. Blitzartig schlug der Waschbär einen Haken und flitzte nun an der Mauer entlang. Mit einem Quieklaut plumpste er in den Treppenabsatz.

»Wahrscheinlich ist er auf seinem Kumpel gelandet«, gluckste Nina. Hanna steckte die Waffe zurück. »Mein Gott«, murmelte sie, »was für ein Schauspiel. Hoffentlich hat uns niemand beobachtet.«

17

Morddrohung gegen Abgeordneten. »Todesurteil« für Flughafenbefürworter. Kassel. Der Landtagsabgeordnete Roland Altenburg wird wegen seines Engagements für den Ausbau des Flugplatzes Calden mit dem Tode bedroht. Eine Organisation, die sich »Bürger gegen Fluglärmterror« nennt, sieht mit den Aktivitäten des Abgeordneten sein »Todesurteil unterschrieben«. Altenburg nimmt die Drohung ernst. Wie er unserer Zeitung mitteilte, beobachte er schon länger eine zunehmende Radikalisierung und Gewaltbereitschaft unter den Flugplatzgegnern. Der Drohbrief mache deutlich, welche subversiven Kräfte sich in so genannten Bürgerinitiativen versammelten. Bei den »Totengräbern der Region«, so Altenburg wörtlich, gebe es Leute, die vor nichts zurückschreckten. Wer sich heute noch Mitglied einer Bürgerinitiative nenne, könne schon morgen zu einer gewalttätigen Kommandogruppe gehören. Rechtschaffene Bürger sollten sich von derartigen Gruppierungen distanzieren.

Das Schreiben an den Abgeordneten Altenburg lag unserer Redaktion vor, es ist jedoch inzwischen an die Polizei weitergeleitet worden. Vom zuständigen Kommissariat war bis Redaktionsschluss keine Stellungnahme zu erhalten.

»Daran erkennst du den Unterschied. Die einen wenden sich an die Polizei. Wie es sich gehört. Und die anderen versuchen, Kapital daraus zu schlagen.« Florian Stöber warf die Zeitung, die Hanna mit ins Büro gebracht und ihm auf den Schreibtisch gelegt hatte, in den Papierkorb. »So ein Politiker weiß eben, worauf es ankommt.«

»Schöne Art, Politik zu machen.« Hanna schnaufte verächtlich. »Und wenn Ninas Bürgerinitiative jetzt auch an die Öffentlichkeit geht, sieht das aus, als wollte sie mit gleicher Münze heimzahlen. Wenn nicht, steht sie ganz schön belämmert da. Die Leute glauben doch allzu gern diesen Mist. Und wir sind mal wieder die Dummbeutel. Hanna zitierte mit näselnder Stimme: »Vom zuständigen Kommissariat war keine Stellungnahme zu erhalten.« Sie schlug mit der flachen Hand auf den Schreibtisch. »So eine Frechheit. Wahrscheinlich haben sie es gar nicht erst versucht. Oder Ute hat ihnen das Übliche gesagt: Wir prüfen ...«

»Apropos prüfen. Entschuldige, wenn ich dich unterbreche. Ich habe die E-Mail aus Steinfels' Computer mitgebracht. Ein merkwürdiger Text. Ich frage mich, ob ...«

Stöber wurde seinerseits unterbrochen, weil die Tür aufsprang. »Guten Morgen, die Herrschaften. Ich hoffe, Sie hatten ein erholsames Wochenende. Zu meinem Bedauern muss ich Sie ... äh ... bitten ... Also, es handelt sich um eine etwas – wie soll ich sagen – delikate Angelegenheit. Genau genommen um zwei.«

Hanna warf Stöber einen viel sagenden Blick zu. Florian grinste verstohlen und beugte sich über seinen Schreibtisch.

Kriminaloberrat Gernot Wenzel. Die Verbindlichkeit in Person. Das verhieß nichts Gutes. Hanna war auf der Hut.

»Delikatessen sind bei uns in besten Händen, Herr Wenzel. Nur zu. Und ebenfalls guten Morgen.«

Stöber schloss sich murmelnd an.

»Ja, also, wie gesagt ...« Wenzel sah Hanna Hilfe suchend an. Als könnte sie ihm die Botschaft auf telepathischem Wege abnehmen. Doch das hätte ihr fern gelegen, selbst wenn sie über derartige Kräfte verfügt hätte.

»Nur zu«, wiederholte sie und wies einladend auf einen der Besucherstühle vor den Schreibtischen. »Wir sind ganz Ohr. Allerdings hätten wir auch noch ein wenig zu ermitteln. Später natürlich.«

Wenzel warf ihr einen wütenden Blick zu. Doch dann holte er tief Luft. »Der PP ...«, begann er, »also der Herr Polizeipräsident ... Er bittet um behutsame – will sagen: zurückhaltende – Ermittlungen im Fall Altenburg. Sie verstehen?«

»Welchen Fall Altenburg meinen Sie? Den Todesfall Christian Altenburg oder den Nicht-Todesfall Roland Altenburg?«

»Frau Wolf. Ich muss doch sehr bitten. Immerhin handelt es sich um eine Morddrohung. Und jeder Bürger hat ein Anrecht auf unseren Schutz, ich meine: auf unserer Hilfe. Und was den Unfall angeht, das ist keine kriminalpolizeiliche ... Oder gibt es Hinweise auf Fremdverschulden?«

Hanna hob die Schultern. »Noch wissen wir nicht ...«

»Na also. Bitte lassen Sie die Familie Altenburg in Ruhe. Sie ist durch den Unfall mehr als belastet. Da müssen wir, ich meine Sie, nicht noch ... Sie wissen schon. Ermitteln Sie die Urheber des Drohbriefes. Das ist alles.«

»Sie sprachen von zwei delikaten Angelegenheiten. Welches ist denn die zweite?«

»Die Unfälle, Frau Wolf, die Unfälle. Am Flugplatz. Schlimm genug, dass es eine solche Häufung gibt. Aber es sind keine Kriminalfälle. Also lassen Sie die Angehörigen in Frieden. Im Übrigen wartet ganz Kassel darauf, dass wir den Wü... äh, den Vergewaltiger finden. In dieser Sache wünschte ich mir etwas mehr Fortschritt. Guten Tag.«

Kriminaloberrat Wenzel verschwand. In offensichtlicher Eile.

»Mann, der erstickt ja gleich an seinen unausgesprochenen Sätzen.« Stöber erhob sich und öffnete das Fenster. Hanna nickte ihm dankbar zu. »Gute Idee. Frische Luft und frischen Kaffee. Und dann machen wir eine Analyse.«

»Christian Altenburg oder Roland Altenburg?«

Hanna schüttelte den Kopf. »Gernot Wenzel.«

»Und die E-Mail?«

»Darum werden wir uns später noch intensiv kümmern.« Hanna lehnte sich zurück und wippte einige Male auf dem Bürostuhl.

»Also: Was wollte Wenzel uns sagen? Dass wir nicht wie die Elefanten im Porzellanladen herumtrampeln, ist sogar ihm bekannt. Also steckt was dahinter. Ich tippe auf ...«

»... einen Anruf des Herrn Abgeordneten beim PP«, warf Stöber ein.

»Mit welchem Ziel?«

»Einerseits und andererseits.«

»Ich glaube, wir denken in die gleiche Richtung. Sag du's, Florian.«

»Einerseits möchte der Abgeordnete Altenburg ins Gerede kommen. Als Opfer einer bösen Bedrohung durch eine böse Bürgerinitiative. Andererseits möchten die Gebrüder Altenburg nicht, dass wir uns mit dem Unfall des Jungen befassen.«

»Aber wieso hat Wenzel von *den* Unfällen gesprochen? Sollte man ihm nahe gelegt haben, in allen drei Fällen nicht zu ermitteln? Das hieße ja ...«

»Bingo!« Triumphierend wedelte Stöber mit dem E-Mail-Blatt. »Vielleicht hat uns damit jemand ungewollt einen Tipp gegeben. Vielleicht hängen die Unfälle irgendwie zusammen und man möchte nicht, dass diese Zusammenhänge bekannt werden.«

»Also dann – an die Arbeit.« Hanna ließ sich nach vorne kippen und streckte die Hand aus. »Lass mich mal lesen. In der Zwischenzeit könntest du die Briefe zur KTU bringen. Wenn die Kollegen fertig sind, sollen sie sie an die Psychologen weiterreichen. Vielleicht können die uns Hinweise zu den Verfassern geben.«

Nachdem Florian Stöber das Büro verlassen hatte, überflog Hanna den Text der E-Mail.

Seltsamer Brief, dachte sie und las noch einmal – gründlicher – von vorn.

Hallo Georg,
muss mich mal wieder melden. War über einen Monat weg. Gab eine unerwartete familiäre Angelegenheit. Entwicklung inzwischen eher positiv. Sie informieren mich demnächst. Aber ich habe wenig Zeit. Unseren Kontakt will ich jedoch nicht verlieren. Dein Freund lebt ja auch in Scheidung. Sendepause wohl aus diesem Grund. Den Familien fällt immer was ein. Manche Augen sehen zuviel. Überblick

geht verloren. Das ist auch hier so. Es bedeutet aber nichts. Noch keine Gefahr. Treffen nicht sinnvoll. Antwort erforderlich.
K.

»Das ergibt keinen Sinn«, murmelte sie, als Stöber zurückkehrte. »Hast du eine Idee, was das soll? Lauter Andeutungen.«

Stöber schüttelte den Kopf. »Keine Ahnung. Obwohl ich den Text schon viele Male gelesen habe. Aber es gibt natürlich Formulierungen, mit denen Außenstehende nichts anfangen können, und die der Adressat trotzdem versteht. Wenn ich dir zum Beispiel schreiben würde, die Witwe war nicht überzeugend – wüsstest du, was ich meine. Jeder andere könnte denken, es handelt sich um einen Satz aus einer Theaterkritik. Aber niemand kann wissen, dass eine gewisse Katja Steinfels bei der Frage nach einem gewissen Flugzeugmechaniker gelogen hat.«

Hanna ließ das Blatt sinken. »Dann kommen wir ja nie dahinter. Gibt es nicht noch andere Möglichkeiten? Ein versteckter Code. Bestimmte Schlüsselwörter, die ... was weiß ich ... irgendwie einen Sinn ergeben? Wenn wir wenigstens wüssten, wer der Absender ist. Kann man so eine E-Mail nicht zurückverfolgen?«

»Normalerweise schon. Zumindest zu dem Computer, der für den Versand benutzt wurde. Aber hier hat der Absender die Mail über einen Anonymizer geschickt. Damit ist die Spur abgeschnitten. Weltweit kommen Millionen Rechner in Frage. Aber immerhin haben wir das 'K'. Ich bin sicher, dass hier ein realer Name abgekürzt wurde. Einen falschen Namen würde niemand abkürzen.«

»Das klingt überzeugend.« Hanna sah zur Uhr. »Ich habe gleich eine Besprechung mit Starsky und Hutch wegen des Würgers. Bitte sei so nett und ruf die Witwe Steinfels an. Frage sie nach diesem 'K' und lies ihr den Brief vor. Vielleicht kann sie damit was anfangen.«

Als Starzinsky und Huth in Hannas Team gekommen waren, hatte Isabella sie spontan nach den Helden der amerikanischen Fernsehserie benannt. Seitdem hießen sie im ganzen Präsidium so, und nicht wenige glaubten inzwischen, Starsky und Hutch seien ihre richtigen Namen. Die Beamten trugen es mit Humor. Sie waren ruhige und verlässliche Mitarbeiter, und Hanna schätzte sie besonders wegen ihrer ausgeprägten Fähigkeit zur Kooperation. Als Ermittlungsteam waren sie erfolgreicher als alle anderen, so dass Hanna ihnen gern besonders schwierige Fälle anvertraute.

Sie hatte sie nicht in ihr Büro bestellt, sondern war hinübergegangen, damit Stöber in Ruhe telefonieren konnte.

Nun beugten sie sich zu dritt über einen Stadtplan, auf dem Starzinsky die Tatorte markiert hatte, an denen der »Würger von Wehlheiden« zugeschlagen hatte: Oetkerstraße, Sternbergstraße, in der Nähe der Justizvollzugsanstalt und – zuletzt und mit tödlichem Ausgang – im Graßweg.

Oberkommissar Huth tippte auf die Karte. »Ziemlich kleiner Radius. Wenn ihr mich fragt, ist der Täter dort zu Hause. So einer braucht die Sicherheit bekannten Terrains.«

»Habt ihr mit Florians Aufstellung was anfangen können?«

»Wir haben noch mal mit den Opfern gesprochen«, antwortete Starzinsky, »und die Liste noch ein bisschen ergänzt. Außer allgemeinen Aussagen – wie hell, dunkel oder zur Farbe der Hose – sind noch diese Punkte dazugekommen. Er zeigte auf ein großes Blatt, das neben mehreren kleinen an einer Pinwand hing. Dort hatten die Kollegen zwei Begriffe mit rotem Filzstift markiert.«

»Boxershorts von Carlo Castillo? Kommt mir irgendwie bekannt vor.« Hanna versuchte den Gedanken zu fassen, der vage in den Tiefen ihres Gedächtnisses aufblitzte.

»Vielleicht aus der Werbung? Das sind diese teuren Edel-Shorts für Betuchte«, sekundierte Huth, doch seine Chefin schüttelte den Kopf. »Weg«, sagte sie, »Vielleicht fällt es mir wieder ein. Aber diese Shorts würden zu den teuren Schuhen passen.«

Sie zeigte auf das unterste Wort in der Liste. »Und was bedeutet das: Eau de Toilette?«

»Zwei der Frauen waren sich sicher, ganz deutlich ein Rasierwasser oder Herrenparfüm gerochen zu haben. Auf Nachfrage haben die anderen das bestätigt.«

»Und das habt ihr herausgefunden? Warum stand das nicht in den Akten von der Sitte? Nach so was fragt man doch.«

»Keine Ahnung«, antworteten Starsky und Hutch wie aus einem Munde.

»Und was habt ihr jetzt vor?« Hanna sah von einem zum anderen.

»Herausfinden, wo man in Kassel die Boxershorts kaufen kann«, antwortete Huth. »Und dann besorgen wir uns eine Palette von Herrendüften und machen noch mal die Runde bei den Frauen.«

Hanna nickte zufrieden. »Sehr gut. Haltet mich auf dem laufenden.«

Als sie in ihr Büro zurückkehrte, legte Florian Stöber gerade den Hörer auf.

»Und?«

»Die Witwe kann mit dem Brief nichts anfangen. Weder mit einem Absender 'K' noch mit dem Inhalt. Aber es gibt trotzdem eine Neuigkeit.«

»Schieß los, Florian. Wir müssen uns langsam entscheiden, ob wir Ober-Wenzel folgen oder ...«

»... die Spur aufnehmen?«

»Genau.«

»Dann schau dir dieses Fax an. Ist gerade eingelaufen. Der Fallschirmspringerverband teilt uns mit, dass der Schirm des jungen Altenburg wahrscheinlich manipuliert wurde. Sie lassen ihn morgen abholen, um genauere Untersuchungen anzustellen.«

»Woher wissen die ... wenn die noch gar nicht untersucht haben ...«

»Jemand vom Aero-Club hat sich den Schirm angesehen und gemeint, das sei ein Fall für Experten. Und für die Polizei.«

Hanna pfiff durch die Zähne. »Sieh zu, dass du diesen Fallschirmfritzen ans Telefon kriegst. Ich will wissen, wann und wo ich ihn erreichen kann. Und wenn ich mit ihm gesprochen habe, statten wir den Eltern Altenburg einen Besuch ab. Wenzel hin, Wenzel her. – Isabella?«

»Was kann ich für euch tun?« Der Kopf der zierlichen jungen Frau erschien in der Tür.

»Ich brauche eine Verbindung zum ... Wie heißt das? Bundesluft... zur BFU – Bundesstelle für Luftunfalluntersuchung. Jetzt interessiert mich dieser Absturz doch.«

18

Bomben auf Afghanistan. Hanna starrte auf den grünen Fernsehschirm. Außer irrlichternden hellen Punkten war kaum etwas zu erkennen. Bilder, die nichts von dem zeigten, was sich in dem asiatischen Vielvölkerstaat abspielte. Bilder, die sie vom Golfkrieg kannte, die auswechselbar waren, die nur durch den Text des Kommentators einen Sinn bekamen. Aber konnten Bomben überhaupt einen Sinn ergeben? Die USA bombardierten das Land, um gegen Terroristen zu kämpfen. Würden sie Bin Laden und seine al Qaida mit dem Bombenhagel zur Strecke bringen, wie der amerikanische Präsident verkündete? Würde der Krieg neue Anschläge auslösen? Würde Europa, würde Deutschland in diesen Krieg hineingezogen werden?

Hanna wusste nicht, was sie mehr deprimierte – die Bedrohung durch den Krieg oder der ausbleibende Erfolg ihrer Ermittlungen. Weder Starsky und Hutch noch Stöber und sie waren in den letzten Tagen weitergekommen. Nach dem Zeitungsartikel über den Drohbrief gegen Roland Altenburg hatten mehrere Bürgerinitiativen den Abgeordneten aufgefordert, seine Verdächtigungen zurückzunehmen. In den Zeitungen war die Leserbriefschlacht in vollem Gange. Dombrowski hatte die Todesdrohung gegen ihn ebenfalls bekannt gemacht.

Nun beschuldigten sich Gegner und Befürworter des Flughafens gegenseitig übler Machenschaften. Eine Podiumsdiskussion mit allen Beteiligten war wegen tumultartiger Auseinandersetzungen abgebrochen worden. Seitdem hagelte es Anzeigen.

Obwohl ihr Kommissariat unterbesetzt war, hatte sie darum gebeten, ihr alle Anzeigen und Hinweise aus dem Streit zukommen zu lassen. Sie hatten Stunden damit verbracht, die Briefe und Faxe durchzugehen, um Hinweise auf eventuelle Verbindungen zu den Todesfällen am Flugplatz zu finden. Vergebens. Der Bericht der Bundesstelle für Flugunfalluntersuchung ließ auch auf sich warten. Am Telefon hatte sie nur erfahren, dass die Maschine durch das Feuer ausgeglüht war, deshalb seien die Untersuchungen besonders schwierig. Zwei Wochen müsse sie sich noch gedulden.

Im Fall Bernd Wieland hatte Florian zwar eine Theorie entwickelt, wie der Techniker umgebracht worden sein konnte, aber es gab keinen Beweis und keine Spuren.

Auch mit der E-Mail aus Steinfels Computer waren sie nicht weitergekommen. Was verbarg sich hinter *familiären Angelegenheiten*? Wer war der *Freund, der in Scheidung lebte*? Und was bedeutete das mit den Augen und dem Überblick? Nichts ergab einen Sinn. Sollten sie alles vergessen? Kriminaloberrat Wenzel wäre sicher froh, wenn sie melden könnten, dass sich alles in Wohlgefallen aufgelöst hatte.

Hanna schaltete den Fernseher aus und goss sich einen zweiten Calvados ein. Um den toten Jäger musste sie sich auch noch kümmern. Bisher waren zwei Ermittlungsteams damit beschäftigt, die Umstände des mysteriösen Falles aufzuklären. Der Mann war mit Jagdgenossen im Revier Veckerhagen bei Trendelburg-Gottsbüren unterwegs gewesen, hatte sich gegen Morgen von der Gruppe getrennt, um allein einen Hochsitz zu besteigen. Dort hatten ihn die anderen Jäger später gefunden. Tot. Messerstiche im Kopf. Die Jagdwaffe des Getöteten war verschwunden. Langsam kamen die Ermittler voran. Es gab erste Hinweise. Am Tatort war ein Fahrzeug gewesen. Dessen Halter waren sie auf der Spur.

Warum war sie plötzlich so mutlos? Nicht wegen des toten Jägers. Früher oder später würden sie den Mörder finden. Auch nicht wegen des Krieges in Afghanistan.

Sie kannte die Antwort.

Der Fallschirm. Und der Vater. Bis zu dem zweiten Besuch auf dem Flugplatz hatte sie sich von Stöbers Optimismus anstecken lassen. Dann diese zwei Tiefschläge. Der Fallschirm war verschwunden. Einfach weg. Aus dem Büro des Clubs. Unbemerkt hatte sich jemand Zugang verschafft und das Paket mitgehen lassen.

Jemand will verhindern, dass wir Einzelheiten der Manipulation erfahren. Dafür kommen nur zwei in Frage. Der Täter selbst – aus nahe liegenden Motiven – und die Familie, die aus unerfindlichen Gründen nicht mit einem Tötungsdelikt in Verbindung gebracht werden will.

Zwar hatte sich Stöber von dem Experten des Fallschirmclubs erklären lassen, was ihm aufgefallen war, aber eine genaue Untersuchung konnte nicht mehr stattfinden.

Es war zwar nicht einfach, aber immerhin möglich, einen Fallschirm so zu manipulieren, dass er nicht aufging. Der Täter musste sich auskennen, denn es waren drei Funktionen auszuschalten: die Auslösung des Hilfsschirmes, der den Hauptschirm aus der Hülle zieht, dann der Reserveschirm, schließlich ein kleines Gerät mit dem Namen Cypres. Unwillkürlich lächelte Hanna, als sie sich an die Begeisterung in Florians Stimme erinnerte, mit der er ihr den Apparat erklärt hatte. Cypres war ein kleiner Computer, der ständig den Luftdruck maß und anhand der Messungen die jeweilige Höhe errechnete. Wurden 250 Meter über Grund unterschritten, und der Springer befand sich noch immer im freien Fall, löste ein sinnreicher Mechanismus den Reserveschirm aus.

»Und woher weiß der Apparat, dass er sich im freien Fall befindet und nicht normal zur Erde gleitet?«, hatte sie verständnislos gefragt.

»Aus dem Tempo der Druckveränderung. Der Cypres löst auch den Schirm aus, wenn der Springer bewusstlos ist oder aus anderen Gründen die Reißleine nicht ziehen kann. Es ist absolut unwahrscheinlich, dass Christian Altenburg verunglückt ist. Im Club haben sie mir versichert, dass weltweit noch niemals alle drei Systeme gleichzeitig versagt haben. Und ein Gegenbeispiel gibt es auch. Im Club von diesem großspurigen FDP-Politiker, der sich gern mit seiner Fallschirmspringerei in die Zeitungen bringt, hat es vor zwei Jahren oder so einen Mord mit Hilfe eines manipulierten Schirms gegeben. Eifersuchtsdrama. Jedenfalls ...«

Florian war kaum zu bremsen gewesen. Aber als Hypothese war seine Version überzeugend. Nur fehlte ein Motiv. Wer konnte einen Grund haben, den Jungen umzubringen?

Rechtsanwalt Christoph Altenburg hatte sie abblitzen lassen. Eiskalt. »Mein Sohn ist verunglückt«, hatte er sie an der Haustür beschieden, »das ist kein Fall für die Kripo. Und wenn Sie uns weiter belästigen, werde ich eine Dienstaufsichtsbeschwerde gegen Sie einreichen.«

Noch immer war sie nicht sicher, ob sie einem Phantom nachjagte oder einem Verbrechen auf der Spur war.

Ihre eigene Unentschlossenheit machte sie krank.

Sollte sie den Fall aufgeben? Oder wenigstens abgeben?

Hanna nahm ihr Glas und trat ans Fenster. Dieser Oktober war warm und sonnig, seine Nächte sternenklar. Kassels Lichter funkelten und flimmerten und erzeugten eine milchige Glocke über der Stadt, an deren gegenüberliegendem Ende der leuchtende Herkules thronte. Aber der würde ihre Fragen auch nicht beantworten.

Sie kehrte zum Sessel zurück und kippte den Calvados. Ein unbestimmtes Verlangen versetzte sie in Unruhe. Wo hatte sie die Notfall-Zigaretten gelassen? In der Küche? In ihrem Zimmer? Nina war nach Göttingen gefahren. Sich für das Wintersemester zurückmelden. Erst am Wochenende würde sie wieder nach Kassel zurückkehren. Sie würde nichts riechen. Und wenn sie fragte? Würde sie ihre Tochter belügen?

Hanna schüttelte den Kopf.

Verdammte Raucherei.

Sie wollte aufhören. Und sie würde aufhören. Nina würde ihre Drohung ernst machen. Sie war konsequent. In allem. Sie würde rauchen, wenn ihre Mutter rauchte. Bis sie endgültig aufhörte. Da konnte sie auch gleich ... Im Nachtschrank fand sie die angebrochene Packung. Sie nahm die Zigaretten heraus, ging ins Bad, zerbröselte Glimmstängel und Verpackung und warf alles ins Klo. Dann drückte sie die Spülung und beobachtete, wie Tabakkrümel und Papierschnipsel im gurgelnden Wasser verschwanden.

Sie war erleichtert. Doch die Unruhe war geblieben. Ziellos streifte sie durch die Wohnung. Ein dritter Calvados? Nein. Duschen und ins Bett. Ein bisschen Fernsehen. Ally McBeal. Oder einen Liebesfilm. Nur nichts Realistisches.

Während sie sich im Badezimmer auszog, erklangen aus dem Radio die ersten Takte eines Liedes, das sie dreißig Jahre zurückversetzte. George Harrisson. My sweet Lord.

Neunzehnhunderteinundsiebzig. Hanna war fünfzehn geworden und verknallt. In Eckhard Wickenrott aus Baunatal. Und in George Harrison. Fast zwei Wochen war sie mit Eckhard gegangen. Während der Klassenfahrt hatte er sie geküsst. Sein Kuss schmeckte nach Leberwurst. Und dieser Name ... Wickenrott. Nein, dann doch lieber George Harrison. Viele Mädchen waren in einen der vier Beatles verliebt. Jede musste sich entscheiden, wen sie am besten fand.

Heute lag Harrison im Sterben. Gehirntumor. *My sweet Lord, my sweet Lord, hm, my Lord, hm, my Lord ...* Hanna betrachtete sich im Spiegel und summte mit. *My sweet Lord, I really want to see you, really want to be with you, really want to see you, Lord, but it takes so long ...* Nun würde es nicht mehr lange dauern. Paul McCartney soll an Harrisons Krankenbett in Tränen ausgebrochen sein.

Kritisch musterte Hanna Mund- und Augenpartie. War da ein neues Fältchen? Bisher war ihre Haut noch glatt gewesen. Es hatte auch Vorteile, nicht so dünn zu sein. Wahrscheinlich musste man sich ab vierzig wirklich entscheiden: Kuh oder Ziege. Wenn sie das Rauchen ganz aufgab, hatte sie sowieso keine Chance, die überzähligen Pfunde zu verlieren. Sie drehte sich. Eigentlich war ihr Profil gar nicht so schlecht. Wenn sie den Bauch ein wenig einzog, sogar schön. Über fehlendes Interesse der Männerwelt konnte sie jedenfalls nicht klagen. Schon als junge Polizistin hatte sie sich der Nachstellungen ihrer Kollegen kaum erwehren können. Die meisten waren älter gewesen. Und verheiratet. Ihre Affären waren heftig, oft leidenschaftlich gewesen. Alle hatten nach kurzer Zeit ihr Ende gefunden. Keine Perspektive. Der Beruf ging vor, die Familie ging vor, die Vernunft ging vor. Manchmal war es Angst. Vor Entdeckung vor Bindung, vor der Verantwortung. Fast immer war sie es gewesen, die Schluss gemacht hatte.

Einer war buchstäblich geflüchtet.

Ein gut aussehender Macho. Gleichaltrig, vielleicht etwas jünger. Groß, stark, charmant und locker. Sein Äußeres hatte sie gereizt, seine Sprüche, die immer hart an der Grenze waren. Seine Stimme. Vibrierend, erotisch, schmeichelnd. Sie hatte mit ihm gespielt; ihre Reize eingesetzt, ihn hingehalten. Bis zu jener Nacht nach dem Einsatz beim Zissel.

Doppelschicht. Am Vormittag waren sie zum Schutz des Ministerpräsidenten während des Empfangs und der Verleihung der Paul-Heidelbach-Medaille eingesetzt gewesen, später hatten sie die Offiziellen auf der Fahrt mit der »Hessen« begleitet und die Wettkämpfe der Kanuten und Ruderer beobachtet. Mit dem Ende des nächtlichen Fackelschwimmens auf der Fulda war ihre Schicht beendet gewesen. Am nächsten Tag war sie frei. Vielleicht würde sie sich den Wasserfestzug ansehen. Von einer Brücke nach Zisselkönigin, Zisselprinzessin und Fullenixe Ausschau halten. Vielleicht in Begleitung, aber diesmal privat. Und wenn am Abend für den »Zisselhäring« die neue Schonzeit ausgerufen würde – »Nun holt runner den Häring ...« -, fand vielleicht eine Liebesgeschichte ihre Fortsetzung.

Anfang August. Eine laue Nacht. Durst, und das Gefühl, nach den unzähligen Eindrücken des Tages noch lange nicht schlafen zu können, ließ sie die Einladung zu einem kühlen Weißwein annehmen. Zwischen lauten und fröhlichen Menschen, umwogt von Klängen zahlreicher Live-Musiker, tranken sie einen zweiten und dritten. Hanna war aufgedreht und übermütig, der Wein stieg ihr zu Kopf, Hunger machte sich bemerkbar.

»Komm«, sagte sie zu dem großen, gut aussehenden Mann, »lass uns was essen gehen.« Etwas abseits fanden sie den Stand eines Griechen. Pitta Gyros. Dazu Demestica. Hanna aß mit Appetit und genoss die Blicke ihres Kollegen, gab sich keine Mühe, Einblicke in ihre Bluse zu verhindern. Irgendwann nach Mitternacht fand sie sich in der Karlsaue wieder. Der Lärm des Zisselfestes war zur fernen Kulisse geworden, sie hatte die Augen geschlossen, er schmeckte nach Gyros und Zwiebeln. Als er sie hart und fordernd küsste, spürte Hanna seine Erektion an ihrem Oberschenkel.

»Du fühlst dich nach mehr an«, kicherte sie und ließ ihre Hand über die Erhebung gleiten. »Komm«, sagte sie, »ich will dich dabei sehen. Ich wohne dort drüben.«

Widerstrebend folgte er ihr.

Wenig später waren sie in ihrem Zimmer. Hanna teilte sich mit einer Freundin eine kleine Wohnung in der Johannesstraße. Sarah studierte an der Kunsthochschule, sie war während der Semesterferien zu ihren Eltern gefahren.

Wie im Rausch registrierte Hanna die harten Griffe des Kollegen. Sie war noch halb bekleidet, als er versuchte, sie in eine Position zu drehen, die sie nicht mochte. Jedenfalls nicht am Anfang. Aber statt ihm Widerstand entgegenzusetzen oder sich zurückzuziehen, packte sie ihrerseits zu. Sie zerrte ihm Hemd und Hose vom Körper, drückte ihn aufs Bett, zog die rot glänzende Shorts über die Knie hinab und schwang sich rittlings über ihn.

Plötzlich war alles vorbei.

»Scheiße«, murmelte der Kollege und wand sich unter ihr hervor. Seine zusammengefallene Männlichkeit mühsam bedeckend, beeilte er sich, in Hemd und Hose zu kommen. Fassungslos beobachtete Hanna, wie der Mann fluchtartig die Wohnung verließ.

Ihr war nach lachen und weinen zugleich.

Kurz darauf hatte sie Niklas kennen gelernt. Sarah hatte sie mit in die Kunsthochschule geschleppt. Eine Ausstellung von Semesterarbeiten.

Niklas hatte die Veranstaltung eröffnet. »Ziemlich jung für einen Prof«, war Hannas Bemerkung gewesen.

»Er ist Assistent«, hatte Sarah erklärt. »Netter Typ. Alle Kommilitoninnen machen ihm schöne Augen. Ohne Erfolg. Vielleicht ist er schwul.«

Doch das war er keineswegs, wie Hanna bald darauf feststellen konnte. Er stand nur nicht auf magere Küken, wie er es ausdrückte. Hannas frauliche Figur war ihm sofort aufgefallen. Wenig später hatte er begonnen, um sie zu werben. Auf eine geradezu altmodische und romantische Art. Nach dem Erlebnis mit dem Kollegen hatte Hanna Niklas' Zurückhaltung gefallen. Schließlich hatte sie sich in ihn verliebt.

Verlobung, Hochzeit, Schwangerschaft, Hausbau – alles war bilderbuchmäßig verlaufen. Irgendwann war Hanna dahinter gekommen, dass er sie betrog. Mit Studentinnen. Durchaus auch mit »mageren Küken«. Offenbar war das bereits viele Jahre so gegangen, schon seit sie mit Nina schwanger gewesen war.

Seit der Trennung von Niklas und der Affäre mit Staatsanwalt von Bredow war allerdings keine Gelegenheit mehr gewesen ... Ob Nina Recht hatte? War sie sexuell krass unter... Was eigentlich? Fehlte ihr etwas? Warum erschien vor ihrem inneren Auge das Bild von Florian Stöber? Daran war Nina schuld. Hanna verbot sich weitere Phantasien.

Auf George Harrison folgten Zager & Evans. *In the year twenty-five-twenty-five, if man is still alive, if woman can survive ...* Das muss neunundsechzig gewesen sein. Sie hatte ihr eigenes kleines Radio bekommen. Zager & Evans waren täglich zu hören gewesen. Auch dieses Lied hatte sie noch im Ohr. Sie drehte den Ton lauter und stieg in die Dusche.

Als das Wasser auf ihre Haut zu prasseln begann, fiel sie ein: *In the year sixty-five-sixty-five, you won't need no husband and no wife ...*

*

»Du musst zur Polizei gehen. Schweigen hilft nicht dir, sondern dem Täter.« Julia Engelhardt hatte diese Sätze so oft von ihrer Freundin gehört, dass sie ständig in ihrem Kopf herumirrten. Doch bisher hatte die Angst, alles noch einmal erzählen zu müssen und Vorhaltungen und

Unterstellungen ausgesetzt zu sein, sie davon abgehalten, Anzeige zu erstatten.

Bis zu diesem Morgen. Im Religionsunterricht hatten sie über sexuelle Gewalt und Missbrauch gesprochen. Einer der Jungen hatte behauptet, manche Frauen seien selbst schuld, wenn sie vergewaltigt würden. Da war es aus ihr heraus gebrochen: Tränen, Wut, Scham, Angst, der ganze Horror jener Nacht. Frau Sievert hatte sie nach der Stunde für den Rest des Vormittags entschuldigt und war mit ihr zu ihren Eltern gefahren. Zum Glück war nur ihre Mutter zu Hause gewesen. »Ich bin froh, dass Julia mit Ihnen gesprochen hat. Mir hat sie nichts erzählen wollen. Gebadet hat sie. Stundenlang. Ihr Zimmer hat sie umgeräumt. Poster abgerissen und Tierbilder aufgehängt. Teddys und Puppen hervorgekramt und mit ins Bett genommen. Tagelang hat sie sich eingeschlossen. Ich habe geahnt, was passiert war, aber sie hat nicht reden wollen.«

Ja, natürlich war sie einverstanden, wenn Frau Sievert mit ihrer Tochter zur Polizei ginge.

Mama. Wie ein Wasserfall. Und geheult. Und geredet. Und wieder geheult. Peinlich. Dabei war nicht sie, sondern ich es, den das Schwein ... Aber die Sievert war echt klasse. Ich glaube, Mama war erleichtert.

Julia saß in einem Büro des Polizeipräsidiums. Ihr Blick wanderte zwischen ihrer Lehrerin und einer freundlichen Beamtin, die die Fragen stellte, hin und her. Wenn sie sprach, klebten ihre Augen am Fußboden. Da war eine kleine halbrunde Schramme im Belag. Wie ein Halbmond. Hatte in jener Nacht der Mond geschienen? Sie fixierte die Stelle, ohne sie richtig wahrzunehmen. Im Hintergrund machte ein Beamter Notizen. Keiner der Polizisten trug eine Uniform.

Was sie gesehen, gehört, gerochen oder auf sonst eine Art wahrgenommen hatte, wollten sie wissen. Datum, Zeit und Ort natürlich. Und was sie von der Kleidung des Mannes gesehen habe. Ob sie sein Alter schätzen oder die Stimme wiedererkennen könne. Nein, das Alter konnte sie nicht schätzen, aber die Stimme wiedererkennen, das könnte sie. Ganz bestimmt. Sie erkannte alle Stimmen. Diese Stimme würde sie nie vergessen.

Darauf könnt ihr Gift nehmen. Und wenn ich die Stimme in meinem Leben noch einmal höre, steche ich das Schwein ab.

*

Mit reichlich Abstand folgte der Fahrer des grauen Golf dem knallgelben Sportwagen. Weil er zu wissen glaubte, wohin ihn der Fiat barchetta führen würde, gab er sich keine allzu große Mühe, ihn im Auge zu behalten. In Frommershausen war er noch unsicher gewesen, ob es nur nach Obervellmar ging oder weiter nach Kirchditmold. Aber als der flache Flitzer die Bahnlinie überquert und auf der Harleshäuser Straße zügig beschleunigt hatte, war klar gewesen, wohin die Reise ging. Im Juliusstein würde er den Wagen wiederfinden. Man traf sich also bei Rolli.

Seit Tagen hatte er auf ein Treffen gelauert. Zahllose Stunden hatte er die Wohnung in Frommershausen belauert. Hatte, sobald die Dunkelheit hereingebrochen war, das Richtmikrofon angeschlossen und immer, wenn er den Mann zum Telefonhörer greifen sah, das technische Wunderwerk auf ihn gerichtet. Zu seiner Überraschung war in dem kleinen Ohrhörer fast jedes Wort zu verstehen gewesen. Trotzdem war ihm der Ort der Verabredung entgangen. Offenbar hatte es dafür nicht vieler Worte bedurft. Daraus hatte er geschlossen, dass sie sich bei einem der Brüder zu Hause trafen.

Sein Herz begann zu rasen, als er in die Straße Am Juliusstein einbog und den gelben Fiat nirgends entdecken konnte. Aber dann sagte er sich, dass der Sportwagenfahrer von Berufs wegen misstrauisch war und sein Fahrzeug nicht unmittelbar vor dem Haus abstellen wollte.

Tatsächlich entdeckte er den barchetta im Geröderweg. Erleichtert fuhr er weiter, stellte den Golf in der Kleebreite ab und machte sich mit seiner Ausrüstung auf den Weg. Das Grundstück hatte er bereits gründlich erkundet. Er wusste, an welcher Stelle er die Terrassenfront der Villa vor sich haben würde und unbeobachtet sein Richtmikrofon aufstellen konnte.

Der Hausherr machte sich nicht die Mühe, seine Besucher zu verbergen. Die Fenster waren hell erleuchtet, die drei Männer hinter den bodentiefen Fenstern des Wohnraumes gut zu erkennen.

Kleinwüchsig, kerzengerade und elegant gekleidet der eine der Altenburg-Brüder. Groß, schlank und gut aussehend der andere. Schlaksig, mit schwarzem, gegeltem Haar, das er für sein Alter deutlich zu lang trug, der Fiat-Fahrer. Er war nicht weniger teuer gekleidet als der Anwalt und der Abgeordnete, aber sein lässiges Outfit bezog er offenbar nicht vom Herrenausstatter, eher aus dem Joop-Store in der Königsgalerie.

Wie macht der das? Und dann dieser Sportwagen. Soviel kann der doch gar nicht verdienen. Hat er Nebeneinnahmen?

Im Hintergrund erschien eine junge Frau. Hatte Altenburg doch eine Tochter? Hatte er das übersehen? Eine Tochter wäre ideal ... Sie trat zu den Männern, begrüßte die Gäste und lehnte sich kurz gegen den Hausherrn, der sie an sich zog und ihre Stirn küsste. »Es dauert nicht lang, mein Liebling«, sagte er, und sie lächelte ihn an. »Habt ihr noch einen Wunsch?«, hörte der Mann ihre Stimme in seinem Kopfhörer. Die Männer schüttelten die Köpfe, und die junge Frau verabschiedete sich. Sie war schön. Jung und schön. Er speicherte das Bild in seinem Inneren. Also seine Geliebte. Auch gut. Fast so gut wie eine Tochter.

Für einige Sekunden zweifelte der Beobachter an der Zuverlässigkeit seiner technischen Ausrüstung aus dem Spezialversand, doch die Stille hatte ihren Grund: Die Männer hoben schwere Cognacschwenker, nickten einander zu und tranken wortlos.

»Was war nun so wichtig, dass wir uns unbedingt treffen mussten?« Roland Altenburgs Stimme kam klar über den Ohrhörer, sie klang ungeduldig.

»Gibt es etwas Wichtigeres als die Freiheit?«, fragte der Gegelte zurück.

»Sprich nicht in Rätseln. Komm zur Sache.«

»Die Sache ist die«, antwortete der Besucher gedehnt, »dass unser Freund verschwunden ist. Und es gibt Leute, die nicht an Zufälle glauben. Ich übrigens auch nicht. Im Polizeipräsidium ist man sogar geneigt, die Todesfälle von Bernd und Georg im Zusammenhang zu sehen. Es könnte eine Untersuchung geben. Und ich weiß nicht, ob das in unserem Sinn wäre.«

»Dann verhindere das. Wozu sitzt du an der Quelle?«

»Du überschätzt meine Möglichkeiten. Ich kann ein bisschen Sand ins Getriebe streuen. Aber mehr ist nicht drin.«

»Was heißt denn«, mischte sich Christoph Altenburg ein, »unser Freund ist verschwunden? Wenn er weg ist, ist doch alles in Butter.«

»Das sehe ich genauso.« Der Hausherr schenkte aus einer Kristallkaraffe nach. »Ich finde, du übertreibst. Nach allem, was man hört, ist Wieland bei einem Arbeitsunfall ums Leben gekommen, und Steinfels ist mit dem Flieger abgestürzt. So was kommt vor. Und gar nicht so selten.«

Der Gast ließ einen trockenen Lacher hören. »Wie naiv seid ihr eigentlich? Wenn ich sage, unser Freund ist verschwunden, heißt das nicht, er hat sich aufgelöst. Ich vermute vielmehr, dass er untergetaucht ist. Zweitens soll es in beiden Fällen Anhaltspunkte für Fremdeinwirkung geben. Es kann uns zwar relativ egal sein, wer oder was den Tod von Wieland und Steinfels verursacht hat, aber wenn die Todesfälle untersucht werden, kann das gefährlich werden.«

»Gefährlich? Wieso gefährlich?« Ärger flammte in der Stimme des Abgeordneten auf. »Es gibt keine Verbindung zwischen Steinfels, Wieland und uns. Worauf willst du eigentlich hinaus?«

»Ich glaube«, sagte Christoph Altenburg, »ich weiß, was er meint. Ein Kriminalbeamter mit Intuition und Ehrgeiz könnte die Verbindung herstellen. Und wenn er erst soweit ist, wäre es nur ein Schritt zu dem Prozess von damals. Und falls er dann auf dieses arme Schwein stößt, das für ... für die Sache ... in den Knast gewandert ist ... dann gute Nacht.« Der Anwalt sprach so leise, dass sich der Mann draußen im Gebüsch sehr konzentrieren musste, um ihn zu verstehen.

»Leute, nun malt mal den Teufel nicht an die Wand.« Der Abgeordnete Altenburg goss nach und stürzte den Inhalt des Glases hinunter. »Selbst wenn einer die alte Geschichte ausgräbt – verwenden kann er sie nicht. Es hat ein Urteil gegeben, der Täter hat seine Strafe verbüßt, Ende, aus.«

Mord verjährt nicht.

»Mord verjährt nicht«, entgegnete der Gegelte.

Und der Mann draußen im Gebüsch lachte lautlos über diese Erkenntnis. *Mord verjährt nicht. Vor dem Gesetz nicht, und vor mir nicht.*

»Wenn das so ist, finde heraus, wo er sich aufhält. Wo hat er zuletzt gewohnt? Noch immer bei der Mutter?«

»So ist es«, nickte der Gegelte. »Plötzlich war er weg. Und aus der Mutter ist nichts herauszukriegen. Ich habe schon angerufen und mit unterschiedlichen Vorwänden nach ihm gefragt. Einmal war ich dort, aber die Alte hat mich nicht reingelassen, nur von drinnen gekeift, sie würde die Polizei rufen.«

»Aber du bleibst dran, oder?«

»Logo. Und wenn ich ihn gefunden habe? Was dann? Wollt ihr ihn ...?«

»Das entscheiden wir, wenn es so weit ist.«

Er hatte genug gehört. Leise packte er seine Utensilien zusammen und machte sich auf den Rückweg. Es wurde Zeit, Mutti ging immer früh zu Bett.

19

Wenn man es recht bedachte, war es Isabella gewesen, die ihnen zum Durchbruch verholfen hatte. Wieder einmal hatten Stöber und sie über der mysteriösen E-Mail gebrütet, als die Sekretärin ihren Kopf neugierig über das Papier gereckt und die Nachricht halblaut gelesen hatte. »Klingt wie ein Geheimcode«, hatte sie gemurmelt. »So was hatten wir als Kinder auch.«

»Wie – als Kinder auch?« Mit leichtem Ärger in der Stimme hatte Hanna die Akte zugeklappt und von sich geschoben.

»Na – Geheimsprache. Hattet ihr das nicht? Wir haben zum Beispiel nach einem bestimmten System in jedes Wort sinnlose Silben eingefügt oder angehängt. Zum Beispiel so: Ihlewir seileweid zielewimlilewich eileweinfälewältilewig.«

»Und was soll das heißen?« Florian Stöber hatte Isabella so verdattert angeglotzt, dass die beiden Frauen in schallendes Gelächter ausgebrochen waren.

»Elewer kalewann dalewas nilewicht velewerstehlewehn«, hatte Hanna begeistert geantwortet. Und wieder hatten die Frauen angesichts Florians fassungsloser Miene hemmungslos gekichert.

»Schau doch mal nach«, hatte Isabella empfohlen, »ob es Wörter gibt, die zusammen einen Sinn ergeben, wenn man sie nach einem bestimmten System herausfiltert. Zum Beispiel aus jedem Satz das erste Wort. Oder das letzte. Oder aus dem ersten Satz das erste Wort, aus dem zweiten das zweite, aus dem dritten das dritte – und immer so weiter.«

Stöber hatte einige Sekunden gebraucht, um sich aus der Erstarrung zu lösen, aber dann hatte er angefangen zu zählen und zu probieren.

»Es funktioniert«, hatte er nach einer Weile gerufen. »Wenn ich das erste Wort im ersten, das zweite im zweiten und das dritte im dritten Satz nehme und dann wieder von vorn, ergibt sich ein zusammenhängender Text.«

Nun lag das Blatt vor Hanna auf dem Tisch, in jedem Satz war ein Wort markiert.

Hallo Georg,
muss mich mal wieder melden. War über einen Monat weg. Gab eine unerwartete familiäre Angelegenheit. Entwicklung inzwischen eher positiv. Sie informieren mich demnächst. Aber ich habe wenig Zeit. Unseren Kontakt will ich jedoch nicht verlieren. Dein Freund lebt ja auch in Scheidung. Sendepause wohl aus diesem Grund. Den Familien fällt immer was ein. Manche Augen sehen zuviel. Überblick geht verloren. Das ist auch hier so. Es bedeutet aber nichts. Noch keine Gefahr. Treffen nicht sinnvoll. Antwort erforderlich.
K.

»Mensch, Florian, das kann es sein. Das muss es sein. Gratuliere.« Eilig schrieb die Kommissarin die markierten Wörter heraus und fügte sie zu einem Text zusammen.

Hallo Georg,
muss über unerwartete Entwicklung informieren. Habe unseren Freund aus den Augen verloren. Das bedeutet Gefahr. Treffen erforderlich.
K.

»Bedanken wir uns bei Isabella«, schlug Stöber vor und starrte auf die Notiz. »Aber sind wir jetzt schlauer?«

»Lass uns die Sache noch mal durchgehen, Florian.« Hanna klang euphorisch. »Ich habe das Gefühl, wir kommen gerade einen Schritt weiter. Dieses Treffen, von dem hier die Rede ist, hat sicher schon stattgefunden. Aber wir nehmen mal an, dass Steinfels und dieser 'K' sich kannten. Wir wissen bereits, dass Wieland und Steinfels alte Freunde waren. Der dritte Todesfall – der junge Altenburg – scheint nicht dazu zu passen. Aber wenn es eine Verbindung zur Familie Altenburg gibt, dann wird die Sache interessant. Versuch mal bitte herauszufinden, wo und wann die zur Schule gegangen sind. Die Witwe Wieland hat doch erwähnt, ihr Mann und Steinfels hätten sich aus der Schulzeit gekannt. Und dann ...«

»Ich hab was für euch.« Isabella war hereingestürzt und wedelte mit einem umfangreichen Fax.

»Vom Bundesamt für Flugunfalluntersuchung. Wegen der abgestürzten Cessna.«

Hanna griff nach dem Stapel und blätterte die Seiten hastig durch.

»Hier«, rief sie triumphierend, »hier haben wir es. Hört zu.«

Der Luftfahrzeugführer war um 10.05 Uhr MESZ in Kassel Calden in Richtung 04 zu einem Reiseflug nach Westerland gestartet. Nach den Aufzeichnungen der Flugleitung waren folgende Wetterbedingungen gegeben: Bodensicht mehr als 20 km, Wind aus 090° mit 8 kt, Hauptwolkenuntergrenze in 6000 ft, Temperatur +17° C.

Das Luftfahrzeug war ordnungsgemäß zum Verkehr zugelassen und vorschriftsmäßig nachgeprüft. Die Flugmasse konnte nicht exakt ermittelt werden. Da sich keine Fluggäste an Bord befanden, ist auch bei voller Betankung von der Einhaltung der Gewichtsgrenzen auszugehen.

Der Luftfahrzeugführer (49) war seit dem 22.10.84 im Besitz eines Luftfahrerscheines für Privatflugzeugführer mit dem Beiblatt A. Bis zum Unfallzeitpunkt hat der Pilot 834 Stunden mit 1781 Landungen überwiegend auf Flugzeugen der Muster Cessna 172 absolviert. Hinsichtlich einer unfallrelevanten gesundheitlichen Beeinträchtigung wurde nichts bekannt. Der Luftfahrzeugführer war zur Durchführung des Fluges berechtigt.

Ca. 10 Minuten nach dem Start erhielt die Flugleitung einen informellen Notruf. Danach traten zunächst Probleme mit dem Triebwerk, dann auch mit dem Höhenruder auf. Nach Aussage des Flug-

leiters geriet das Flugzeug offenbar in unkontrollierten Zustand. Um 10.16 Uhr riss die Funkverbindung ab.
Um 10.29 wurde die Flugleitung über die Einsatzleitzentrale im Polizeipräsidium Kassel über einen Absturz im Waldgebiet bei Hofgeismar informiert.
Die Untersuchung durch einen Beauftragten der BFU wurde um 16.00 Uhr vor Ort aufgenommen.

»Ich weiß nicht«, warf Stöber ein, »das scheint mir wenig erhellend.«
»Wart's ab. Hier kommt ein Abschnitt Beurteilung.« Hanna las weiter.

Die Ermittlungen ergaben folgende Befunde am Wrack des Luftfahrzeuges: Tragflächen und Zelle wiesen starke Verformungen auf, die im Wesentlichen durch den Aufprall verursacht wurden. Des Weiteren war das Wrack vollständig ausgebrannt. Wegen der großen Menge des an Bord befindlichen Treibstoffes hat eine starke Hitzeentwicklung über einen längeren Zeitraum sämtliche Betriebsmittel nahezu rückstandsfrei verbrennen bzw. verdampfen lassen und darüber hinaus das Triebwerk teilweise »verschweißt«. Es ließ sich auch durch eine Zerlegungsprüfung nicht feststellen, wodurch ein evtl. unfallrelevanter Triebwerksschaden verursacht worden sein könnte.

Am Höhenruder konnten wegen erheblicher Verformungen und zahlreicher Bruchstellen Hinweise auf die Ursache der vom Piloten gemeldeten Wirkungslosigkeit nicht festgestellt werden. Der Zustand des Wracks erlaubte keinen Hinweis auf beschädigte Steuerungselemente. Es kann jedoch nicht ausgeschlossen werden, dass bereits bei Flugantritt ein Mangel bestand, da ein an der Befestigung des Seilzuges fehlender Sicherungssplint nicht aufgefunden werden konnte.

Stöber pfiff durch die Zähne. »Also doch. Ich habe es geahnt. Nur blöd, dass die sich überhaupt nicht festlegen wollen. War der Splint jetzt entfernt oder nicht?«

»Das können die doch auch nicht feststellen, Florian. Wenn er fehlte, heißt das, er kann ebenso gut vor dem Unfall entfernt wie beim Absturz verloren gegangen sein. Warte, hier kommt noch eine Schlussfolgerung.«

Der Unfall ist darauf zurückzuführen, dass es dem Luftfahrzeugführer nicht gelang, das Flugzeug nach Leistungsabfall oder Totalausfall des Triebwerkes in stabiler Fluglage zu halten und eine Notlandung durchzuführen. Hierfür könnte ein Bruch im Bereich einer Seilzugbefestigung am Höhenruder ursächlich gewesen sein.

»Na toll. Könnte! Kann nicht ausgeschlossen werden! Das heißt doch, wir sind so schlau wie vorher. Nichts ist unmöglich – wie immer.« Stöber schüttelte missmutig den Kopf.

Hanna widersprach. »Wenn sie eine Manipulation nicht ausschließen, heißt das, sie liegt im Bereich des Möglichen. Lass uns den Faden wieder aufnehmen und den Fall durchspielen. Wir gehen davon aus, dass sich die Männer kannten und nehmen ferner an, dass die Unfälle vorsätzlich herbeigeführt worden sind. Wenn du herausgefunden hast, dass die erste Annahme zutrifft, wird die zweite wahrscheinlicher. Und aus der E-Mail wissen wir, dass ein weiterer Mann ...«

»Oder eine Frau«, warf Isabella ein.

»Richtig: oder eine Frau – dass eine weitere Person mit den Getöteten in Verbindung stand und von Gefahr gesprochen hat. Die aufwändige Verschleierung der Mitteilung deutet darauf hin, dass Absender und Empfänger Grund hatten, sich von niemandem in die Karten schauen zu lassen. Also bilden Steinfels, Wieland, der oder die Unbekannte und – vielleicht die Altenburgs – eine Gruppe, die sich in irgendeiner Weise in Gefahr befand. Offenbar in Lebensgefahr.«

Stöber nickte bedächtig, schien aber noch nicht überzeugt. »Wenn es wirklich Morde waren«, gab er zu bedenken, »müssen wir nach einem Motiv suchen. Wer sollte ein Interesse daran haben, diese Männer zu töten? Und wie passt der Tod des Jungen dazu?«

Hanna hob die Schultern. »Das werden wir herausfinden. Dazu müssen wir das Umfeld der Verstorbenen durchleuchten. Auch wenn es einigen Herrschaften nicht gefällt. Du fängst mit der Vergangenheit an. Ich kümmere mich inzwischen um den Fall des Jägers aus Veckerhagen. Außerdem will ich mich noch mal mit dem letzten Opfer des Vergewaltigers unterhalten. Das Mädchen weiß vielleicht mehr als ihm bewusst ist. Bei der zweiten Vernehmung kommt erfahrungsgemäß noch das eine oder andere Detail in Erinnerung. Morgen oder übermorgen setzen wir uns wieder zusammen und gehen die Ergebnisse durch. Einverstanden?«

Stöber nickte. Isabella spitzte die Lippen. »Die Kollegen vom Ermittlungsteam Jäger wollen dich sprechen, Hanna. Wegen einer Festnahme.«

»Gut. Ruf sie an. Sie sollen sofort kommen, vielleicht eilt es ja. Und dann versuch bitte, diese Julia zu erreichen. Ich möchte noch mal mit ihr sprechen. Allein und ohne Protokoll und das ganze Drumherum.«

»Gern.« Isabella lächelte. »Wenn hier alle so gründlich wären wie du, Hanna, könnte unsere Aufklärungsquote erheblich höher sein.«

Die Hauptkommissarin winkte ab. »Lass gut sein, Isabella. Darüber sind die Meinungen bei den Kollegen durchaus geteilt.«

*

»Hitradio FFH – Hessentelex. Der Prozess um den vom Dienst suspendierten Präsidenten des Kasseler Landgerichts wegen Alkohol am Steuer und Bestechung eines Polizisten wird eine weitere Instanz beschäftigen. Wie sein Anwalt mitteilte, hat er gegen das Urteil im Berufungsverfahren Revision eingelegt. Der Gerichtspräsident hatte sich im Juli vergangenen Jahres betrunken auf einem Feldweg festgefahren und mit dem heißen Auspuff seines Wagens ein Feld in Brand gesetzt. Anschließend hatte er einem Polizisten berufliche Vorteile versprochen, wenn dieser von einer Blutprobe absehen würde.

Und nun Ihr Staupilot von Hitradio FFH. In der Kasseler Innenstadt gibt es weiterhin erhebliche Verkehrsbehinderungen. Im Bereich Wesertor staut sich der Verkehr ...«

Polizeiobermeister Jens Wacker drehte den Ton leiser und sah seinen Kollegen an. »Was hättest du gemacht, wenn dir der Landgerichtspräsident so ein Geschäft vorgeschlagen hätte?«

»Du meinst: Beförderung statt Blutprobe? Keine Ahnung. Darüber müsste ich nachdenken. Und dafür hast du in so ’ner Situation eh keine

Zeit. Wahrscheinlich hätte ich's abgelehnt und mich später drüber geärgert. Mensch, guck mal, da hinten. Ein roter Fiesta. So einen suchen wir doch.«

Als der Wagen vor ihnen auftauchte, richteten sich Polizeiobermeister Wacker und sein Kollege Dommeier unwillkürlich auf. »Das ist er«, rief Dommeier, und Wacker trat aufs Gaspedal. »Na, warte«, murmelte er, »jetzt haben wir dich.« Rasch schob sich der Streifenwagen näher an den Ford heran. Dommeier buchstabierte das Kennzeichen. »Das ist er wirklich«, sagte er, »setz dich davor.« Er ließ die Scheibe herunter und angelte nach der Kelle.

»Der guckt ja wie 'n erschrecktes Kaninchen«, grinste Dommeier und winkte mit dem Stoppsignal, während der Streifenwagen an dem Fiesta vorbeizog. Nachdem sie vor dem Kleinwagen eingeschert waren, nahm Wacker Gas weg. Gespannt warteten die Polizeibeamten auf die Reaktion des Autofahrers. Der bremste und hielt schließlich an. Auch Wacker stoppte. »Dann woll'n wir mal«, sagte er und griff nach seiner Dienstmütze.

Zu zweit näherten sich die Polizisten dem Fahrzeug. »Vorsicht«, schrie Dommeier, »der hat 'ne Kanone.« Er ließ sich fallen und rollte schulmäßig zur Seite. Wacker reagierte zu spät. Der Schuss traf aber nicht ihn. Der Fahrer des roten Fiesta hatte die Waffe gegen sich selbst gerichtet. Wie in Zeitlupe sackte er zur Seite, Blut rann über seine Wange und tropfte vom Kinn herab.

Vorsichtig, die Pistolen im Anschlag, näherten sich die Beamten dem Fiesta. Der Fahrer rührte sich nicht.

»Ruf die Leitstelle an«, sagte Wacker, »wir brauchen einen Notarzt. Und sie sollen das K 11 verständigen.«

Aufmerksam war Hanna dem Bericht ihrer Ermittler gefolgt, nun unterbrach sie den Kollegen. »Und was macht euch so sicher, dass es sich um den Täter handelt, wenn ihr ihn noch gar nicht vernehmen konntet?«

»Wir haben ein Gewehr im Fahrzeug des Mannes gefunden. Es ist zweifelsfrei die Waffe des getöteten Jägers. Eine Blaser R 93.« Der Beamte warf einen Blick in sein Notizbuch. »Die Seriennummer ist die der verschwundenen Jagdflinte.«

»Gut«, sagte Hanna, »dann stellt einen Kollegen für das Krankenhaus ab. Und sobald der Mann vernehmungsfähig ist, kümmert ihr euch um ihn. Vielen Dank. Und sag den Kollegen von der Streife ein paar nette Worte. Ihr wisst schon. Damit sie uns nicht für arrogant halten.«

»Selbstverständlich.« Die Kommissare lächelten. »Dann gehen wir jetzt«, sagte der eine, »und veranlassen die Bewachung.«

20

Bollmann hatte ihn bestellt. Einfach so. Ohne Erklärung. »Altenburg«, hatte er am Telefon gebellt, »ich muss dich sprechen. Und bring alles über den Flughafen mit. Zehn Uhr im La Strada, Honeymoonsuite sechs.« Er sprach die Nummer des Apartments wie »Sex« aus. Altenburg war unter jedem von Bollmanns Kommandos zusammengezuckt. Hinterher ärgerte er sich maßlos, dass er nicht den Mut aufgebracht hatte, den Termin abzulehnen oder wenigstens in Frage zu stellen. So würde er Ines kaum erklären können, weshalb er bei dem Bauunternehmer antanzen musste. Ausgerechnet am Samstag. Nichts mit Frühstück im Bett mit anschließenden Liebesspielen.

Sein alter Studienfreund und Gönner Heinz Bollmann, der bisweilen ungehobelte, dann auch wieder geradezu feinsinnige Bauunternehmer mit den vielen Freunden in der Politik, würde staunen, wenn er ihm vorrechnete, wie viel offizielle Zustimmung es inzwischen zum Ausbau von Calden gab.

Entgegen Altenburgs Erwartung schien Bollmann allerbester Laune zu sein. Er empfing ihn in einem rot-gold gestreiften Morgenmantel, unter dem seidene Schlafanzughosen hervorlugten, war aber offensichtlich schon rasiert, ein süßlicher Rasierwasserduft schlug dem Besucher entgegen. Auf der pelzigen Brust baumelte ein Kreuz an einer schweren goldenen Kette. In dem weitläufigen, stilvoll eingerichteten Raum schwebte noch ein weiterer Duft. Ein weiblicher. Altenburg hatte den Eindruck, dass sich hinter einer der angelehnten Türen jemand bewegte, dann hörte er Wasser rauschen, das in eine Badewanne eingelassen wurde.

Krachend schlug Bollmann Altenburg auf die Schulter und schüttelte dem Abgeordneten die Hand.

»Gut, dass du da bist«, tönte er jovial und wies auf einen Tisch mit Frühstücksgedecken und einer Champagnerflasche. »Ich habe noch nicht gefrühstückt, du doch sicher auch nicht. Setz dich.«

Mit einer einladenden Handbewegung schob er den Besucher auf einen Stuhl zu und ließ seinen massigen Körper auf den anderen fallen, der unter dem Gewicht bedrohlich ächzte.

»Erst 'n Happen essen oder gleich Schampus?« Bollmann strahlte sein Gegenüber an, als würde er ihm gleich einen Hauptgewinn präsentieren.

Altenburg wusste nicht, was er von diesem Empfang halten sollte. Gewöhnlich kam Bollmann direkt zur Sache. Er musste noch nicht ganz da sein – oder er führte etwas besonders Hintersinniges im Schilde. Er würde auf der Hut sein müssen.

Als der Abgeordnete nicht reagierte, griff Bollmann nach der Champagnerflasche und begann, die Umhüllung des Korkens abzureißen.

»Ich muss dich wohl erst ein bisschen aufmuntern, mein Lieber. Aber gleich wirst du staunen. Es gibt gute Nachrichten.«

Der Champagnerkorken knallte, Bollmann hielt die Flasche über die Gläser und sah sein Gegenüber herausfordernd an. »Nun wach mal auf«, lachte er, »du sitzt da wie ein begossener Pudel.«

Als die perlende Flüssigkeit in die Gläser schäumte, gab sich Altenburg einen Ruck. »Ich bin eigentlich nicht zum Feiern gekommen ...«, begann er zögernd, wurde aber gleich wieder unterbrochen.

»Nun mal sachte, Altenburg. Wenn Heinz Bollmann feiern wollte, gingen aber die Raketen ab, da würden wir hier nicht zu zweit 'rumsitzen. Eine kleine geschäftliche Besprechung verträgt ganz gut ein bisschen Munterkeit. Lässt sich leichter reden. Prost, mein Lieber.«

Er nahm einen kräftigen Zug, der Gast nippte nur. Während Bollmann sich ein Brötchen aus dem Korb angelte, wies er auf das Frühstücksgedeck. »Bedien dich. Kostet nichts, ist alles im Preis drin.« Er lachte dröhnend und schob sich einen großen Bissen in den Mund. Mit vollen Backen sprach er weiter. »Na, dann leg mal los, Altenburg. Zeig mal, was ihr bisher zustande gebracht habt.«

Altenburg öffnete den Aktenkoffer und hielt seine vorbereiteten Papiere hoch, es gab keinen Platz, sie abzulegen.

»Ich habe hier mal detailliert dargestellt«, begann er, »wie sich das Verhältnis der Befürworter und Gegner ...« Bollmann fiel ihm ins Wort: »Keine Details, Altenburg, ich will nur die Ergebnisse hören.«

Der Unternehmer wirkte plötzlich ernst und geschäftsmäßig. Altenburg starrte einen Moment auf die Unterlagen in seiner Hand, dann begann er zögernd vorzutragen, was er zuvor säuberlich zu Papier gebracht hatte.

Bollmann schien konzentriert zuzuhören. Er unterbrach nicht mehr, nickte hin und wieder oder gab einen undefinierbaren Grunzlaut von sich.

Altenburg wurde immer unsicherer.

Bollmann schien Gespür für die Gemütsverfassung seines Gegenübers zu haben und reagierte auf seine Weise. Er hob das Glas und lachte. »Nun mach dir nicht ins Hemd, alter Junge. Wir kriegen das schon hin. Prost! Auf gutes Gelingen und gute Geschäfte.«

Altenburg zwang sich zu einem gequälten Lächeln und hob sein Glas. Bollmann trank aus und erhob sich. War die Unterredung beendet?

»Du wolltest ... du sagtest ... gute Nachrichten.«

»Mensch Altenburg, das Wichtigste hätte ich jetzt fast vergessen. Hör zu.« Er zog seinen Besucher dicht an sich heran. Eine Mischung aus Sektatem und Rasierwasser stieg Altenburg in die Nase. »Wenn Calden ein Erfolg wird und du deine familiäre Situation geklärt hast, gibt es nach der nächsten Landtagswahl ein neues Gesicht im Kabinett. Du kennst es. Es begegnet dir jeden Morgen. Und nun mach's gut. In jeder Beziehung.«

Er schob den Abgeordneten durch die Tür. Auf dem Flur packte er seinen Jackenärmel und zog ihn wieder zu sich heran. »Noch 'n Tipp, mein Lieber. Sprich mit dem OB. Oder mit dem Landrat. Am Besten mit beiden. Sie sollen mit Göttingen Kontakt aufnehmen, mit dem Oberbürgermeister und mit dem Landrat dort. Stadt und Landkreis sollen sich an den Kosten beteiligen. Dafür kann man anbieten, Göttingen in den Namen aufzunehmen. Flughafen Kassel-Göttingen oder so. Für die Anbindung sorgen wir. Shuttle-Schnellbus oder was auch immer. Hauptsache, die ziehen mit. Dann kriegen wir auch das Land Niedersachsen ins Boot.«

»Das leuchtet ein«, nickte Altenburg. »Ich werde sehen, was sich machen lässt.«

»Bravo. Und mach es so, dass sie es als ihre eigene Idee verkaufen können. Erzähl ihnen was von einem Gutachten über regionalen Wirtschaftsaufschwung, der sich auch in Südniedersachsen bemerkbar macht, und so weiter und so weiter, du weißt schon.« Bollmann gab ihn frei und wandte sich zur Tür. Dann winkte er ihm kurz und energisch zu, als wollte er seinen Abgang beschleunigen und verschwand in seiner Suite.

Ein wenig benommen suchte Roland Altenburg nach dem Ausgang.

Erst in der Lobby wich die Beklemmung und machte einem Hochgefühl Platz. Freudig erregt beschleunigte er seine Schritte und tastete nach dem Handy.

Ich muss Ines anrufen. Und später noch ein paar andere Leute. Damit endlich Schwung in die Sache kommt.

*

»Wir müssen was tun! Wir können doch nicht zusehen, wie die das Flughafenprojekt Schritt für Schritt vorantreiben. Irgendwann gewöhnen sich die Leute an den Gedanken.« Ninas Augen glühten, ihre Stimme bebte. Nach einer halben Stunde Lamentierens über unerfreuliche Nachrichten aus Kassel und Wiesbaden war ihr der Geduldsfaden gerissen.

Sie hatten sich wieder bei Dieter getroffen, dort Klappsofa, Ikea-Sessel und Flokati-Teppich belegt und waren angesichts der geringen Zahl erschienener Mitstreiter frustriert in Klagen über Desinteresse und Gleichgültigkeit ihrer Zeitgenossen versunken.

Wütend funkelte Nina ihre Mitstreiter aus der Bürgerinitiative an. »Jammern nützt nichts. Wir müssen kämpfen, Aktionen durchführen, Aufmerksamkeit erregen. Dieser Abgeordnete mit seinen Beziehungen hat uns ziemlich fertig gemacht. Jetzt stehen wir da wie die Deppen. Und die Leute reden nur noch über die Frage, wer hier wen bedroht hat. Die eigentliche Bedrohung verlieren sie darüber aus den Augen.«

Jan klatschte demonstrativ in die Hände. »Nina hat Recht. Wir müssen irgendwie in die Zeitung kommen. Wir haben schließlich die besseren Argumente.«

»Genau das ist unser Problem«, warf Dieter Dombrowski ein.

»Problem?«

Empörte Gesichter wandten sich zu dem Lehrer um. »Natürlich haben wir die besseren Argumente«, sagte er. »Aber wir haben sie so oft vorgetragen, dass die Zeitungen nicht mehr darauf anspringen. Die wollen immer was Neues haben. Der Redakteur von der HNA, der uns durchaus gewogen ist, hat mir versichert, dass sie immer dann über unsere Ziele berichten können, wenn dabei nicht nur das wiederholt wird, worüber sie schon mal geschrieben haben. Das kriegt er beim Chefredakteur nicht durch.«

»Seht ihr«, fiel Nina ein, »darum brauchen wir Aktionen, möglichst was Spektakuläres. Was ist mit dieser Pfahlaktion? Oder die Sache mit dem Schlafbunker. Wenn ganze Dörfer anfangen, sich einzugraben, kommt nicht nur die HNA, dann kommt auch das Fernsehen. Und dann ...«

»Dafür kriegst du die Leute nicht.« Arne machte eine abwertende Handbewegung. »Niemand buddelt sich 'n Schlafbunker in den eigenen Garten. Das ist doch illusorisch.«

Nina blitzte ihn an. »Hast du vielleicht bessere Vorschläge?«

Dieter Dombrowski hob die Hände.

»Moment mal, Leute. Bevor wir uns streiten, möchte ich an das erinnern, was wir mal verabredet haben. Danach kann jeder Vorschläge machen. Und die werden dann ohne Vorbehalte diskutiert. Ich denke, wir sollten erst mal alle Ideen sammeln und dann gemeinsam durchgehen. Was praktikabel und erfolgversprechend ist, entscheiden nicht Arne oder Nina, sondern wir alle zusammen.«

In das zustimmende Gemurmel hinein meldete sich eine junge Frau zu Wort, die erst zum zweiten Mal dabei war. »Kann mir mal jemand erklären, was es mit Pfahlaktion und Schlafbunker auf sich hat?«

»Mach du das«, ermunterte Dombrowski seine ehemalige Schülerin. Nina nickte und bemühte sich, möglichst sachlich zu klingen.

»Im Raum Frankfurt hat eine Gruppe von Flughafengegnern Pfahlreihen in der Landschaft aufgestellt, um symbolisch Grenzen gegen die Ausweitung des Flughafens zu setzen. Eine Familie aus Fürstenwald hatte uns vorgeschlagen, in Calden etwas Ähnliches zu machen. Bisher haben wir aber nicht genügend Mitstreiter gefunden. Damit die Aktion Eindruck macht, müssen nämlich einige Hundert mitmachen. Fünfzig oder hundert Pfähle in der Landschaft beeindrucken niemanden, es müssen schon ein paar Tausend sein. Die andere Idee stammt von Leuten aus der Einflugschneise des Flughafens Köln/Bonn. Da haben sich zwei Familien unterirdische Schlafzimmer angelegt, um trotz des Nachtflugverkehrs Ruhe zu finden.«

»Wer soll das machen?«, warf Arne ein. »Niemand baut sich Schlafzimmer unter die Erde, weil es vielleicht mal Fluglärm geben könnte.«

»So wie bei den Leuten in Köln soll das ja auch gar nicht laufen«, erwiderte Nina. »Aber man könnte sich symbolisch eingraben. Wenn ganz viele Menschen in den betroffenen Ortschaften mitmachen, gibt das ein gewaltiges Echo in den Medien. Und das ist es, was wir erreichen müssen. Wir wollen doch den Politikern klar machen, wie stark der Widerstand gegen einen Flughafen in Calden ist.«

Jan klatschte wieder, einige schlossen sich an, schließlich applaudierten alle.

Hilfe suchend und etwas verlegen sah Nina sich nach Dieter um. Er kam ihr zu Hilfe. »Vielen Dank, Nina. Ich glaube, ich darf in unser aller Namen festhalten, wie wichtig es für uns ist, einerseits über kreative Aktionen nachzudenken und andererseits die Zielsetzung nicht aus den Augen zu verlieren. Du hast das wunderbar deutlich gemacht. Ich möchte die Gelegenheit zu einem Vorschlag nutzen, der unserer künftigen Arbeit wichtige Impulse geben kann.«

Er machte eine Pause und sah bedeutungsvoll in die Runde. »Ich schlage vor, Nina Wolf zu unserer Sprecherin zu machen.«

*

»Und du hast angenommen?« Hanna Wolf betrachtete ihre Tochter mit einer Mischung aus Anerkennung und Zweifeln.

Hoffentlich macht sie sich nicht kaputt. Man kann so leicht zwischen die Fronten geraten. Ninas Engagement für diese Bürgerinitiative ist bewundernswert. Aber auf sie werden Intrigen, falsche Behauptungen und persönliche Herabsetzungen zukommen. Wird sie all das verkraften?

Nina nickte strahlend. »Ein Grund mehr, dass wir uns heute mal was gönnen.« Sie hob die Einkaufstüten und schwenkte sie hin und her.

»Meinst du nicht, dass es reicht? Du hast einen schicken Pullover, eine Hose und einen Schal gefunden. Und mit meiner neuen Handtasche bin ich mehr als zufrieden.«

»Aber Hanna, das ist doch noch kein Powershopping. Komm, lass uns was essen, und dann ziehen wir hier noch mal durch alle Etagen. Ich will mindestens noch nach einem Top und nach Parfüm sehen. Und du brauchst noch ein Paar Schuhe.«

Zielsicher steuerte Nina auf einen freiwerdenden Tisch vor dem Bistro zu. Hanna blieb nichts anderes übrig als ihrer Tochter zu folgen. Sie hatten die Geschäfte in der Wilhelmstraße abgeklappert, waren durch die Obere Königsstraße und die Treppenstraße gewandert und schließlich in der Königsgalerie gelandet. Sie hatten sich Schmuck angesehen, waren aber unschlüssig geblieben. Dann hatte Nina diese formvollendete Handtasche für ihre Mutter entdeckt und nicht locker gelassen, bis Hanna in den Kauf eingewilligt hatte.

Nina ließ sich in einen der Sessel fallen. »Jetzt habe ich richtigen Hunger«, seufzte sie und vertiefte sich in die Karte. Hanna zog ihren Mantel aus und setzte sich ihrer Tochter gegenüber. »Mir tun aber die Füße weh«, behauptete sie, »lange halte ich das nicht mehr aus.«

»Siehst du, du brauchst unbedingt neue Schuhe«, erwiderte Nina. »Bei Görtz 17 können wir auch noch reingucken. Wir haben doch Zeit. Jetzt relaxen wir erst mal, und dann geht's weiter. Was nimmst du? Ich möchte die Kartoffeltaschen. Für dich gebackene Scampis?«

Hanna nickte ergeben.

»Und einen Chardonnay?«

»Um diese Zeit? Na gut. Aber außerdem noch ein Wasser.« Hanna steckte die Karte zurück in den Ständer und sah sich um. Nina bestellte. Selbstbewusst, aber freundlich setzte sie der Bedienung auseinander, dass der Wein unbedingt kühl sein müsse und sie drei statt der üblichen zwei Kartoffeltaschen haben wolle.

Meine Tochter ist erwachsen. Warum vergesse ich das immer wieder?

Um sie herum brodelte ein gedämpftes Gewirr von Stimmen und Musik, gelegentlich übertönt von Lachern oder Rufen. Menschen bewegten sich aus allen Richtungen und in alle Richtungen. Darunter teuer und elegant gekleidete Damen ebenso wie Menschen in gewöhnlicher Straßenkleidung, flippig angezogene junge Mädchen und breitbeinig stolzierende Jung-Machos. Weit unter ihnen, in der kreisrunden Fläche des

Avanti, saßen Geschäftsleute in Hemdsärmeln, zwei oder drei drückten ein Handy ans Ohr.

Kauflust und Konsum, wohin man sah. Die Läden voller Käufer, die Restaurants gut besucht. Hier schien die Wirtschaft noch zu brummen. Im Gegensatz zur Kurfürsten-Galerie. Brinkmann würde schließen, zahlreiche Mitarbeiter des Technikhauses zum Jahresende arbeitslos werden. Am Ende zahlten immer die kleinen Leute die Zeche.

Der gläserne Fahrstuhl bewegte sich geräuschlos in einer nach allen Seiten offenen Säulenkonstruktion aufwärts. Hanna ließ den Blick mit der Bewegung der Kabine nach oben wandern. Unter den Stahlträgern der gläsernen Kuppel schwebte eine ausladende ringförmige Konstruktion, die mit unzähligen künstlichen Blumen und Pflanzen dekoriert war.

Ich war lange nicht mehr hier. Schon gar nicht mit Muße. Eigentlich ist es gar nicht so schlecht. Es macht sogar Spaß. Und mit Nina ...

»Hey, Mama, träumst du? Der Wein ist da. Auf dein Wohl.« Nina hob ihr Glas und strahlte ihre Mutter an.

»Und auf deins, Nina. Und auf deinen Erfolg.«

»Was meinst du jetzt?« Ein Schatten legte sich über Ninas Lächeln.

Hanna lachte und schüttelte den Kopf. »Diesmal meine ich nicht die nächste Klausur. Ich meine deine neuen Jobs. Als Pressesprecherin und als Model.«

»Ach so.« Die krause Stirn glättete sich. »Dann also Prost.«

Sie hoben ihre Gläser und tranken. Der Wein war frisch und tatsächlich kühl. Hanna musste sich zwingen, nicht das ganze Glas in einem Zuge auszutrinken.

Nina beugte sich vor. »Apropos Presse. Ich wüsste gern, was bei der Untersuchung des Drohbriefes herausgekommen ist. Weißt du schon was?«

Hanna schüttelte den Kopf. »Nichts Konkretes. Aber die Kollegen sind der Meinung, dass beide Briefe – also der, den ihr gekriegt habt, und der, den der Abgeordnete bekommen hat, vom gleichen Verfasser stammen könnten. Es gibt Ähnlichkeiten in der Grundstruktur der Syntax.«

Nina riss die Augen auf. »Das würde ja bedeuten ...«

»Genau. Jedenfalls braucht ihr euch nach Meinung der Kollegen keine Sorgen zu machen. Sie glauben nicht an eine ernste Drohung. Sie vermuten einen Trittbrettfahrer, der sich wichtig machen will, indem er Befürworter und Gegner des Flughafens gegeneinander aufhetzt.«

Nina kaute auf ihrer Unterlippe. »Zumindest zum Teil ist ihm das gelungen. Bei uns sind einige Leute abgesprungen, und bei den übrigen ist der Ton schärfer geworden. Manche wollen Gewalt gegen Sachen nicht mehr ausschließen.«

Hanna erschrak. »Nina, wenn du nicht mehr ...«

»Keine Sorge, Mama. Für mich sind die Grenzen klar. In unserer Gruppe sind wir uns auch weitgehend einig. Und wenn nicht, müssen sie es ohne mich machen. Mich ärgert nur, dass dieser Altenburg aus der Sache Kapital schlagen konnte, weil er bessere Beziehungen zu bestimmten Zeitungsleuten hat. Und dass man diesen Arsch von Briefeschreiber nicht kriegen kann.«

»Das ist nicht gesagt. Wenn der noch öfter solche Briefe verschickt, kommen wir ihm vielleicht auf die Spur. Aber helfen würde euch das wahrscheinlich auch nicht.«

»Aber ich kann doch ... wir können doch in einer Presseerklärung darauf hinweisen, dass diese Drohbriefe ...«

»Ich glaube, das sollten wir machen«, überlegte Hanna laut. »Wenn vom Präsidium so eine Erklärung kommt, macht das mehr Eindruck. Ich spreche mal mit Ute. Bestimmt fällt ihr dazu was ein.«

»Ute?«

»Ute Krüger. Das ist unsere Pressesprecherin. Vom Präsidium.«

»Mensch Hanna, du bist echt cool. Danke!«

»Pass auf.« Hanna zeigte auf die Bedienung hinter Nina. »Unser Essen kommt.«

Trotz des Cappuccino nach dem Essen, spürte Hanna, wie sich die Müdigkeit in ihr ausbreitete. Jetzt die Füße hochlegen und eine Zigarette ... *Aber ich will ja aufhören. Außerdem würde Nina ... Das Kind ist zu bewundern. Strotzt vor Energie.*

Hanna sah es zuerst. Auf dem Weg zum Schuhgeschäft waren sie schon an Prospektständern vorbeigelaufen, ohne sie wahrzunehmen. Erst an den Rolltreppen fiel ihr Blick auf die ausgehängten Novemberausgaben des *Schaufensters.* Sie stieß einen kleinen Schrei aus. »Das bist ja du!«

Nina stoppte und starrte auf die Titelseiten mit ihrem Porträt. Ihr Herz schlug heftig. »Ich wusste gar nicht, dass die schon erschienen ist.«

Stumm verharrten Mutter und Tochter vor der kleinen Galerie.

»Was vor 'n hibsches Mäjen!«

Hinter ihnen war ein älterer Herr stehengeblieben. Die Frauen drehten sich um. »Wirklich hibsch. Un's sieht au uss wie Sie.« Der Mann nickte ihnen freundlich zu und ging seines Weges.

Nina erwachte aus ihrer Erstarrung. »Puh. Das war der Schock des Tages. Aber nicht schlecht, oder? Was sagst du, Mama?«

Hanna nickte bedächtig. »Du siehst hinreißend aus. Nur ...«

»Was: nur?«

»Dass dein Foto jetzt tausendfach in Kassel herumgeistert ... Ich kann es nicht erklären, Nina, aber ... mir ist nicht ganz wohl dabei.«

»Aber warum ...?«

Hanna hakte ihre Tochter unter. »Komm, lass uns weiterziehen. Vergiss, was ich gesagt habe. Wahrscheinlich bin ich durch meinen Beruf schon so verdorben, dass ... Wir wollten doch Powershopping machen. Jedenfalls gratuliere ich dir zu deinem Erfolg. Ich bin stolz auf dich.«

Nina war beruhigt. »Darauf gebe ich einen aus«, strahlte sie. »Ich lade dich zum Eis ein – nach dem Shopping.«

»Hast du das schon gesehen?« Zehn Minuten nach Dienstbeginn und leicht außer Atem stürmte Florian Stöber ins Büro und wedelte mit einer Zeitung.

Nicht schon wieder, dachte Hanna. Seit Ninas Foto auf der Titelseite des *Schaufensters* erschienen war, hatten zahlreiche Kollegen sie angesprochen. Die meisten hatten sie zu ihrer hübschen Tochter beglückwünscht. Kriminaloberrat Wenzel war mit der Zeitung in der Hand und sauertöpfischem Gesicht grußlos an ihr vorübergestapft. Alles, was seine Abteilung ins Gerede bringen konnte, war ihm ein Gräuel. In diesem Fall, fand Hanna, übertrieb er.

Doch was Stöber ihr auf den Schreibtisch legte, war nicht das *Schaufenster*. Hanna beugte sich über den Text. »Der schon wieder?«, fragte sie und überflog den Kommentar im Kasseler Kurier.

Für wen arbeitet eigentlich die Polizei? Kassel braucht Calden. Die Region braucht Calden. Calden braucht Unterstützung. Vor allem aus der

Politik. An Sonntagsrednern und Traumtänzern ist kein Mangel. Aber nur wenige Politiker setzen sich auch für unpopuläre Ziele ein. Einer, der seine Aufgabe als Volksvertreter ernst nimmt, ist Roland Altenburg. Der Abgeordnete hat nie einen Zweifel daran gelassen, dass er in Wiesbaden für Nordhessen und seine Infrastruktur kämpfen würde. Obwohl einige so genannte Bürgerinitiativen aus ideologischen Gründen den Ausbau des Flughafens ablehnen und mit Horrorgemälden und Angstparolen unbedarfte Bürger in großer Zahl auf ihre Seite ziehen, steht Altenburg zu seinem Wort. Unerschütterlich tritt er für eine bessere wirtschaftliche Zukunft Nordhessens ein. Und was macht die Polizei? Eine offenbar von blindem Ehrgeiz gesteuerte Kriminalkommissarin drangsaliert die Familie des Abgeordneten mit Ermittlungen. Vorgeblich im Zusammenhang mit Flugunfällen, die sich kürzlich in Calden ereignet haben. Als ob ausgerechnet Befürworter des Flughafens etwas damit zu tun haben könnten. Man wäre besser beraten, sich mal bei den Flughafengegnern umzusehen. Dort gibt es gewaltbereite Elemente. Wer sonst könnte ein Interesse daran haben, Calden in Misskredit zu bringen? Aber vielleicht ist die Kommissarin ja befangen. Es heißt, sie habe persönliche Kontakte zur Szene.

Hanna fühlte, wie ihr das Blut aus den Adern wich. Sekundenlang kämpfte sie gegen den Schwindel an. Mühsam bezwang sie die Mischung aus Wut und Empörung. Wenn sie die Explosion zuließ, ahnte sie, würde sie die falschen treffen.

»Hier, trink erst mal 'n Schluck.« Jemand hielt ihr ein Glas Wasser hin. Hanna sah auf. Florian und Isabella. Erschreckte Gesichter.

»Alles in Ordnung«, murmelte sie. »Beruhigt euch. Ich fange nicht an zu schreien oder mit Gegenständen zu werfen.« Sie leerte das Glas in einem Zug und knallte es auf die Tischplatte.

»Dann eben nicht. Ich gebe den Fall ab.«

»Bist du ...? Willst du ...? Das kannst du ...«

»Leute, das sind Beziehungen, gegen die wir nicht ankommen. Und ich möchte nicht, dass Nina ... Außerdem wird Wenzel gleich auftauchen, um mich von dem Fall abzuziehen. Woll'n wir wetten?«

Bevor Isabella oder Florian antworten konnten, öffnete sich die Bürotür.

Der Kriminaloberrat. Er winkte mit einer Zeitung. »Ich muss Sie sprechen, Frau Wolf. Sofort.« Er verschwand so schnell wie er gekommen war, die Tür blieb offen.

»Du hast gewonnen«, murmelte Isabella.

»Was?«

»Die Wette. Du hast die Wette gewonnen.«

Hanna lächelte gequält. »Ja«, sagte sie, »das ist aber auch alles.«

21

Eigentlich gar nicht so schlecht. Schicke Büros, tolle Aussicht, coole Typen. Und 'ne Menge Frauen. Hätte ich nicht gedacht. Die Kommissarin war sogar richtig nett. Sah überhaupt nicht aus wie 'ne Polizistin. Eher wie diese amerikanische Schauspielerin, von der Papa immer sagt, sie wäre die heißeste Frau gewesen, die er als Junge gesehen hat. Ziemlich von gestern. Aber irgendwie auch sexy. Warum sie mich wohl noch mal sprechen will? Na egal, Hauptsache, die kriegen das Schwein bald. Die hatte 'ne Pistole. Ich hab's gesehen. Klar, bei den Bullen hat jeder eine. Auch als Frau. Da könnte man solchen Schweinen gleich die Eier wegschießen.

Julia Engelhardt war mit der Linie neun zum Kulturbahnhof gefahren. Nachdem sie sich – wie immer, wenn sie dort vorbeikam – vergewissert hatte, dass der Himmelstürmer noch auf seinem steilen Weg nach oben war, wandte sie sich zum Polizeipräsidium. Von hier aus wirkte es ziemlich unscheinbar. Flaches Dach. Blasser, graublauer Anstrich. Wie ein Fabrikgebäude. Alles gerade und gleichmäßig. Und nur zwei Stockwerke.

Wenn man drin war und auf der anderen Seite aus dem Fenster sah, glaubte man, in einem völlig anderen Bauwerk zu sein. Über sieben Stockwerke und scheinbar endlos zog sich das bogenförmig angelegte Gebäude nach Norden und Westen und eröffnete den Blick auf die Niederungen der Nordstadt.

Am Empfang zeigte sie ihre Vorladung. »Ich soll mich im Kommissariat 11 melden, bei Frau Wolf.«

Der Beamte warf einen prüfenden Blick auf das Schreiben und griff zum Telefonhörer. »Sie werden abgeholt«, sagte er, »bitte nehmen Sie so lange dort drüben Platz.«

»Danke«, erwiderte Julia Engelhardt und schlenderte über den Flur. Durch die Glastüren beobachtete sie, wie ein paar Jugendliche von uniformierten Beamten durch einen der Gänge geleitet wurden. Die Jungen und Mädchen waren jünger als sie, und sie fragte sich, was die hier verloren hatten.

»Denen sollte man den Hintern versohlen«, rief ein Mann in Zivil, der aus dem Inneren des Gebäudes gekommen war, dem Beamten in der Pförtnerloge zu. »Aber nackend«, antwortete der und grinste.

»Frau Engelhardt?«

Plötzlich stand ein junger Mann vor ihr. Überrascht nickte sie.

»Guten Tag, mein Name ist Florian Stöber. Ich bringe Sie zu Frau Wolf. Bitte kommen Sie.«

Irritiert folgte sie dem Polizisten in Zivil. Er schien ihr viel zu jung zu sein. Einen Kriminalbeamten hatte sie sich immer wie Derrick vorgestellt. Oder wenigstens wie Schimanski. Dieser war bestimmt noch keine dreißig. Und er sah ziemlich cool aus. Groß und schlank und dunkelhaarig. Blaue Augen. Ein bisschen wie Ethan Hawke. Komisch, bei ihrem ersten Besuch, als sie schildern musste, was auf dem Wehlheider Friedhof passiert war, hatte sie außer der Kommissarin die Menschen gar nicht richtig wahrgenommen. Jetzt erinnerte sie der Betrieb im Polizeipräsidium an die Firma, in der ihr Vater arbeitete. Überall waren Menschen unterwegs oder standen in Gruppen, lachten und redeten, die Türen einiger Büros waren offen, sie sah Schreibtische, Computermonitore, Grünpflanzen. Hier und da wurde telefoniert.

»Was ist mit den Jungen und Mädchen«, fragte Julia, »die hier vorhin abgeführt wurden?«

»Abgeführt? Ach so – die. Ja, das sind Abripper. Die klauen und erpressen Handys und Geld von anderen Jugendlichen. Das ging schon eine ganze Weile so. Zufällig hat meine Chefin, Hauptkommissarin Wolf, in der Stadt ein Gespräch mitgehört, in dem sich zwei von ihnen verabredet und ein Opfer ausgeguckt haben. Dadurch haben wir sie geschnappt. Zehn Jugendliche, alle so zwischen dreizehn und fünfzehn.«

»Und was passiert jetzt mit denen?«

Stöber hob die Achseln. »Wahrscheinlich werden sie ihren Eltern übergeben. Dann wird das Jugendamt informiert. Und das war's dann wohl. Wir müssen jetzt hier lang. Ich gehe mal vor.«

In einer kleinen Teeküche tauschten mehrere Frauen Klatsch und Neuigkeiten aus. Nein, sie kicherten über das, was ein kräftiger, großer Mann in ihrer Runde von sich gab.

Der Schlag traf sie wie ein Hieb in die Magengrube.

Die Stimme.

Alle Muskeln krampften sich zusammen. Fast wäre sie gefallen, weil die Beine einzuknicken drohten. Sie schnappte nach Luft, hechelte, presste die Hand gegen den Oberbauch, wo sich jeder Herzschlag wie eine Explosion anfühlte. Kein Zweifel, es war seine Stimme.

»Ist Ihnen nicht gut?« Besorgt musterte der junge Polizist die Besucherin. »Wollen Sie ein Glas Wasser?«

Julia schüttelte den Kopf. Verzweifelt heftete sie den Blick auf ihr Gegenüber, um nicht den Mann anzustarren, der gerade begann, einen Blondinenwitz zu erzählen. »Kennt ihr den? Kommt eine Blondine zum Apotheker ...« Laut und dröhnend.

»Es geht schon wieder«, brachte sie heraus und versuchte, möglichst gleichmütig auszusehen. Als Stöber sich umwandte, um mit seiner Karte die Tür zum nächsten Flur zu öffnen, drehte sich Julia zu dem Witzeerzähler um. Er lehnte lässig an einer Schranktür und wandte ihr sein scharf geschnittenes Profil zu. Sie musste sich nicht anstrengen, um diese Physiognomie wie auf einem Film zu speichern.

»Kommen Sie?«

Stöber wartete in der offenen Tür.

Julia nickte und beeilte sich, ihm zu folgen.

»Irgendwas stimmt nicht mit dem Mädchen.« Hanna stand am Fenster und beobachtete ein ruheloses Elsterpaar, das auf der Funkantenne über dem UG-Trakt von Sprosse zu Sprosse flatterte. Ihr keckerndes Geschrei drang durch die geschlossenen Scheiben, doch Hannas Sinne nahmen das Schauspiel nicht wirklich wahr. Sie wandte sich um.

»Was denkst du, Stöber? Habe ich mich so getäuscht? Nach der ersten

Vernehmung hätte ich geschworen, dass uns das Mädchen mit etwas Abstand weniger verschlossen begegnen würde.«

»Sie hat gar nichts gesagt?«

»Nichts. Sie wirkte wie paralysiert. Bleich und abwesend und hat abwechselnd auf mich und die Tür gestarrt. Wie das Kaninchen auf die Schlange. Aber auch voller Hass. Als ob wir ihr etwas angetan hätten.«

»Vielleicht war ihr nicht gut. Auf dem Flur hatte ich kurz den Eindruck, sie würde aus den Latschen kippen. Vielleicht hatte sie was eingeworfen.«

Hanna schüttelte betrübt den Kopf. »Das glaube ich nicht. Die sehen anders aus, wenn sie was genommen haben. Und sie verhalten sich anders. Ich hatte das Gefühl, das schreckliche Erlebnis war ihr heute näher als damals bei der ersten Vernehmung. Aber das kann es ja nicht sein. Wahrscheinlich bin ich es, die aus der Spur ist.«

»Doch nicht wegen Ober-Wenzel? Was hat er überhaupt gewollt? Sollst du den Fall wirklich abgeben?«

»Jein«, seufzte Hanna und ließ sich in ihren Bürostuhl fallen. »Komm, setz dich. Ich erzähle es dir.«

Stumm ließ Florian Stöber sich nieder und sah gespannt auf seine Chefin.

So habe ich sie noch nie erlebt. Entweder ist Wenzel ihr ziemlich dumm gekommen oder sie hat so was wie 'ne Krise.

»Was heißt jein?«, fragte er laut.

Hanna antwortete nicht sofort. »Wenzel«, begann sie schließlich, »ist auch nur ein armes Schwein.«

Entgeistert riss Stöber die Augen auf. »Wie ...?«

»Er steht selber unter Druck. Man hat ihm nahe gelegt, in kürzester Zeit konkrete Anhaltspunkte für die von uns vermuteten Zusammenhänge vorzulegen oder die Jagd abzublasen. Und zwar von *ganz oben*. Wenn er seine Leute nicht im Griff habe, müsse man ihn mit einer anderen Aufgabe betrauen.«

»Damit sind wir gemeint«, stellte Stöber fest.

»Na ja, wahrscheinlich eher ich. Aber nun kommt's. Er hat die Entscheidung mir überlassen. Es gibt drei Möglichkeiten: Erstens, wir stellen die Ermittlungen ein. Zweitens, ich gebe den Fall ab.«

»Was auf's gleiche rauskommt«, warf Stöber ein.

»Oder – drittens – wir legen konkrete Hinweise auf den Tisch. Dafür hätten wir höchstens achtundvierzig Stunden.«

Stöber sprang auf. »Dann ist die Sache doch klar«, rief er. »Wir bringen denen die Hinweise. Es wäre doch gelacht, wenn wir, wenn du, ich meine, wenn unser Kommissariat ... den Herrschaften nicht auf die Schliche ...«

»Florian!« Hanna hob die Hände. »Vergiss nicht, mit wem wir es zu tun haben. Der Artikel im Kasseler Kurier ist doch nicht auf dem Mist dieses Journalisten gewachsen. Dahinter stecken die Altenburgs. Und wer weiß, wer noch seine Finger ...«

»Aber das ist es doch gerade! Du willst doch nicht klein beigeben, weil hier ein paar Großkopferte ihre Beziehungen spielen lassen. Hanna! Das habe ich doch von dir gelernt, dass man sich nicht von der gesellschaftlichen Stellung eines Tatverdächtigen beeindrucken lassen darf. Und du willst aufgeben?«

»Von wollen kann keine Rede sein, Stöber. Ich muss nur abwägen. Auf der einen Seite brenne ich darauf, Licht in das Dunkel zu bringen, auf der anderen ...«

»Vergiss die andere! Wir haben doch nichts zu verlieren. Wenn wir es nicht schaffen – dann haben wir Pech gehabt. Aber wir haben es wenigstens versucht. Und was die Konsequenzen angeht ...« Stöber ließ offen, was sie im Fall des Scheiterns zu erwarten hatten.

»Ja? Sprich weiter. Stell dir vor, wir werden zur Verkehrsüberwachung versetzt. Da dürfen wir dann ...«

»Egal. Hauptsache, wir bleiben zusammen.« Florian Stöber flüchtete in einen Hustenanfall, als er merkte, was ihm herausgerutscht war.

*

Ines Oesterheldt spannte den Regenschirm auf. Sie fröstelte. Nachdem sie mehrere Stunden in angenehm durchwärmten Boutiquen zugebracht hatte, schlug ihr auf dem Opernplatz nasskalte Abendluft entgegen und kroch unter ihre Kleidung.

An den Straßenbahn-Haltestellen drängten sich unzählige Menschen. Ein Meer von Regenschirmen wogte mal in diese, mal in jene Richtung.

Vom Café gegenüber leuchtete anheimelnd die Fensterfront.

Den Mann in ihrem Schatten nahm sie nicht wahr.

Sie hatte nicht die Absicht, die Bahn zu benutzen, und strebte, so schnell es ihre hohen Absätze zuließen, über das feuchte Pflaster durch die Menge, um jenseits der Oberen Königsstraße, am Friedrichsplatz, neben dem Café Alex ein Taxi zu erwischen.

Klingelnd bahnte sich eine Straßenbahn den Weg durch die Menge der Passanten. Knirschend griffen die Bremsen, quietschend kamen die Waggons zum Stillstand. Verärgert schätzte Ines den Umweg ab, den sie zurücklegen musste, um den Zug zu umrunden. Es lohnte sich nicht. Sie wartete. Gleich würde sich die Bahn in Bewegung setzen und den Weg freigeben. In Gedanken probierte sie bereits das neue Kostüm an. Und diesen zauberhaften, fast unanständig geschnittenen, silberfarbenen Body. Damit würde sie Roland auf andere Gedanken bringen. Und nicht nur auf Gedanken. In letzter Zeit war er oft abwesend und schwankte zwischen Euphorie und Niedergeschlagenheit. Zwar versuchte er, sich nichts anmerken zu lassen, aber sie kannte ihn gut genug, um die Stimmungen unter der Oberfläche wahrnehmen zu können. Seit dem Tod seines Neffen hatten sie nicht mehr miteinander geschlafen. Dabei war Roland nicht nur gut gebaut und für sein Alter ungewöhnlich fit. Er erkannte auch die Bedürfnisse ihres Körpers wie kein Mann vor ihm. Mit Abscheu und Verachtung erinnerte sie sich an die selbstsüchtigen Rammeleien jener Jungmänner, denen sie in der Schule und an der Uni begegnet war. Selbst das diplomatische Parkett, auf dem sie sich nach dem Examen auf Wunsch ihrer Eltern versucht hatte, schien ausschließlich selbstverliebte Machos, Sado-Masos oder aber totale Weicheier hervorgebracht zu haben. Jedenfalls hatte sie keinen Mann getroffen, der sich wirklich für sie und ihre Wünsche interessiert hatte. Roland dagegen ging in jeder Beziehung auf sie ein, trug sie auf Händen und ließ sie spüren, wie sehr er sie liebte.

Und nicht zuletzt hatte er eine aussichtsreiche Karriere vor sich. Ines Oesterheldt wusste dieses alles zu schätzen. Um so mehr litt sie unter seiner derzeitigen Gemütsverfassung.

Die Straßenbahn hatte einen guten Teil der dunklen Menschenmenge aufgesogen und ruckte an. Ines eilte über die Schienen – und zuckte zurück, weil sich eine weitere Bahn aus der Gegenrichtung näherte. Sie schwankte zwischen weiter laufen und stehen bleiben, dann siegte die Furcht, es nicht zu schaffen oder auf dem nassen Straßenbelag auszurutschen. Ungeduldig harrte sie aus, um die Bahn passieren zu lassen.

Den Stoß im Rücken spürte sie noch, und als ihr Köper von der Bahn erfasst wurde, dachte sie für den Bruchteil einer Sekunde an ihre Einkäufe, die Schaden nehmen könnten, doch dann schlug etwas gegen ihren Kopf und schaltete ihr Bewusstsein aus. Vom Aufschrei der Menge, vom Kreischen der blockierten Räder in den Schienen, vom Regen auf ihrer Haut nahm sie nichts mehr wahr.

*

Er verspürte einen heftigen Drang, sich vom Zustand des Unfallopfers zu überzeugen, doch die Menschen bildeten einen vor Erregung pulsierenden, aber undurchdringlichen Ring um den reglosen Frauenkörper. So beschränkte er sich darauf, unter dem Vorsprung des Kaufhauses zu verharren und die Szene zu beobachten. Wenige Augenblicke später hörte er Signalhörner von Polizei- und Rettungsfahrzeugen. Sie kamen näher. Die Sanitäter sprangen aus dem Fahrzeug, bahnten sich – mit einiger Mühe – den Weg durch die Menge.

Erst nachdem der Notarztwagen abgefahren war und die Menschenmenge sich verlaufen hatte, wandte er sich zum Gehen. Ruhigen Schrittes, im befriedigenden Bewusstsein, richtig gehandelt zu haben, wanderte er die Untere Königsstraße entlang in Richtung Holländischer Platz.

Es wurde Zeit, über den fünften Mann nachzudenken. Trotz aller Bemühungen war es ihm nicht gelungen, dessen schwache Stelle ausfindig zu machen. Offenbar besaß er weder Frau oder Geliebte noch Kinder, deren Verlust ihn aus der Bahn werfen würde. Also musste er ihn unmittelbar zerstören. Eine Krankheit wäre gut. Aber dafür fehlten ihm die Möglichkeiten. Ihn so zu verletzen, dass er im Rollstuhl landete, war schwerer als ihn umzubringen. Wenn es eine Möglichkeit gäbe, ihn in die Gewalt zu bekommen, so dass er mit ihm anstellen konnte, was er wollte ...

Auch dafür fehlten ihm die Mittel. Und das Risiko war groß. Er würde ihn erkennen. Und er war in Selbstverteidigung ausgebildet und ihm körperlich überlegen. Er musste einen anderen Weg finden. Vielleicht sollte er zuerst dafür sorgen, dass er den Job verlor. Vielleicht wurde dann alles leichter.

Aber bei alledem durfte er das Ziel nicht aus den Augen verlieren. Wenn er es überhaupt noch schaffte, war es ohnehin nur für die verbliebenen drei Männer zu erreichen. Zu sehr hatte er sich vom Verlangen nach Rache leiten lassen. Erst als die Männer tot waren, war ihm klar geworden, dass Tote nicht leiden konnten und man gegen Tote keinen Prozess führen konnte. Ob es ihm gelingen würde, diese Kommissarin auf die richtige Spur zu bringen? Der Artikel im Kasseler Kurier war wenig ermutigend gewesen. Wahrscheinlich zogen die Altenburgs im Hintergrund ihre Fäden. Die Polizei brauchte Erfolge. Sonst würden die Ermittlungen eingestellt. Auch den Unfall von Ines Oesterheldt konnten sie unter den Tisch fallen lassen. Aber musste ihnen nicht zu denken geben, wie sich die Todesfälle häuften? Das Bedürfnis, der Kommissarin zu helfen, wurde übermächtig. Dabei kannte er noch nicht einmal ihren Namen. Aber das würde er herausfinden. Und dann ... Ja, was? Er konnte sie doch nicht einfach anrufen.

Hören Sie, ich kann Ihnen erklären, wie die Todesfälle zusammenhängen. Dahinter steckt eine alte Geschichte. Woher ich das weiß? Nun, ich war damals selbst ...

Nein, dieser Weg war zu gefährlich. Nichts riskieren. Fünfzehn Jahre. Nicht noch einmal.

»Das würde ich nicht überleben.«

Erschreckt fuhr er zusammen. Jemand hatte laut gesprochen.

Er selbst.

*

Florian Stöber musste seine Ungeduld zügeln. Am liebsten hätte er Blaulicht und Sirene eingeschaltet. Aber dieses war weder eine Einsatzfahrt noch ein Notfall. Nachdem sie – zu Hannas Ärger – eher zufällig vom Unfall der Lebensgefährtin Altenburgs erfahren hatten, war seine Chefin zu ihrer gewohnten Sicherheit zurückgekehrt.

Stöber rechnete es sich als persönlichen Erfolg an, dass er die Biografien von Steinfels, Wieland und den Altenburg-Brüdern durchleuchtet und mehr als eine Gemeinsamkeit gefunden hatte. Sie stammten alle aus den Dörfern des heutigen Ahnatal, waren zumindest zeitweise in dieselbe Schule gegangen und gehörten zu einer Altersgruppe.

»Unvorstellbar, dass die sich nicht gekannt haben.« Seiner mit Überzeugung vorgetragenen Feststellung hatte niemand widersprochen.

»Jetzt kann ich wirklich nicht mehr an Zufälle glauben«, hatte Hanna gesagt und mit griffigen Worten Ober-Wenzel und alle anderen Ober-Muftis, die sie von weiteren Ermittlungen abbringen wollten, zum Teufel gewünscht.

Und ihn losgeschickt. Nach Weimar.

Er schätzte sich glücklich, dort viele Tage seiner Kindheit verbracht und das Dorf und seine Bewohner kennen gelernt zu haben. Er war zwar lange nicht mehr dort gewesen, aber wieder erkennen würden ihn trotzdem viele. Und Türen öffnen, die sie einem Fremden oder einem Uniformierten nicht einmal zeigen würden.

Ich muss jemanden finden, der damals schon erwachsen war. Der sich an die jungen Leute erinnern kann. Der nicht nur die Namen kennt, sondern auch noch weiß, was die Halbwüchsigen in der Zeit getrieben haben. Der sich an Ereignisse und Gerüchte erinnert, der sich Cliquen, Freundschaften und Feindschaften von damals ins Gedächtnis rufen kann.

In Gedanken ging er die Menschen durch, deren Gesichter er noch vor sich sah. Wenn sie etwas über die Jungen Ende der sechziger Jahre wussten, waren sie heute um die sechzig, vielleicht auch siebzig oder noch älter.

Schade, dass ich Oma nicht fragen kann. Aber in ihrem Zustand ist sie wahrscheinlich keine große Hilfe.

Seit seine Großmutter an Altersdemenz litt und sich in ihrem eigenen Haushalt nicht mehr zurecht fand, lebte sie in einem Pflegeheim. Manchmal hatte sie lichte Momente. Und dann erzählte sie verblüffende Details von früher. Je weiter die Geschichten zurücklagen, desto genauer konnte sie sich erinnern. Aber Gespräche waren mühsam und kosteten viel Zeit.

Verdammt, es gibt gar nicht so viele ... Tante Helma!

Erst mal würde er Tante Helma besuchen. Helma Otte hat damals in der Bäckerei gearbeitet. Da wurde über alles getratscht, was im Dorf passiert war – oder nicht passiert war, sich aber so schön anhörte, dass es eigentlich hätte passieren müssen. Wenn Tante Helma selbst nichts wusste, kannte sie bestimmt jemanden, der sich an die Jungen von damals erinnern konnte.

Ungeduldig trommelten seine Hände auf das Lenkrad des Dienstwagens. Der betagte Opel hätte ihn aber auch nicht schneller voranbringen können, wenn er ihn in einen neuen Porsche hätte verwandeln können. Kassel litt mal wieder unter Verstopfung. Unzählige Engpässe verurteilten die Autofahrer zu Wartezeiten oder Umwegen. In der Weserstraße herrschte Dauerstau, so dass sogar Hanna für den Weg ins Präsidium lieber ihre eigenen Füße benutzte als ihr Kabrio.

Waren die Straßen jemals zuvor an so vielen Stellen gleichzeitig aufgerissen gewesen? Stöber konnte sich nicht erinnern.

22

Die alte Frau schlug die Hände zusammen. »Florijan! Nee, sone Öwwerraschung – wo kömmest du dann her?« Sie begann an ihrer Kittelschürze zu nesteln. »Met dä han iche nu öwwerhaupt net gerechent – awwer nu komm erstemo renn, mien Junge.«

Sorgfältig schloss Helma Otte die Haustür, drehte den Schlüssel, hängte die Sicherungskette ein und schob Florian durch den Flur.

»Nu komm«, sagte sie, »jetzt setzen mä uns erstemo in de Stowwe. Wedde danne mo son Eierlikörchen trenken, was angeres han ich net im Huse.«

Stöber schüttelte den Kopf. »Danke, nein«. Ich muss noch fahren. Er schaute sich um. Nichts hatte sich hier verändert. Über dem geblümten Sofa hing noch immer das Gemälde mit der Riesengebirgslandschaft, auf der Anrichte waren noch immer die Fotografien aufgereiht. Eines zeigte ihn, als fünfjährigen Steppke, mit einer viel zu großen Mütze und in einem Anzug. Augenblicklich war das kratzige Gefühl des Stoffes gegenwärtig, der ihm seinerzeit das gute Stück verleidet hatte.

»Un nu sach mä doch vör allem erstemo – was triewed dich dann hie no Wiemeren, Florijan?«

Tante Helma hatte die Schürze abgelegt. Sie ließ sich ihm gegenüber im Sessel nieder. Ihr Kleid unterschied sich in Stöbers Augen kaum von dem Kittel, in dem sie ihn empfangen hatte. Mit leisem Schrecken registrierte er, wie alt die Tante geworden war. Als Kind hatte er sie – wie alle Erwachsenen – alterslos erlebt, nun war sie siebzig und er sah ihr an, dass sie ihr Leben lang geschuftet hatte. Doch aus dem runzligen Gesicht leuchteten noch immer verschmitzte blaue Augen.

»Entschuldige, Tante Helma«, sagte Stöber, »ich habe etwas Mühe mit dem Platt. Könntest du vielleicht ...?«

Die alte Frau lachte leise und nickte.

»Selbstverständlich, mein Junge. Möchtest du wirklich nichts? Vielleicht einen Tee? Oder Kaffee? Allerdings nur coffeinfrei. Seit Wilhelm nicht mehr ist, habe ich gar keinen Cognac mehr im Haus. Aber ich bekomme ja auch selten Herrenbesuch. Wirklich selten. Aber mir genehmige ich ein Likörchen.« Sie schenkte sich ein und hob Stöber, der erneut den Kopf geschüttelt hatte, das Glas entgegen.

»Also, was führt dich zu deiner alten Tante?« Aber bevor er antworten konnte, war sie wieder aufgesprungen. »Warte«, rief sie, »ich habe doch noch ...« Sie verschwand, es rumorte in der Küche, und kurz darauf erschien sie mit einem Teller. »Von gestern«, erklärte sie und drückte Stöber den Teller und eine Kuchengabel in die Hand. »Gestern war unser Kaffeeklatsch. Essen musst du was«, fügte sie hinzu, »du siehst ziemlich mager aus.«

Florian betrachtete die Apfelkuchenstücke und seufzte. Wenn seine Mission Erfolg haben sollte, konnte er den Kuchen nicht zurückweisen. Zudem war ihm der Duft des Backwerks in die Nase gestiegen und hatte einen Reflex ausgelöst, der ihm die Entscheidung abnahm.

Nach den ersten Bissen, deren Geschmack ihn in Kindheitstage zurückversetzte, erinnerte Tante Helmas ermunternder Blick ihn an den Anlass seines Besuches.

»Tante Helma«, begann er, »erinnerst du dich an die Zeit, als du in Bertrams Bäckerei gearbeitet hast? Als Onkel Wilhelm noch auf dem Bau geschafft hat und ihr euer Haus gebaut habt? Das muss so um Neunzehnhundertsiebzig gewesen sein.«

»Natürlich erinnere ich mich, mein Junge. Das war eine schöne Zeit. Na ja, nicht einfach damals auf dem Lande.« Sie kicherte in sich hinein. »In der Zeit mussten sich deine Eltern noch vor ihren Eltern verstecken, wenn sie mal ... zusammen sein wollten.«

Für einen Moment befürchtete Stöber, die alte Frau würde in ihren Erinnerungen versinken. Doch dann begannen ihre Augen zu leuchten. »Willy Brandt«, sagte sie, »damals war Willy Brandt Bundeskanzler, stimmt's?« Und ohne die Antwort abzuwarten: »Und Gustav Heinemann Bundespräsident. Zwei Sozialdemokraten an der Spitze. Das waren Zeiten. Und die Amerikaner sind auf dem Mond gelandet. Nein, das war schon ein Jahr vorher gewesen.«

Florian Stöber vergaß zu kauen. So verblüfft war er über die Erinnerungsfähigkeit der alten Frau.

Rasch schluckte er den letzten Bissen Kuchen hinunter. »Und hier im Dorf, in den umliegenden Dörfern – gab es da junge Männer, die öfter zusammen in Erscheinung getreten sind? Vielleicht im Fußballverein? Oder beim Kegeln? Oder in der Kneipe ... Wie hieß die noch, wo es die leckeren Brathähnchen gab?«

»Beim Ahne-Willi?«

»Genau. Beim Ahne-Willi. Gasthaus Ahnatal.«

Tante Helma schien wieder in Erinnerungen zu versinken. Dann schüttelte sie den Kopf. »Woran ich mich entsinne, ist diese furchtbare Geschichte oben am Bühl. In der Badeanstalt. Dieses junge Mädchen, Hannelore, ja, ich glaub', sie hieß Hannelore. Ein junger Mann hat sie umgebracht. Ich weiß noch, dass Irmgards Junge, also der Junge meiner Freundin Irmgard, zum Gericht nach Kassel musste. Als Zeuge. Das war in dem Sommer, als sie das Wahlalter auf Achtzehn runtergesetzt haben. Das war vielleicht ein Gerede im Dorf. Viele Leute haben geschimpft. Dass Kinder wählen sollten, fanden die meisten nicht ...«

Elektrisiert richtete Florian sich auf. »Irmgard? Und wie weiter? Wie war der Nachname?«

»Wieland. Irmgard Wieland. Ihr Junge hieß ... Gott, jetzt habe ich den Vornamen vergessen. Der arme Kerl ist kürzlich gestorben.« Mühsam stemmte sie sich aus dem tiefen Polstersessel in die Höhe. »Irgendwo habe ich noch die Todesanzeige. Warte, ich suche sie, dann kann ich dir ...«

»Hieß der Sohn vielleicht Bernd? Bernd Wieland?«

»Ja, aber ...« Helma Otte ließ sich in den Sessel zurückfallen. »Woher weißt du ...? Warum willst du das alles überhaupt wissen?«

»Das ist eine lange Geschichte, Tante Helma. Aber im Augenblick kann ich dir dazu nichts sagen. Wir ermitteln in einem Fall, der vielleicht mit den Ereignissen von damals zusammenhängt.«

Stöber spürte, wie ihn die Erregung packte. »Weißt du noch, um was es damals ging? Was der junge Wieland bezeugen sollte?« Gespannt beobachtete er das Gesicht seiner Tante, doch die ließ nicht erkennen, was in ihrem Kopf vorging. Sie sah durch ihn hindurch, schließlich schüttelte sie den Kopf. »Ich weiß nur, dass dieses Mädchen umgekommen ist. Und dass später ein junger Mann verurteilt wurde. Aber der war nicht von hier. Bernd Wieland und ein paar andere Jungen mussten vor Gericht. Für die arme Irmgard war das furchtbar. Sie war ja ganz allein für den Bernd verantwortlich. Aber da war ein Rechtsanwalt, der hat sich um alles gekümmert. Und das Zeugengeld hat sie auch gut gebrauchen können.«

»Zeugengeld? Was meinst du mit Zeugengeld?«

»Na, für den Jungen. Der Bernd hat doch vom Gericht Geld bekommen. Als Entschädigung für die Unannehmlichkeiten. Irmgard hat mir ... Aber das durfte ich niemandem erzählen. Ich weiß nicht, ob ich dir überhaupt ...«

»Aber Tante Helma. Erstens liegt die Sache weit zurück, und außerdem bin ich doch bei der Polizei. Mir kannst du ruhig sagen, was dir deine Freundin anvertraut hat. Außerdem ... lebt sie denn noch, deine Freundin?«

Die Tante schüttelte den Kopf. »Nein, Irmgard ist vor zwei Jahren gestorben. Das Herz. Also gut.« Sie beugte sich vor und flüsterte: »Sie hat damals eine größere Summe bekommen.«

»Eine größere Summe? Vom Gericht? Oder vom Anwalt. Und weißt du, wie viel?«

»Nein, mein Junge, das weiß ich nicht. Sie sagte, das Geld kam vom Gericht. Aber der Anwalt hat gesagt, sie hätte eine Schweigepflicht. Und deshalb durfte sie mit niemandem darüber reden. Hat sie auch nicht, außer mit mir natürlich.«

»Und du weißt wirklich nicht, wie viel? Ob es hundert Mark waren oder tausend?«

Helma Otte hob bedauernd die Schultern, doch ihre Augen blitzten, und dann flüsterte sie wieder. »Sie hat hat einen Farbfernseher gekauft. Und dann noch etwas für die Ausbildung des Jungen zurückgelegt.«

Stöber sprang auf. »Kannst du dich an den Namen des Anwalts erinnern?« Gespannt forschte er in ihrem Gesicht nach Anzeichen des Erinnerns. Doch sie schüttelte den Kopf.

»Das ist zu lange her. Ich weiß nicht einmal, ob sie den Namen erwähnt hat.«

Stöber drückte der alten Frau einen Kuss auf die Stirn.

»Danke, Tante Helma, du hast mir sehr geholfen. Aber jetzt muss ich wirklich gehen. Ich bin ja im Dienst, und meine Chefin ...« Er ließ offen, was seine Chefin tun oder sagen würde, aber er malte sich aus, wie sie die Neuigkeiten aufnehmen würde. Und wie sie ihn ansehen würde. Anerkennend.

»Junge, du willst schon gehen?« Helma Otte zeigte auf Florians Teller, den er vor sich auf dem eichenen Couchtisch abgestellt hatte. »Du hast doch erst ein Stück gegessen. Ich habe auch noch Schmandkuchen und ...«

*

Erst hatte sie das Messer aus der Küchenschublade nehmen wollen. Doch dann war ihr zum Glück noch eingefallen, welchen Stress ihr Vater machen würde, wenn er es nicht fand. Hin und wieder betätigte er sich als Koch, nahm die Küche in Beschlag und kreierte Gerichte für besondere Gelegenheiten. Nach Rezepten berühmter Köche. Dann musste jedes Utensil an seinem Platz liegen. Bei den Messern war er besonders streng. Und sie wusste nicht, ob sie es würde zurücklegen können. Also hatte sie eins gekauft.

»Ein Ausbeinmesser«, hatte der Verkäufer erklärt, als sie auf ein Exemplar gezeigt hatte, das ihr geeignet erschienen war. »Damit es sich gut am Knochen bewegen lässt, ist die Klinge schmal gehalten. Trotzdem sehr stabil. Außerdem rostfrei und spülmaschinenfest. Und scharf wie eine Rasierklinge. Sie müssen vorsichtig damit sein.«

Sie hatte verständig genickt.

»Es ist für meinen Vater. Können Sie es als Geschenk verpacken?«

Am Weg durch den Murhardpark hatte sie die Verpackung in einen Papierkorb geworfen. Nun betastete sie die Klinge – sie war wirklich scharf – und legte die Hand um den Griff. Die Waffe lag gut in der Hand. Die Bemerkung des Verkäufers hatte sie daran erinnert, dass Brust und Rücken eines Menschen von Knochen umgeben waren. Den Aufbau des Skeletts hatte sie aus dem Biologieunterricht noch ganz gut im Gedächtnis. Wo war die beste Stelle? Sie wusste es nicht. Und die Vorstellung, die Klinge könnte an einem Knochen abgleiten oder gar brechen, ließ sie unsicher werden.

Wenn das Schwein noch Zeit und Kraft hat, zu reagieren ... Scheiße, falls ich nicht richtig treffe, bringt er mich um. Wahrscheinlich hat er eine Pistole. Ob ich doch lieber ...

Nein.

Julia schüttelte unbewusst den Kopf. Sie würde sich informieren, herausfinden, wie das Messer geführt werden musste. Notfalls üben. Eine Chance hatte sie nur, wenn sie sofort die richtige Stelle traf. Und die würde sie treffen.

*

Roland Altenburg starrte auf das Telefon, ohne es wirklich wahrzunehmen. Als das Klingeln schließlich sein Bewusstsein erreicht hatte und er die Hand nach dem Hörer ausstreckte, erstarb der Ton.

Mit dem Krankenhaus hatte er gerade telefoniert. Ines lag noch immer im Koma. »Die Chancen sind schwer einzuschätzen«, hatte Professor Severin nach der Operation gesagt, »aber wir geben die Hoffnung nicht auf. Die inneren Verletzungen sind nicht lebensbedrohlich. Die Milz mussten wir entfernen, aber das ist kein ernstes Problem. Die Ultraschalluntersuchung hat freie Flüssigkeit gezeigt, das müssen wir noch beobachten. Was uns Sorgen macht, ist die Gehirnblutung. Aus dem Computertomogramm lässt sich nicht genau erkennen, wie ausgedehnt die Blutung ist und wie stark sie auf das Gewebe drückt. Eventuell muss operiert werden. Aber dafür ist der Kreislauf noch zu instabil. Wir melden uns, wenn wir mehr wissen.«

Gehirnblutung. Unaufhörlich kreiste das schreckliche Wort in seinem Kopf, schrillte in seinen Ohren, blendete seine Augen, ließ den Magen krampfen und das Herz rasen.

Am Vormittag war die Welt noch in Ordnung gewesen. Er hatte mit verschiedenen Politikern telefoniert und war auf wohlwollende Zustimmung gestoßen. In zwei weiteren Gesprächen hatte er sich der Unterstützung eines Bundestags- und eines Landtagsabgeordneten aus Südniedersachsen versichert. Bei zwei Zeitungen hatte er die Bereitschaft herausgehört, das Flughafenprojekt wohlwollend kommentieren zu wollen.

Gutgelaunt hatte er schließlich Bollmann angerufen, um ihn über den neuesten Stand zu informieren. Bollmann hatte ihn gelobt. Und eine Bemerkung angefügt, die Altenburg in Hochstimmung versetzt hatte: »Ich sag's ja, aus dir wird noch was.«

Dann war die Welt eingestürzt.

Ines. Im Krankenhaus. Unfall. Von der Straßenbahn erfasst.

Warum fährt eine Straßenbahn durch die Königsstraße? Warum gerade in diesem Augenblick? Warum musste Ines ...? Warum gibt es überhaupt noch Straßenbahnen? Warum Gehirnblutung? Warum?

Immer wieder dieses Wort: *Gehirnblutung.*

Als der Apparat erneut schellte, hob er den Hörer an und ließ ihn wieder fallen. Doch der Anrufer gab keine Ruhe, es klingelte und klingelte. Verärgert meldete er sich. »Ja? Altenburg hier.«

»Mein Beileid, Rolli. Du glaubst doch nicht an einen Unfall, oder? Schade um die schöne Dame. Aber wie hat dein Alter immer gesagt? Strafe muss sein.«

»Wer sind Sie? Was wollen ...?« Altenburg schrie in den Apparat, unkontrollierte Angst bereitete sich in ihm aus. Doch der Anrufer hatte schon aufgelegt.

Schwer atmend starrte der Abgeordnete auf das Telefon. Seine Hände zitterten. Das Gefühl, keine Luft zu bekommen, verdichtete sich zur Panik. Er zerrte die Krawatte vom Hals, riss das Hemd auf und stürzte zur Bar. Klirrend schlug der Flaschenhals gegen das Glas, als Roland Altenburg Cognac eingoss.

23

»Hmm, Schmandkuchen. Lecker.« Mit begehrlichen Blicken begutachtete Isabella Rodriguez den riesigen Teller, für den Stöber auf den gegenüberstehenden Schreibtischen Platz schaffte, indem er Stifte, Locher und Papierberge beiseite schob.

»Wie kommen wir denn zu der Ehre, Florian? Wusste gar nicht, dass du backen kannst. Oder hast du eine neue Freundin?«

»Du könntest Kaffee kochen, statt dumme Fragen zu stellen«, erwiderte Stöber gut gelaunt. »Der Kuchen ist von meiner Tante Helma. Den habe ich mitgebracht, damit es bei der Besprechung ein bisschen gemütlicher ist. Aber ich habe noch mehr mitgebracht. Und das wird ein Knüller. Wo bleibt denn Hanna?«

»Die Chefin war schon hier. Aber sie ist noch mal rüber zu Ober-Wenzel. Die haben doch gestern mit fünfhundert Mann die JVA Wehlheiden durchsucht. Und Gatzemeier vom Drogendezernat muss sich bei der Gelegenheit bei ihm über Hanna beschwert haben. Weshalb, weiß ich nicht. Aber der findet ja immer was. Und alles bloß, weil er noch nicht ...«

»Oh, das riecht aber lecker hier. Guten Morgen zusammen.« Hauptkommissarin Wolf stand plötzlich im Raum. »Gibt's was zu feiern?« Sie warf ihren Mantel über den Garderobenständer und sah sich suchend um.

»Schmandkuchen von Florians Tante«, erklärte Isabella. »Und ich mach' jetzt Kaffee.« Sie verschwand im Nebenraum, der gleichzeitig als Sekretariat und Teeküche diente.

»Gute Idee.« Hanna ließ sich auf ihren Stuhl fallen. »Hmm, der duftet aber gut. Warst du in Weimar, Florian?«

»Außer dem Kuchen habe ich noch ein paar Informationen mitgebracht, die dich interessieren dürften. Aber sag' mal: Was war mit Gatzemeier?«

Hanna winkte ab. »Gatzemeier hat doch die Razzia in der JVA angeleiert, weil er meinte, einen Drogendealerring auffliegen lassen zu können. Und dann haben sie so gut wie nichts gefunden. Da war er natürlich total frustriert. Hat Wenzel irgendwelche Andeutungen gemacht über persönliche Ziele, die ich angeblich in unserem Fall verfolge. Der Kollege ist weitläufig mit diesem Zeitungsfritzen verwandt. Wahrscheinlich steckt er dem auch hin und wieder was Internes. Daran habe ich unseren Herrn Kriminaloberrat erinnert. Da war der gleich wieder zahm. So was ist ihm viel zu heikel, da geht der nicht dran.«

»Echt cool, Hanna.« Stöber grinste. »Aber ich hab' auch was zu berichten.«

»Na, dann schieß mal los. Wir bleiben ohnehin unter uns. Wenzel muss zur Besprechung der Abteilung Einsatz mit dem PP. Starsky und Hutch sind in Sachen Ines Oesterheldt unterwegs. Sie sollen unauffällig herausfinden, ob es Anzeichen für Fremdeinwirkung gibt. Nein, warte! Ich möchte, dass wir erst die Unfälle noch einmal durchgehen. Chronologisch. Und dann ...« Sie erhob sich und nahm einen Filzschreiber aus der Sammlung im Kaffeebecher. Vor der Flipchart hielt sie kurz inne, dann schrieb sie die Namen der Unfallopfer untereinander. *Wieland, Steinfels, Christian Altenburg, Ines Oesterheldt.* Darunter markierte sie mit ein paar Strichen Leerstellen.

Stöber, der noch immer hinter seinem Stuhl verharrte, wies auf die Striche. »Rechnest du mit weiteren Todesfällen?«

»Ja und nein.« Hanna kehrte an ihren Schreibtisch zurück. »Ah, da kommt der Kaffee. Isabella, du bist ein Schatz. Kommt, Kinder, setzt euch. Jetzt lassen wir es uns erst mal gut gehen. Kaffee und Kuchen. Fast so gut wie ein Frühstück. Dabei wollte ich eigentlich ein paar Kalorien einsparen. Aber bei Schmandkuchen kann ich einfach nicht widerstehen.«

Für eine kleine Weile kehrte Ruhe ein, von draußen drang gedämpft ein fernes Martinshorn herein, von irgendwo im Haus tönte Getrappel von Stiefeln.

»Was meinst du mit ja und nein?«

Hanna verdrückte den Rest ihres Kuchenstückes und angelte in ihrer Schreibtischschublade nach einer Serviette. »Wenn es sich wirklich um Unfälle handelt, die sich zufällig um die Familie Altenburg gruppieren, gibt es keinen Grund, mit weiteren Todesfällen zu rechnen, also: nein. Wenn es sich aber um Morde handelt, ist es eine Serie. Und die kann weitergehen. In diesem Fall also: ja.«

»Und was glaubst du?«, mischte Isabella sich ein. »Sind es Morde?«

Hanna nickte. »Ich glaube ja. Obwohl uns die Beweise fehlen. Aber lasst uns die Fälle durchgehen.« Sie wies auf die Zeichnung. »Florian, wie könnte Bernd Wieland ums Leben gekommen sein, wenn es kein Unfall war?«

Stöber richtete sich in seinem Bürostuhl auf.

»Der Mörder könnte einen vorbereiteten Zwischenstecker mitgebracht haben, bei dem Schutzader und stromführende Leitungen vertauscht waren. Er hätte das Kabel des Bohrhammers aus der Steckdose ziehen, den Zwischenstecker hineinstecken und das Kabel damit verbinden können. Nur dann hätte der Stromschlag Wieland über das metallene Gehäuse so plötzlich und mit voller Leistung treffen können. Anschließend hat er den Stecker wieder herausgezogen und ist davon spaziert.«

»Und Georg Steinfels?«

»Auch da können wir einen Unfall durch Verkettung unglücklicher Umstände nicht mit letzter Sicherheit ausschließen. Aber wahrscheinlich ist er nicht. Erinnert Euch an den Bericht von der Flugunfalluntersuchung. Manipulation war durchaus möglich. Außerdem haben wir eine Witwe, die nicht die Wahrheit sagt und eine E-Mail, deren Inhalt auf eine Gruppe mit gemeinsamer Vorgeschichte schließen lässt.«

»Aber was ist mit Christian Altenburg? Wie passt dessen Tod dazu?«

»Nehmen wir mal an, Ines Oesterheldt ist nicht freiwillig vor die Straßenbahn gelaufen. Dann hätten wir zwei Fälle, in denen die Brüder Altenburg die Leidtragenden sind. Vielleicht ging es dem Täter gar nicht um den Jungen oder um die Oesterheldt. Vielleicht wollte er die Altenburgs treffen. Sie leiden sehen. Für einen Rachefeldzug eigentlich viel besser, als sie umzubringen. Wer tot ist, leidet nicht. Wenn einer so viel Hass mit sich herumschleppt, dass er seinen Feinden das größte denkbare Leid zufügen möchte, was macht er dann? Wenn er blöd ist, schlägt er sie zusammen. Wenn er nicht nachdenkt, tötet er sie. Aber wenn er die Rache wirklich auskosten will, muss er ihnen ihren Lebensinhalt nehmen. Das Kind, die Geliebte, den Vater oder Ehemann, wer auch immer ihnen besonders viel bedeutet.«

»Mensch, Florian.« Isabella schüttelte sich. »Das ist ja schrecklich. Was du für Gedanken haben kannst!«

»Er hat vielleicht Recht«, nickte Hanna und wandte sich ihrem Assistenten zu. »Lass uns weitermachen. Nächste Frage: Wie passen Wieland und Steinfels in diese Theorie?«

»Erstens mussten die Unfälle nicht unbedingt tödlich ausgehen. Der

Täter könnte sich erhofft haben, seine Opfer nachhaltig zu schädigen. Vielleicht hätte er sie gern im Rollstuhl gesehen. Oder ihm ist nachträglich klar geworden, dass es ihm nichts gebracht hat, seine Feinde unter der Erde zu wissen. Und dann ist er auf die Idee mit den Angehörigen gekommen.«

»Nicht schlecht, Florian.« Hanna Wolf ließ nicht erkennen, wie weit sie seiner Theorie folgte.

»Und jetzt darfst du erzählen, was du in Weimar in Erfahrung gebracht hast.«

Stöber lehnte sich zurück und griente breit. »Das, meine Damen, ist ein Knaller. Meine Tante Helma ...«

»... die diesen wunderbaren Kuchen gebacken hat«, fiel Isabella ihm ins Wort und handelte sich einen ärgerlichen Seitenblick ein.

»Meine Tante Helma erinnert sich an einen Mordfall.«

Stöber berichtete, was ihm die alte Dame anvertraut hatte und schloss: »Die Akten zu dem Fall habe ich schon beim zuständigen Gericht angefordert. Allerdings kann es ein paar Tage dauern. Die haben keine Leute zum Suchen. Und damals wurde noch alles auf Papier getippt und abgeheftet. Aber vielleicht könntest du mit Oberstaatsanwalt von Bredow sprechen. Der hat uns doch schon mal geholfen. Damals, bei dem Mord in der Karlswiese, als ...«

Stöber wurde vom Telefon unterbrochen. Isabella hob ab. »Für dich«, sagte sie und reichte den Hörer an Hanna weiter. »Kommissar Starzinsky.«

»Ja? Starsky? Habt ihr was ...?« Hanna lauschte in den Hörer.

»Das habe ich befürchtet«, sagte sie schließlich und legte auf.

Zwei Augenpaare sahen sie erwartungsvoll an.

*

Im Ottoneum hatte sie schließlich gefunden, wonach sie gesucht hatte: Ein naturgetreues plastisches Modell des menschlichen Körpers. Was sie aus dem Biologieunterricht noch vage in Erinnerung hatte, zeigte ihr die Nachbildung anschaulich: Die meisten lebenswichtigen Organe wurden von Rückgrat und Rippen geschützt. Man musste wissen, wo sich ein Stichkanal anbot. Oder man musste Glück haben. Aber dieses Risiko konnte sie nicht eingehen. Wenn sie ihr Ziel erreichen wollte, blieb nur eine Möglichkeit. Der erste Stich musste sitzen.

Um ganz sicher zu sein, hatte sie aus der Stadtbibliothek einen Bildband ausgeliehen. »Der menschliche Körper« Man musste nicht das Herz treffen. Lebenswichtige Blutgefäße gab es auch in der Bauchhöhle. Oder im Hals. Arteria carotis. Mit einem einzigen Hieb konnte man das Opfer kampfunfähig machen. Selbst wenn es die Umstände oder ihre Kräfte nicht erlaubten, ein zweites und drittes Mal zuzustechen oder einen regelrechten Schnitt zu führen, würde das Schwein verbluten. Jedenfalls, wenn nicht gleich Hilfe kam. Also würde sie ihr Vorhaben an einem abgelegenen Ort ausführen.

Sie hatte ihn lange genug beobachtet, um einige seiner Gewohnheiten zu kennen. Wenn er das Präsidium verließ, führte ihn sein Weg in den Kulturbahnhof, wo er im 'Gleis 1' einen Drink nahm, gelegentlich etwas aß, erfolglos die Bedienung anmachte und einen Blick in die Tageszeitung warf. Bei gutem Wetter ging er anschließend die Treppenstraße hinab zur Oberen Königsstraße, wandte sich nach links, schlenderte zum *Hopla* und folgte der *Diagonalen* zwischen den Universitätsgebäuden. Vor der Mensa-Cafeteria lungerte er eine Weile herum, als wartete er auf jemanden. Erst auf den zweiten Blick – oder wenn man ihn länger beobachtete – war zu erkennen, dass er die ein- und ausgehenden Studentinnen taxierte. Einmal erlebte Julia, wie er eine junge Frau ansprach. Doch die ließ ihn einfach stehen.

Mit der Tram fuhr er dann zum Rathenauplatz.

Über die Adolfstraße und einen schmalen Fußweg erreichte er die Tischbeinstraße. Bevor er das Haus betrat und in seiner Wohnung verschwand, stattete er seinem Auto einen Besuch ab. Auf dem Hinterhof befand sich eine Reihe gleichförmiger Garagen. Er öffnete eines der Tore, warf einen prüfenden Blick hinein und schloss das Tor. Eine halbe Stunde später kehrte er zurück, öffnete das Garagentor erneut und fuhr mit einem gelben Sportwagen heraus.

In diesem Wagen, beschloss Julia Engelhardt, würde das Schwein sein Leben beenden.

*

»Schaut euch das an.« Nina warf eine Zeitung auf den Tisch. »Jetzt versuchen sie schon, den Flugplatz den Göttingern schmackhaft zu machen. Und den Mündenern erzählen sie das Märchen von den zweitausend Arbeitsplätzen. Und dass die Stadt vom Flugverkehr nicht betroffen sei. Ich fass' es nicht. Und dann sollen die Leute aus Südniedersachsen auch noch statt mit der Bahn nach Hannover mit dem Auto nach Calden fahren. Ökologischer Wahnsinn. Aber das interessiert sowieso keinen.«

»Die wollen doch bei den Niedersachsen nur Kohle abgreifen.« Arne machte eine wegwerfende Handbewegung, beugte sich aber interessiert über die Zeitung. »Göttinger Tageblatt«, stellte er fest. »Wo hast du das denn her?«

»Mitgebracht. Aus Göttingen. Woher sonst?« Ninas Stimme klang leicht gereizt.

Arne lehnte sich zurück und verschränkte grinsend die Arme. »Apropos Kohle. Was kriegst du denn dafür, dass du dich an die City-Kaufleute verkaufst?«

Nina schnappte nach Luft. »Verkaufen? Ich? Spinnst du? Was soll der Scheiß?«

»Dann war das 'ne wohltätige Spende an die notleidenden Kasseler Pfeffersäcke? Damit die ihr Geld statt fürs *Schaufenster* zur Unterstützung der Pro-Flughafen-Initiative ausgeben können?«

Empört starrte Nina ihr Gegenüber an. »Du bist ja so was von gemein. Und für dich soll ich den Kopf hinhalten? Wer redet denn mit dem OB, macht Termine mit Zeitungsleuten, schlägt sich im Radio mit Politikern herum? Du vielleicht? In Dieters bequemen Sessel furzen und große Töne spucken, das kannst du. Aber wehe, man erwartet dich mal am Info-Stand. Oder bei einer Demo. Dafür reicht dein Mumm nicht aus. Und was das Foto betrifft – das hat ein Fotograf gemacht und an eine Agentur verkauft. Und die macht das *Schaufenster*. Modeln ist ein Job, falls du das nicht weißt. Und ein ziemlich harter. Mit meiner Arbeit in unserer Initiative hat das nichts zu tun. Und wenn's dir nicht passt, kannst du ja gehen. Oder ihr wählt mich wieder ab als Sprecherin. Dann gehe ich. Jedenfalls lasse ich mich von einem Arsch wie dir nicht anpissen.«

Nina warf wütende Blicke in die Runde. Für einen Augenblick herrschte betretenes Schweigen. »Leute, was ist denn hier los?« Dieter Dombrowski betrat mit einem Tablett den Raum und sah Nina fragend an.

»Arne hat Nina wegen des Fotos in diesem Werbeblatt angemacht«, erklärte Jan. »Und die ist jetzt sauer.«

»Sauer ist gar kein Ausdruck«, stieß Nina hervor.

»Aber, aber, Leute.« Dieter Dombrowski stellte das Tablett ab. »Das Foto war doch hübsch. Und Ninas Gesicht ist jetzt überall bekannt. Das erleichtert ihre Arbeit als Sprecherin unserer Initiative. Davon können wir nur profitieren. Arne hat vielleicht Bedenken, dass Ninas Unabhängigkeit gefährdet ist. Aber wir kennen sie alle gut genug, um zu wissen, dass sie sich nicht einwickeln lässt. Und schon gar nicht einkaufen. Eher würde sie das nächste Angebot ablehnen als sich irgendwelche Zugeständnisse abhandeln zu lassen. Nicht wahr, Nina?«

Nina nickte. Für den Rest des Abends, während es um die Einzelheiten der Pfahlaktion ging, blieb Nina ungewohnt schweigsam. Hatte sie nicht bedacht, in welche Konflikte sie durch das Foto geraten konnte?

*

In die Strohpuppe, die sie auf dem Speicher gefunden hatte, war das Messer wie in Pudding hineingeglitten. Erst nachdem sie den Puppenkörper bandagiert und der Umhüllung mit einer Mischung aus Gips und Wasser Festigkeit verliehen hatte, erschien er ihr hinreichend für ihren Übungszweck geeignet. Sie drückte den widerspenstigen Körper in einen alten Korbsessel, zerrte eine Holzkiste heran, setzte sich darauf und stellte sich vor, wie das Schwein neben ihr im Auto sitzen würde.

In ihrer Handtasche tastete sie nach dem Messer.

Aber wie sollte sie es unauffällig in die Hand und aus der Tasche bekommen?

Er musste abgelenkt sein. Zur anderen Seite schauen – oder in ihre Augen. Oder in ihre Bluse. Oder ...

Sie rammte die Klinge in den Bauch der Puppe. Trotz des Widerstandes der unzähligen Stofflagen war die Schneide bis zum Heft eingedrungen. Irritiert betrachtete sie den Messergriff, der aus dem Puppenkörper ragte. Den Stich zu führen, war leichter gewesen, als sie gedacht hatte.

Es war ein kalter und windiger Novembertag, als Julia Engelhardt vor dem Kulturbahnhof wartete. Gelegentlich nieselte es. In den Schaufenstern der umliegenden Geschäfte und in der Bahnhofshalle hatte die Vorweihnachtszeit begonnen. Wohin man auch sah, man konnte dem glitzernden Kitsch adventlichen Schmucks nicht entgehen. Mit zunehmender Dämmerung, die schon am Nachmittag einsetzte, leuchteten die Weihnachtslichter heller. Aus Lautsprechern ergoss sich süßlicher Singsang. Die meisten Menschen schienen sich nicht dafür zu interessieren. Mit gesenkten Köpfen strebten sie eilig in den Bahnhof hinein oder aus dem Bahnhof heraus, hasteten zu ihren Autos oder beeilten sich, ein Taxi oder den Bus zu erwischen. Niemand wollte sich länger als unbedingt nötig dem böigen Nordwind aussetzen.

Nur Julia schlenderte über den Platz. Sie spürte die Kälte nicht, obwohl sie unter ihrem langen Mantel nur ein dünnes Sommerkleid trug. Es war tief ausgeschnitten und brachte auch ohne BH ihren Busen gut zur Geltung.

Hin und wieder schob sie ein Kaugummi gegen den schlechten Geschmack in den Mund.

Das Schwein schien sich heute zu verspäten. Oder hatte sie ihn verpasst? Ungeduldig sah sie zur Uhr.

Noch fünf Minuten. Dann gehe ich. Wenn er heute nicht kommt, sollte es heute nicht sein. Morgen ist auch noch ein Tag.

Als sie die Frist um weitere zehn Minuten verlängert und den Mann noch immer nicht gesehen hatte, wandte sie sich zum Bussteig, um die Rückfahrt anzutreten.

In diesem Augenblick entdeckte sie das Auto. Deutlich schneller als die übrigen Fahrzeuge kam es die Werner-Hilpert-Straße herauf geschossen.

Der Wagen beschrieb einen schwungvollen Bogen und hielt direkt vor dem Polizeipräsidium. Sein Fahrer stieg aus und sah sich um. Wie einer, der Applaus oder doch wenigstens bewundernde Blicke erwartete.

Julias Herz schlug bis zum Hals. Rasch streifte sie ihre Lederhandschuhe über. Dann überquerte sie zügig den Platz und näherte sich dem Sportwagen, während der Mann eilig im Inneren des Gebäudes verschwand.

Blöde Schnepfe. Diese Hühner sind doch alle gleich.

Enttäuscht und wütend knallte Karl-Heinz Karras die Bürotür zu. Ihren Zettel zerfetzte er und ließ die Schnipsel durchs Treppenhaus segeln. *Was dazwischen gekommen. Dass ich nicht lache. Erst machen sie einen scharf und dann lassen sie einen stehen. Es ist doch immer das Gleiche. Scheiße, Scheiße, Scheiße. Dabei hat die Tussi einen absolut geilen Hintern. Aber den hält sie jetzt wahrscheinlich einem anderen hin. Und mit der Verabredung hat sie mich verarscht, das Miststück.*

Grußlos stürmte Karras am Pförtner und einer Gruppe Kollegen vorbei. An der Tür erstarrte er.

Claudia Schiffer. An meinem Auto!

Die langen blonden Haare einer schlanken jungen Frau flatterten im Wind. Als sie sich zu dem niedrigen Fahrzeug hinunterbeugte, um ins Wageninnere zu sehen, kam ein viel versprechendes Paar Beine zum Vorschein. Jetzt umrundete sie wie in Zeitlupe den barchetta und begutachtete die Breitreifen.

Nein, nicht Claudia Schiffer. Nur eine Braut mit ihrer Figur. Und mit Bewegungen, die bei Karras ein heftiges Verlangen auslösten.

Er schluckte. Fieberhaft suchte er nach einer Idee, wie er diesen geilen Vogel einfangen konnte. Sie schien sich für den Wagen zu interessieren. Das war ein guter Anknüpfungspunkt. Zügig, aber ohne Hast bewegte er sich auf sie zu.

»Interessieren Sie sich für Sportwagen?«

Erschreckt richtete sich die Blonde auf. »Oh, nein, ja. Entschuldigung. Ich wollte nur ...«

Hübsches Gesicht. Jung. Sehr jung. Aber gut gebaut. Nicht nur das Fahrgestell.

Karras grinste breit. »Wollen Sie mal Platz nehmen?« Er ließ die Türverriegelung aufspringen und öffnete den Schlag. Die Kleine schüttelte den Kopf. »Danke«, sagte sie, »ich will Sie nicht aufhalten. Ich wollte nur mal sehen ...«

»Schauen Sie sich alles in Ruhe an. Ich habe Zeit. Und wenn Sie wollen, machen wir eine kleine Probefahrt. Übrigens, ich heiße Charly.« Er streckte die Hand aus.

Das Mädchen zuckte zurück.

Mein Gott, ist die schüchtern.

Karras sah seine Chancen schwinden. Aber er gab nicht auf. Die Vorstellung, es der Kleinen zu zeigen, hatte von ihm Besitz ergriffen. Er zog alle Register.

»Keine Angst«, lachte er. »Ich beiße nicht. Hier. Nehmen Sie den Schlüssel. Setzen Sie sich einfach mal rein. Haben Sie einen Führerschein? Wenn Sie wollen, dürfen Sie gern mal fahren.«

»Das ist sehr freundlich«, antwortete sie, »aber ich möchte lieber nicht. Es ist ein sehr schönes Auto. Und ich will Ihnen keine Schramme reinfahren. Außerdem ...«

Sie sah auf ihre Armbanduhr. »Ich muss los. Einen Bus habe ich schon verpasst. Der nächste kommt gleich. Und den muss ich unbedingt erwischen, sonst ...«

»Ich fahre Sie. Wo wollen Sie hin? Ich bringe Sie. Wohin Sie wollen.«

»Aber Sie wissen doch gar nicht, wie weit ...«

»Egal. Ich habe Zeit. Und der Wagen war gerade in der Werkstatt. Ich wollte ihn sowieso ein bisschen testen. Also, wenn Sie wollen ... Sagen Sie nur, wohin die Reise gehen soll. Und wie gesagt, Sie dürfen auch selbst fahren, wenn Sie möchten.«

Das Mädchen schüttelte den Kopf, und Karras fragte sich mit zunehmender Erregung, worauf es sich bezog – aufs Fahren oder aufs Mitfahren. »Nein«, antwortete sie schließlich. »Fahren will ich wirklich nicht. Außerdem wird es schon dunkel.«

Unentschlossen wanderte ihr Blick zwischen Karras und der Bahnhofsuhr hin und her.

»Dann lassen Sie sich fahren. Bitte sehr.« Er öffnete die Beifahrertür und wies auffordernd ins Wageninnere. Mühsam unterdrückte er den Impuls, sie zu packen und ins Auto zu stoßen. Er setzte sein charmantestes Lächeln auf.

Noch immer zögerte sie, blickte zu Boden.

»Na gut«, sagte sie endlich, ohne ihn anzusehen. »Wenn Sie wirklich nichts Besseres vorhaben. Ich müsste zum Hegelsberg. Friedrichsbrücker Straße. Geht das?«

Karras lachte befreit. »Und ob das geht! Ist doch nur ein Katzensprung, und die Ecke kenne ich. Also bitte, machen Sie es sich bequem.«

Zum Einsteigen öffnete sie den Mantel, und Karras nahm aus den Augenwinkeln war, dass der Inhalt hielt, was die Verpackung versprochen hatte. Im Wagen schlug sie die Beine übereinander und ließ den Mantel von den Schultern gleiten. Ihre Handtasche hielt sie nicht wie die meisten Frauen auf den Knien fest, sondern deponierte sie neben dem Sitz.

»Vielen Dank«, sagte sie, »Sie sind wirklich sehr freundlich.«

Karras erwiderte nichts, sondern lächelte nur.

Man musste auch mal Glück haben. Dieses geile Ding neben ihm würde ihn für die Abfuhr der Tussi aus dem Büro entschädigen. Reichlich.

Er startete, schaltete die Scheinwerfer ein und ließ den Motor aufheulen.

Also los. Friedrichsbrücker war genau die richtige Gegend für das Spielchen, das ihm vorschwebte.

»Wollen wir noch ein kleines Stückchen weiter fahren? Dieses Auto ist wirklich sehr schön.«

Karras glaubte seinen Ohren nicht zu trauen. Sie hatten die letzten Häuser passiert, vor ihnen lagen die zu dieser Jahreszeit verlassenen Schrebergärten. Gespenstisch ragte der Hügel mit seiner verlorenen Baumgruppe in den Abendhimmel. Wollte die Kleine was von ihm? Das würde sein Vergnügen nicht unbedingt erhöhen. Es sei denn, sie stand auf ...

»Könnten Sie da vorn mal kurz anhalten?«

Karras lenkte den Wagen an die Seite und stoppte. Er schaltete die Zündung aus und wandte sich seiner Begleiterin zu. Sein Atem ging heftig.

24

Hanna hob bedauernd die Schultern. »Nichts Genaues weiß man nicht. Die Ärzte haben keinen Anhaltspunkt für Fremdverschulden. Es gibt zwar ein Hämatom auf dem Rücken, unterhalb der Schulterblätter, das von einem kräftigen Stoß stammen könnte. Aber es könnte auch durch die Kollision mit der Straßenbahn verursacht worden sein. Also sind wir genauso schlau wie vorher. Trotzdem werden wir weiter mit der Hypothese von zusammenhängenden Todesfällen arbeiten. Die Information von Starsky behalten wir vorerst für uns. Wenn Ober-Wenzel fragt, können wir Fremdverschulden nicht ausschließen. Für den Rest der achtundvierzig Stunden hält das.«

»Und wie geht's jetzt weiter?«

Hanna spürte Stöbers Eifer und lächelte.

»Ich werde deinem Vorschlag folgen und zur Schönen Aussicht fahren, um mit Oberstaatsanwalt von Bredow zu sprechen. Wir müssen schneller an die Akten kommen. Und du darfst noch mal schnüffeln. Zum Beispiel in Altenburgs Vergangenheit. Ich will ein vollständiges Dossier. Von den Eltern über Schule und Studium bis heute. Aber diskret. Damit uns die Herren mit ihren Beziehungen nicht vorzeitig das Spiel verderben. Bis heute Abend will ich wissen, welche Leiche die im Keller haben. Und dann werden wir ihnen auf den Pelz rücken. Vielleicht sind die Herren angesichts des neuen Unfalls nicht mehr ganz so selbstsicher.«

Friedrich Carl von Bredow war sichtlich überrascht, als Hanna sein Dienstzimmer betrat. Er erhob sich, umrundete seinen Schreibtisch und kam mit ausgebreiteten Armen auf sie zu.

»Schön, dich zu sehen, Hanna. Ich freue mich. Er nahm sie flüchtig in die Arme und lächelte herzlich. »Komm, setz dich.« Von Bredow zeigte auf eine geschmackvolle kleine Sitzgruppe neben der Tür.

»Danke«, erwiderte die Besucherin. »Darf ich erst mal aus dem Fenster schauen? Du hast ja eine wunderbare Aussicht. Ich hatte ganz vergessen, wie schön die Justizbehörden untergebracht sind. Vielleicht sollte ich mir doch mal eine dieser Lofts im Fundusgebäude ansehen. So ein Blick ist unbezahlbar.« Sie seufzte. »Die Wohnungen wahrscheinlich auch.«

»Deine Wohnung ist doch sehr gemütlich«, entgegnete von Bredow. »Und das neue Präsidium ist so schlecht auch nicht. Ihr könnt doch bis zum Reinhardswald sehen.«

»Selten, Carl. Sehr selten. Wann herrscht schon mal klare Luft über Kassel? Aber du hast Recht, gegen die enge Behausung am Königstor kommen wir uns schon recht luxuriös vor. Nur die Möbel fallen gegen deine deutlich ab. Ikea gegen Rolf Benz, würde ich sagen.«

»Das sind meine eigenen Möbel. Vom Staat ist hier nur das Telefon. Wie du weißt, liebe ich es etwas stilvoller. Und da ich keine Familie habe ...« Von Bredows Blick ließ ahnen, wie sehr er es bedauerte, eine ganz bestimmte Frau nicht zur Familiengründung überzeugt haben zu können.

Vor Hannas Augen erschienen Szenen, die sie längst vergessen glaubte. Sie wanderte am Arm des hoch gewachsenen, schlanken, fast hageren Staatsanwaltes, den sie beim Polizeiball kennen gelernt hatte, an der Kleinen Fulda entlang. Friedrich Carl von Bredow hatte rücksichtsvoll, aber beharrlich und außerordentlich charmant um sie geworben. Trotz seiner konservativen Grundhaltung hatte er sich nicht daran gestört, dass sie geschieden war und eine Tochter hatte. Immer höflich, immer zuvorkommend, hatte er ihr die Welt zu Füßen gelegt. Seine Welt. Geprägt vom unerschütterlichen Glauben an Recht und Ordnung, an Verantwortung und Anstand. In der Phase eigener Orientierungslosigkeit hatte ihr das gefallen. Doch im Grunde hatte sie von Anfang an gewusst, dass das geordnete Leben eines Mannes, der auch bei der Liebe nicht vergaß, seine Unterhosen sorgfältig gefaltet über den Stummen Diener zu legen, nicht ihre Sache war. Carl war einfach zu korrekt gewesen, zu anständig. In allen Dingen, auch in der Liebe.

Sie sah ihn an. Er war älter geworden, ein wenig grau an den Schläfen. Aber er sah noch immer gut aus.

»Lassen wir die alten Geschichten«, sagte sie rasch und löste sich vom Blick über Karlsaue und Fulda, wo gerade die Sonne durch den Hochnebel brach und Orangerie und Karlswiese in sanftes rötliches Licht tauchte.

»Dann darf ich annehmen, dass du dienstlich hier bist?«

Hanna nickte. »Ich brauche Akten. Alte Gerichtsakten. Genau genommen nur eine. Aus den Jahren 1970 und folgende. Wir wissen nur nicht, wann der Prozess stattgefunden hat. Man müsste also suchen. Und zwar ziemlich bald.«

Von Bredow runzelte die Stirn. »Wann genau?«

»Sofort.«

»Dann nimm bitte Platz und erzähl' mir, was es so dringend macht. Wir leiden nämlich unter Personalmangel, wie du ja sicher weißt.«

Sie ließen sich auf den schwarzen Ledersesseln nieder. Hanna schlug die Beine übereinander und schilderte in groben Zügen die unaufgeklärten Todesfälle, zwischen denen es vielleicht einen Zusammenhang gab und deren Ursprünge sie in der Vergangenheit vermuteten. Namen nannte sie nicht, weil sie befürchtete, dass sich Familien wie die Altenburgs und von Bredows zumindest kannten.

Der Oberstaatsanwalt sah sie zweifelnd an. »Ein bisschen vage ist das schon«, sagte er, »aber ich gehe davon aus, dass du mehr weißt, als du mir jetzt erzählt hast.« Er griff zum Telefonhörer. »Ich will sehen, was sich machen lässt. Weil du es bist. Normalerweise ...« Er ließ offen, wie er normalerweise auf eine solches Ansinnen reagiert hätte, aber Hanna konnte es sich denken.

Nach zwei kurzen Telefonaten lehnte er sich zurück. »Du kannst jemanden in die Registratur schicken. Die wissen Bescheid und zeigen euch, wo ihr suchen müsst.«

»Wunderbar. Ich danke dir, Carl. Das ist eine große Hilfe. Wahrscheinlich kommt ein junger Mann. Kommissar Florian Stöber.«

Nachdem von Bredow sich den Namen notiert hatte, erhob sich Hanna. »Vielen Dank noch einmal. Ich wünsche dir einen schönen Tag.«

»Ich habe zu danken«, erwiderte der Oberstaatsanwalt. Als sie ihn irritiert ansah, lächelte er und fügte hinzu: »Für deinen Besuch. Eine willkommene Abwechslung.« Er wies auf den Aktenberg neben seinem Schreibtisch. Auf dem obersten Deckel entdeckte Hanna den Namen des Kasseler Oberbürgermeisters.

»Woran arbeitest du gerade?«, fragte sie.

Von Bredow lachte leise. »An der Treppe ins Nichts.«

»An der Treppe ...? Die vom Königsplatz?«

»Ja. Zivilrechtlich hat sich die Stadt mit dem Künstler geeinigt. Aber wir mussten Anklage erheben, weil der Nacht- und Nebel-Abriss rechtswidrig war. Immerhin gab es eine gültige einstweilige Verfügung dagegen. Ich bereite gerade die Anklage vor. Das Spektakel wird den Oberbürgermeister und zwei seiner Dezernenten einiges kosten. Mindestens drei Monatsgehälter. Und das auch nur, wenn wir den Vorwurf der schweren Untreue fallen lassen. Sie hätten die Treppe nicht abreißen lassen dürfen.«

»Aber sein Amt kann der OB weiter ausüben. Im Gegensatz zu uns dürfen Politiker gegen Recht und Gesetz verstoßen, ohne den Job zu verlieren. Das kennen wir ja.«

Um einer weiteren Umarmung zu entgehen, streckte Hanna die Hand aus. »Ich wünsche dir jedenfalls viel Erfolg.«

»Auf Wiedersehen, Hanna.« Von Bredow ergriff ihre Hand und deutete eine Verbeugung an. »Ich habe mich gefreut. Lass dich mal wieder sehen. Du bist immer willkommen.«

»Danke.« Die Hauptkommissarin beeilte sich, zur Tür zu kommen. »Ich melde mich ohnehin bei euch, wenn wir strafbare Handlungen belegen können.«

Von Bredow öffnete die Tür und nickte. »Ich bin gespannt, Hanna. Bis dahin. Und noch etwas. Falls du ernsthaft an eine Wohnung im Fundusgebäude denkst, sei vorsichtig. Die haben die Finanzierung noch nicht im Griff.«

»Keine Sorge – das bleibt wahrscheinlich sowieso ein Traum. Aber danke für den Hinweis. Bis demnächst, Carl.«

Als Hauptkommissarin Wolf das Gebäude der Justizverwaltung verließ, kamen ihr Ninas Worte in den Sinn.

»... seit der Affäre mit diesem Staatsanwalt bist du sexuell krass unter...« Für die Rolle als Gattin eines Justizbeamten wäre ich jedenfalls ungeeignet. Und was den Sex betrifft ...

Energisch schob sie den Gedanken beiseite.

Nicht jetzt.

*

»Haben wir Besuch, Frau Stöber. Ist Ihr Enkel. Der Herr Florian.« Die Pflegerin sprach unnatürlich laut und mit russischem Akzent. Der Tonfall stand im Gegensatz zum Lächeln, mit dem sie ihm bedeutete, ihr ins Zimmer zu folgen.

Seine Großmutter saß im Rollstuhl, dem Fenster zugewandt, durch dessen Scheiben der Blick auf einen parkähnlichen Garten fiel, wo alte Bäume ihre nackten, knorrigen Äste gegen den milchigen Novemberhimmel reckten.

»Lasse ich Sie allein jetzt«, schrillte die Schwester. »Bitte Sie sagen Bescheid auf Station, wenn Besuch ist zu Ende.«

Stöber nickte stumm und setzte sich auf einen der drei Stühle. Schon am Eingang hatte ihn wieder dieser Geruch empfangen, der sich in den Mauern festgesetzt zu haben schien und ihn wie bei jedem seiner Besuche über alle Flure bis ins überheizte Zimmer seiner Großmutter begleitete. Eine Mischung aus Krankenhaus, Jugendherbergsküche und Bahnhofstoilette.

»Guten Tag, Oma. Darf ich das Fenster öffnen? Es ist ziemlich warm hier drin.«

Seine Großmutter nickte, ohne erkennen zu lassen, ob sie ihn verstanden hatte. Stöber klappte einen Fensterflügel auf und setzte sich wieder. »Erkennst du mich, Oma? Ich bin's, Florian.«

Die alte Frau starrte ihn ausdruckslos an.

»Nein«, sagte sie nach einer Weile. »Ich habe noch nichts gegessen. Heute wird es wohl wieder nichts zu essen geben. Es ist nicht genug da für alle. Hier sind ja so viele Leute. Alle wollen essen. Aber es ist nicht genug da. Einmal gab es Grießpudding. Aber ich habe keinen bekommen.«

Früher einmal war Stöber voller Empörung ins Schwesternzimmer gestürmt. »Sie können doch die alte Frau nicht hungern lassen. Was ist das für ein Haus hier? Wenn meine Oma nicht sofort etwas zu essen bekommt, werde ich ...«

Die Pflegerinnen hatten ihm den Küchenplan für die Woche gezeigt, ihn in den Speisesaal geführt und ihm – verständnisvoll lächelnd – erklärt, dass seine Großmutter, wie alle anderen Heimbewohner auch, so viel essen konnte, wie sie mochte.

»Du bist doch bei der Polizei«, hatte sie ihm einmal zugeraunt. »Du musst dich hier mal auf die Lauer legen. Ständig verschwinden Sachen. Die beklauen mich.«

Inzwischen hatte er sich daran gewöhnt, dass Oma einfach vergaß. Sie vergaß, auf welcher Etage und in welchem Zimmer sie wohnte und wo sie ihren Schmuck versteckt hatte. Und dass sie gegessen hatte.

Er nahm ihre Hand in seine und sah sie an. Das alte Gesicht hatte sich in den letzten Jahren kaum verändert. Ein wenig faltiger, ein wenig grauer als früher. Aber unverkennbar. Seine Großmutter. Die ihm als kleinem

Jungen die Welt erklärt hatte. Die ihn im Stall und auf dem Hof die Tiere hatte streicheln lassen und ihn bei allen Arbeiten hatte mithelfen lassen.

»Oma, ich bin's. Florian. Oma, erzähl' mir von früher. Vom Hof. Von Großvater. Von den Tieren. Und von den Eiern, die du verkauft hast. Weißt du noch? Mit der Kiepe und dem Bollerwagen bist du durch die Dörfer gezogen. Bis Frommershausen und Weimar. Nach Heckershausen und Vellmar. Überall kannten dich die Leute.«

Geradezu inbrünstig sprach Florian Stöber auf die alte Frau ein. Doch sie sah durch ihn hindurch.

Einmal ging ein kurzes Leuchten über ihr Gesicht. »Karl ist auf dem Feld«, sagte sie ernst, »wenn er kommt, muss ein ordentliches Essen auf den Tisch. Und ein Bier. Geh, Florian. Hol mal eine Flasche aus dem Keller.«

Voller Hoffnung drückte Florian ihre Hand. »Ist denn noch genug Bier im Haus, Oma? Oder soll ich zur Wirtschaft ...?«

Doch da war sie schon wieder in sich zusammengesunken. Stöber seufzte. Sein Großvater war vor fast zwanzig Jahren gestorben.

*

So jung und schon so geil.

Karras schob seine linke Hand in ihren Ausschnitt und umfasste die rechte Brust. Voll und fest. Mit Daumen und Zeigefinger massierte er die hervorspringende Brustwarze. Sie ließ ihn gewähren. Die Hitze kroch ihm den Rücken hinauf, im Schritt pulsierte das Blut. Er beugte sich hinüber, ließ seine Hand wandern. Sie erreichte ihr Knie, schob sich zwischen die geöffneten Schenkel. Lauernd beobachtete er ihr Gesicht. Sie stöhnte und drehte den Kopf von ihm weg.

Gleich krepierst du. Ja, geil dich auf, dann bist du mir ausgeliefert. Es ist das letzte Mal. Nie wieder wirst du ...

Brennend fuhr die Hitze in seinen Unterleib. Blitzartig breitete sich das Feuer in seinem Körper aus, schoss in alle Glieder und ließ sie erzittern. Verwirrt starrte er das Mädchen an. Ein zweiter Blitz traf ihn unter dem Brustbein. Wellenartig überschwemmte ihn der Schmerz, raubte ihm die

Atemluft, ließ seine Hände an den eigenen Körper zurückschnellen und gegen den Bauch pressen. Blut floss durch seine Finger und breitete sich auf der Hose aus. Plötzlich war ihm kalt. Das Gesicht des Mädchens verschwamm, von irgendwo her schwappte Dunkelheit in sein Gesichtsfeld. Dann fühlte er nichts mehr.

Julia Engelhardt ließ das Messer, wo es war, und kletterte aus dem Wagen. Automatisch, wie ferngesteuert, sah sie sich um. Weit und breit war niemand zu sehen. Sie betrachtete ihre behandschuhten Hände. Daumen und Zeigefinger der rechten Hand waren beschmiert. Instinktiv hockte sie sich nieder und rieb sie im nassen Gras. Die Handschuhe würde sie später wegwerfen. Dann untersuchte sie ihre Kleidung. Soweit es im Halbdunkel zu erkennen war, gab es keine Blutspuren am Mantel.

Unentschlossen schaute sie sich um. Die Schrebergärten lagen im Dunkeln, hier und da schimmerte eine Straßenlaterne durch den Regen. Über der Innenstadt bildete der Widerschein unzähliger Lampen eine milchige Glocke. Instinktiv folgte sie den Signalen des Lichtermeeres. Hinter ihr bog ein Jogger in den Weg ein, aus dem sie gekommen war, doch Julia Engelhardt hatte weder Auge noch Ohr für das, was sich um sie herum bewegte.

Mit jedem Schritt, der sie den Lichtern der Stadt näher brachte, fiel ein wenig von der Anspannung ab. Sie atmete tief die feuchte Abendluft, empfand die Kälte auf ihrer Haut als angenehm und spürte jede Faser ihres Körpers wie nie zuvor.

Sie kehrte in die Welt zurück.

Bis zur Holländischen war es nicht weit. Dort würde sie den Bus nehmen und in die Stadt zurückfahren.

Als sie in die Betriebsamkeit der Straße eintauchte, erfasste sie ein Gefühl unendlicher Erleichterung und Genugtuung. Bevor sie die Bushaltestelle ereichte, stieß sie auf eine Telefonzelle. Sie schlüpfte hinein. Vor sich sah sie die Kommissarin, die so eindringlich mit ihr gesprochen hatte. Sie wusste, dass sie keine große Hilfe gewesen war. Darum hätte sie die Frau gern angerufen. Aber bei der Polizei würde man ihre Stimme aufzeichnen. Zu gefährlich. Sie suchte eine Nummer aus dem Telefonbuch. Dann hob sie den Hörer ab. Als sich jemand meldete, flüsterte sie jenen Satz, der in ihrem Kopf kreiste, seit sie das Schwein erledigt hatte. Dann legte sie rasch auf.

*

Stöber seufzte innerlich. Es hatte keinen Zweck. Sie verharrte in der Vergangenheit. Oder in einer Traumwelt. Wer wusste das schon. Jedenfalls war sie nicht bei sich. Und nicht bei ihm. Er erhob sich. »Soll ich das Fenster wieder schließen, Oma?«

»Nein, mein Junge. Lass es offen. Wie bist du überhaupt hereingekommen? Ich habe dich gar nicht gehört. Habe ich geschlafen? Na, egal. Schön dass du da bist. Möchtest du einen Apfel?« Sie wies auf die Schale in der Fensterbank.

Überrascht fiel Stöber in den Sitz zurück. »Ich bin ... schon ein Weilchen hier, Oma. Aber du bist... du warst ... ja, ich glaube, du hast geschlafen. Wie geht es dir?«

»Oh, danke. Recht gut. Und du?« Sie beäugte ihn mit listig-wachem Blick. »Bist du auf Verbrecherjagd?«

»Kann man so sagen, Oma. Und dabei könntest du mir helfen.«

»Ich? Dir helfen?« Die alte Frau kicherte. »Glaubst du, ich habe hier einen Spitzbuben versteckt?«

»Nein«, lachte Stöber beglückt. »Aber du könntest mir von früher erzählen. Als du noch in den Dörfern Eier verkauft hast. Erinnerst du dich? Anfang der siebziger Jahre hat es einen Mordprozess gegen einen jungen Mann gegeben, der am Bühl in Weimar ein Mädchen umgebracht haben soll. Kannst du dich daran erinnern?«

Für einen Augenblick versank Stöbers Großmutter in nachdenkliches Schweigen.

Jetzt ist sie wieder weggetreten. Verdammt. Kann sie nicht mal ...

Doch dann ging ein Leuchten über das kleine Gesicht. »Und ob ich mich erinnere. Marie hat mir doch immer alles erzählt. Wenn ich Eier gebracht habe ...«

»Marie? Wer ist Marie?«

»Das Dienstmädchen. Von der Frau Rechtsanwalt.«

»Frau Rechtsanwalt? Eine Anwältin?«

»Nein, wo denkst du hin, Junge! Er war Anwalt. Ihr Mann. Sie hat sich um das Haus gekümmert. Ein sehr großes Haus. Vornehm. Einmal, als die Herrschaften aus waren, hat mir die Marie ...«

»Wie hieß der Rechtsanwalt, Oma? Erinnerst du dich an den Namen?«

Wieder schien die Frau in sich zusammenzusinken. Sekundenlang bangte Stöber um die Antwort.

»Natürlich erinnere ich mich. Der Herr Rechtsanwalt war eine stattliche Erscheinung. Er war auch im Gemeinderat. Und im Kirchenvorstand. Jeder kannte ihn. Ein angesehener Mann, sein Wort ...«

»Der Name, Oma. Wie hieß der Anwalt?« Florian Stöber musste sich bremsen, um die alte Frau nicht zu schütteln. Jede Sekunde konnte sie wieder im Nichts versinken. Vielleicht für Wochen.

»Was ist denn an dem Namen so wichtig, Florian?«

»Oma, bitte!«

Die Frau im Rollstuhl zuckte die Schultern. »Altenburg«, sagte sie mit Hochachtung in der Stimme. »Ernst August Altenburg. Aber jetzt erkläre mir doch bitte mal, was du mit diesem Namen nach so vielen Jahren ... Florian, willst du schon gehen?«

Stöber war aufgesprungen. Er fühlte sich mies, weil er seine Großmutter allein lassen würde. Mit ihrer Frage – und überhaupt. Aber der Drang, die Information an Hanna weiterzugeben, mit ihr die Zusammenhänge zu deuten, ihre gemeinsame Theorie mit der neuen Erkenntnis auszubauen, hatte die Oberhand gewonnen.

»Entschuldige Oma, aber das erzähle ich dir später. Ich muss jetzt ganz dringend ins Präsidium. Es eilt. Wirklich. Ich komme bald wieder. Mach's gut, Oma.«

Er drückte ihr einen Kuss auf die Stirn und war in der nächsten Sekunde an der Tür.

»Ihr jungen Leute seid aber auch immer in Eile. Das ist nicht gut ...«, hörte er noch, als er schon auf dem Flur entlang lief und nach seinem Handy angelte.

»Schön, dass du anrufst, Stöber.« Hanna ließ ihn gar nicht erst zu Wort kommen. »Bist du noch am Philippinenhof?«

»Ja, ich wollte gerade ...«

»Gut. Fahr mal zum Hegelsberg. Zu den Schrebergärten. In der Nähe der Friedrichsbrücker Straße soll ein Fahrzeug stehen mit einem Toten.«

»Verkehrsunfall? Was haben wir damit ...?«

»Wohl eher kein Unfall. Ein Jogger hat angeblich einen toten Mann in einem abgestellten Fahrzeug gefunden. Außerdem hat es einen mysteriösen Anruf bei einer Zeitung gegeben. Könnte damit zusammenhängen.

Die Streife ist schon unterwegs. Schau dir das bitte an. Wenn es kein Fall für uns ist, brauchst du dich nicht aufzuhalten. Bis dann ...«

»Hanna, ich habe gerade erfahren ... Hanna?«

Missmutig starrte Stöber auf das Display seines Handys. Verbindung beendet.

Gespenstisch flackernd wies ihm der Schein des Blaulichts den Weg. Der rotierende Strahler durchdrang den Schleier leichten Nieselregens und tastete mit seinen Leuchtfingern die Schrebergärten ab. Ein zweites Blaulicht bewegte sich auf das erste zu. Als Stöber in die Straße einbog, erkannte er die erleuchteten Scheiben eines Notarztwagens. Offenbar gab es auch noch Verletzte.

Weiß wirklich nicht, was ich hier soll.

Vor dem rot-weißen Absperrband stellte er den Motor ab. Ein durchnässter Uniformierter klopfte an die Scheibe und bedeutete ihm, weiterzufahren.

Stöber drückte seinen Dienstausweis gegen die Scheibe. Sichtlich verblüfft wandte sich der Beamte zu seinem Kollegen um. Stöber kletterte aus dem Wagen.

»War zufällig in der Nähe«, erklärte er. »Wenn wir es mit einem Tötungsdelikt zu tun haben, werden die Kollegen nicht lange auf sich warten lassen. Einstweilen soll ich ...« Sein Blick fiel auf den gelben Fiat. »Das ist doch der Wagen von Kopf-ab-Kalle«, murmelte er und trat näher heran. Inzwischen hatten die Sanitäter einen Mann auf die Trage gelegt und schoben sie ins Innere des Notarztwagens. Der Arzt hielt den Tropf in die Höhe. »Los, Männer, Beeilung. Vielleicht kriegen wir ihn lebend in die Klinik. Aber ganz vorsichtig. Er hat innere Verletzungen, die ich nicht einschätzen kann.«

»Das ist doch ...« Stöber schluckte.

»Kennen Sie den Mann?« Noch immer beäugte ihn der uniformierte Kollege misstrauisch von der Seite. »Na, und ob ich den kenne. Das ist ...« Einer inneren Eingebung folgend, biss Stöber sich auf die Lippen. Man konnte nicht wissen, ob der Polizeiobermeister einem gewieften Journalisten widerstehen würde. Und im Fall eines toten Polizisten war Diskretion angesagt. Strengste Diskretion. Egal, um wen es sich handelte. Außerdem war er offenbar noch am Leben.

»Haben Sie schon die Zentrale informiert?«, fragte er stattdessen. »Wir brauchen die Spurensicherung. Und decken Sie den Wagen ab.«

»Abdecken? Den Wagen?« Ungläubig schüttelte der Beamte den Kopf.

Entgegen seiner Art wurde Stöber laut. »Tun Sie was ich sage. Sonst gibt es Ärger, und zwar ganz gewaltigen.«

Widerwillig strebte der Polizist zum Streifenwagen. Erst jetzt entdeckte Stöber den Mann im Trainingsanzug hinter den beschlagenen Scheiben.

Ich muss Hanna anrufen. Mord oder Mordversuch an einem Kollegen. Das hat absolute Priorität. Alles andere muss warten. Auch der Fall Altenburg und Freunde. Scheiße, verdammte.

Nervös kramte er in seiner Jackentasche nach dem Handy.

25

Sorgfältig strich er das Papier glatt und heftete den Bericht neben das Foto des Mädchens aus dem *Schaufenster*. Für Sekunden schweiften seine Gedanken ab.

Die Kommissarin. Entschuldigung, Hauptkommissarin. Das ist eine Frau! Warum ist mir nie eine solche Frau begegnet? Warum habe ich niemals eine Frau gehabt? Richtig gehabt? Die anderen Männer – stundenlang haben sie von ihren Frauen erzählt. Was sie mit ihnen gemacht haben. Wie sie es gemacht haben. Einzelheiten. Unappetitliche Einzelheiten. Seit ich draußen bin, sehe ich Frauen. Auf der Straße, im Bus, in der Tram. Und immer sehe ich, was ihre Männer mit ihnen machen.

Keine von ihnen ahnt, wie gut ich zu ihr wäre. Was ich mit ihr machen würde. Nicht solche ekligen Sachen. Und sie – sie wäre gut zu mir. Die Hauptkommissarin wäre auch gut zu mir. Ich weiß es. Darum werde ich ihr helfen. Und sie mir. Ihre Tochter ist hübsch. Und ihr ähnlich. Vielleicht muss ich ihr wehtun. Sie wird leiden. Aber nicht zu sehr. Nicht wie Hannelore.

Die Hauptkommissarin wird mir verzeihen. Sie ist eine gute Frau. Sie wäre auch gut zu mir. Unter anderen Umständen wäre sie gut zu mir.

Wie Mutti.

Er fühlte Tränen aufsteigen und konzentrierte sich auf den Zeitungstext.

Mordanschlag im Pkw.

Kassel. Wie erst heute bekannt wurde, ist vorgestern Abend am Hegelsberg ein durch Messerstiche schwer verletzter Mann in einem Pkw aufgefunden worden. Er wurde ins Klinikum gebracht und dort operiert. Noch ist unklar, ob der Mann überlebt. Möglicherweise verdankt er seine Rettung einem Jogger, der kurz nach der Tat auf den Wagen stieß, in dem das Opfer in seinem Blut lag. Offenbar wurden ihm auch hier die Stiche beigebracht. Über die Identität des Mannes hüllt sich die Polizei in Schweigen.

»Aus ermittlungstaktischen Gründen können wir zu diesem Zeitpunkt keine weiteren Informationen preisgeben«, sagte Ute Krüger, Pressesprecherin des Polizeipräsidiums. Sie fügte hinzu, dass eine sofort gebildete Ermittlungsgruppe unter der Leitung von Hauptkommissarin Wolf mit Hochdruck an der Auswertung der Spuren arbeite.

Recherchen unseres Polizeireporters ergaben unterdessen Hinweise auf das Fahrzeug, in dem der Tote gefunden wurde. Danach soll es sich um einen gelben Fiat barchetta handeln. Von der Pressestelle der Polizei war bis Redaktionsschluss keine Stellungnahme zu dieser Erkenntnis zu erhalten.

Voller Unruhe flogen seine Augen über den letzten Absatz. Wieder und wieder. War es Zufall? Ein Irrtum? War ihm jemand zuvorgekommen? Aber wer sollte es getan haben? Einer von den Anderen? Das ergab keinen Sinn. Er brauchte Gewissheit. Musste herausfinden, ob er wirklich das Opfer war. Und er würde es herausfinden. Und dann wurde es Zeit für das große Finale. Das würde Hauptkommissarin Wolf für ihn erledigen. Sie wusste es nur noch nicht.

*

Hanna war drauf und dran, auf den Flur zu rennen, um im nächsten Büro eine Zigarette zu schnorren. Zum hundertsten Mal wanderte ihr Blick zwischen den Uhrzeigern ihrer Armbanduhr und denen der Wanduhr hin und her. Wo blieb Stöber? Und die Frau aus der Telefonzentrale der Zeitung könnte auch längst hier sein. Alle Welt schien sich der Langsamkeit verschrieben zu haben. Seit sie wusste, wer das Opfer vom Hegelsberg war, hatte sie eine seltsame Unruhe ergriffen. Obwohl sie den Kollegen von Herzen verabscheute, würden sie alle Kräfte auf den Fall konzentrieren müssen. Und die anderen blieben liegen. Dabei fühlte sie sich kurz vor der Auflösung des Rätsels um die Unfallserie. Wenn Stöber die Prozessakte fand, würden sie wissen, in welcher Weise Wieland, Steinfels und die Altenburgs seinerzeit miteinander zu tun hatten. Und mit den Informationen, die Stöber von seiner Tante und seiner Großmutter mitgebracht hatte, würde er die Akte finden. Inständig wünschte sie Florian Stöber herbei. Sie sah ihn vor sich, fröhlich die Akte schwenken und rufen: »Wir haben sie!«

Als die Tür aufsprang, schreckte Hanna zusammen. Nicht Stöber. Wenzel. »Ich bringe Ihnen Frau Maurer. Sie ist die Zeugin, die diesen Anruf entgegen genommen hat. Bitte, Frau Maurer treten Sie ein. Hauptkommissarin Wolf wird Ihnen ein paar Fragen zu jenem Anruf stellen.«

Zögernd trat die junge Frau näher. »Guten Tag«, sagte sie, »ich ...«

»Bitte nehmen Sie Platz.« Hanna wies auf den Besucherstuhl und ließ sich an ihrem Schreibtisch nieder.

»Frau Maurer«, begann sie, »wir wissen ja schon, was der Anrufer oder die Anruferin zu Ihnen gesagt hat. Ich möchte jetzt mit Ihrer Hilfe herausfinden, ob sich der Kreis der möglichen Anrufer eingrenzen lässt. Versuchen Sie bitte, sich in die Situation zurückzuversetzen. Und nun überlegen Sie: War es ein Mann oder eine Frau?«

Systematisch erforschte Hanna durch gezielte Fragen das Gedächtnis der Telefonistin. Am Ende waren sich beide sicher, dass eine sehr junge Frau angerufen hatte, deren gepresste Flüsterstimme auf eine hochgradige Anspannung schließen ließ.

Sichtlich beeindruckt verabschiedete sich die Zeugin. Sie hatte nicht erwartet, der Polizei mehr Informationen liefern zu können als den

Wortlaut jenes Satzes, den die Anruferin gesprochen hatte.

Als Hanna sie über den langen Flur zum Ausgang begleitete, kam ihr Stöber entgegen. Strahlend hielt er einen prallen Aktenordner in die Höhe. »Wir haben sie«, rief er. Hannas wissendes Lächeln schien ihn zu irritieren.

»Ich komme gleich«, rief sie ihm zu. »Such schon mal heraus, was für uns interessant sein könnte.«

»Ist das nicht der Hammer?« Florian Stöber tippte auf den Stapel Papiere. Hanna nickte und las halblaut vor.

»... wird der Angeklagte wegen Mordes in Tateinheit mit sexueller Nötigung zum Nachteil der Hannelore Seiters zu lebenslanger Haft verurteilt. Die Kammer sieht es als erwiesen an, dass der Angeklagte die Tat vorsätzlich und aus niederen Beweggründen ausgeführt hat. Er tötete das Opfer aus Angst vor Entdeckung der zuvor begangenen Sexualstraftat. Die Anwendung des Strafrechts für Erwachsene kommt wegen der erkennbar ausgereiften Persönlichkeit des Angeklagten in Betracht. Darüber hinaus zeigt der Tathergang die bewusste und überlegte Handlungsweise eines Mannes, der seine Kräfte gezielt einsetzt ...«

Die Hauptkommissarin blätterte um.

»Und hier – die Liste der Zeugen. Altenburg senior ist vor Gericht als Vertreter der Nebenklage für die Eltern des getöteten Mädchens aufgetreten. Also hat er nicht nur seine Söhne rechtlich beraten.«

Sie blätterte weiter. »Da haben wir sie alle versammelt. Bernd Wieland, Georg Steinfels, Christoph Altenburg, Roland Altenburg und ...« Hanna schnappte nach Luft. »Hast du das gesehen, Stöber? Hast du gesehen, wer hier auch noch als Zeuge aufgeführt ist?«

Stöber schüttelte den Kopf. »Nein, ich habe zuerst ...«

Hanna Wolf schob ihm das Blatt hinüber und zeigte mit dem Finger auf einen Namen.

Stöber öffnete den Mund und klappte ihn wieder zu. »Das bedeutet ja«, stieß er schließlich hervor, »dass der auch zu dem Verein gehört. Dann hat er die E-Mail an Steinfels geschickt. Aber wie passt dann dieser Anruf bei der Zeitung dazu. Der Fall wird immer verworrener.«

»Du sagst es«, stimmte Hanna zu. »Und es kommt noch etwas hinzu. Ein Messerstich passt nicht zu den wie Unfälle erscheinenden Todesfällen. Aber einen Vorteil hat die Sache. Wir müssen den anderen Fall nicht beiseite legen. Im Gegenteil – es kommt nur eine neue Facette hinzu.«

»Aber die Anruferin ...«

»Ja, die Anruferin ...« Hanna starrte grübelnd auf die Papiere. »Vorhin hatte ich schon das Gefühl, dass wir sie kennen. Aber jetzt ...«

»Wie meinst du das – kennen?«

»Vergiss es. Solange der Anruf nicht in unser Puzzle passt, legen wir ihn zur Seite. Vielleicht findet sich später eine Lücke. Jetzt werde ich mal die Herren Altenburg mit der Prozessgeschichte konfrontieren. Und du machst dich daran, diesen ... den Angeklagten von damals aufzutreiben. Lebenslänglich heißt normalerweise fünfzehn Jahre. Also ist er längst wieder draußen. Irgendwo muss der ja sein.«

*

Im bis auf den letzten Platz gefüllten Saal brodelte es. Über fünfhundert Menschen waren gekommen. Und nicht nur aus Neugier. Beim Gang durch die Reihen hatte Nina genug aufgeschnappt, um die Stimmung einschätzen zu können. Vom Millionengrab war die Rede, von Lügen der Politiker und von Verdummung der Bürger. Die Leute waren erregt. Viele hatten Unterlagen dabei, darunter das Flugblatt aus Ninas Gruppe.

Ihr Herz klopfte, als sie sich auf das Podium begab und ihren Platz einnahm. Rechts und links saßen Bürgermeister und Parteienvertreter, Verwaltungsbeamte und Flughafenmanager. Männer, die sich in der Politik auskannten. Die wussten, wie man die Bürger für sich einnehmen konnte. Sie würde einen schweren Stand haben. Der Redakteur von der HNA, der die Veranstaltung moderieren sollte, nickte ihr aufmunternd zu.

Ninas Kopf glühte. Sie legte die Hände an die Wangen. Sie brannten. Ihre Finger dagegen waren eiskalt.

Endlich schwenkte der Zeitungsmann eine Glocke und begann, die Menschen im Saal zur Aufmerksamkeit zu bewegen. Langsam nur kehrte Ruhe ein, unterbrochen von einzelnen unverständlichen Rufen. Als er das Referat des Flughafenmanagers ankündigte, schwoll die Unruhe im Saal wieder an.

Schließlich gelang es dem Redakteur, die Gemüter soweit zu beruhigen, dass der Vertreter der Flughafengesellschaft seine Rede beginnen konnte.

Betont sachlich und mit vielen Zahlen und Daten trug der Manager seine Argumente vor. Routiniert, wie in unzähligen anderen Veranstaltungen zuvor. Doch Nina sah ihm die Anspannung an. Kleine Schweißperlen glitzerten auf seiner Stirn. Obwohl manche der Zwischenfragen aus dem Saal an Beleidigungen grenzten, blieb er höflich und sachlich. Nina empfand eine gewisse Bewunderung für die Standhaftigkeit des Mannes. Aber als er zum Ende seiner Ausführungen behauptete, dass es weder direkte noch indirekte Gesundheitsgefährdungen durch Fluglärm geben würde, kochte in Nina die Wut wieder hoch. Ihre Stimme zitterte kaum merklich, als sie sich zu Wort meldete.

»Sie arbeiten mit Hypothesen«, rief sie in den Saal, »die Sie nicht belegen können. So wenig wie wir den Flughafen brauchen, so unglaubwürdig Ihre Zahlen über mögliche Passagiere sind, so abenteuerlich ist Ihre Behauptung, es werde keine Gesundheitsgefährdungen geben. Fragen Sie doch mal die Menschen rund um den Frankfurter Flughafen. Dann wissen Sie auch, wovon Sie reden. Und da wir gerade dabei sind: Der Fluglärm ist nur einer von vielen Punkten, die uns beunruhigen ...«

Mit zunehmender Sicherheit trug Nina die Argumente der Bürgerinitiativen gegen den Flughafenausbau vor. Sie sprach von den zahlreichen wissenschaftlichen Arbeiten über Gesundheitsschäden durch Fluglärm, von den Warnungen der Landesärztekammer und der Schadstoffkonzentration im Kasseler Becken. Sie bezifferte die Kosten für den Ausbau des Verkehrslandeplatzes und stellte die Rentabilität eines Flughafens in Abrede. Sie beschrieb die Gefahren eines Drehkreuzes für Nachtfrachtverkehr und stellte das Argument zusätzlicher Arbeitsplätze mit Zitaten aus einem Gutachten in Frage. Sie schloss mit einem Appell an die Bürger, die weiteren Planungen wachsam zu verfolgen. »Wer heute pennt«, rief sie ins Publikum, »kann vielleicht morgen nicht mehr schlafen!«

Tosender Beifall brandete aus dem Saal zum Podium. Obwohl ihr Herz noch klopfte, spürte sie, wie die Anspannung nachließ und einem Gefühl des Triumphes wich.

Während ein Beamter aus dem Regierungspräsidium leidenschaftslos das Raumordnungsverfahren erläuterte, schweiften Ninas Gedanken ab. Ob an Arnes Vorwurf etwas dran war? Würde sie sich durch ihren Erfolg als Fotomodell korrumpieren lassen? Nein, sagte sie sich. Das eine hatte mit dem anderen nichts zu tun. Und wenn die Agentur weitere Fotos mit ihr machen wollte, würde sie nicht ablehnen. Schon gar nicht wegen Arne.

Der Verwaltungsbeamte beendete seinen Vortrag mit der Versicherung, dass mögliche Belastungen für die Bevölkerung ebenso geprüft würden wie das prognostizierte Passagieraufkommen.Die Zuschauer quittierten die Aussage mit höhnischem Gelächter und lauten Zweifeln.

Als der Diskussionsleiter das Saalmikrofon freigab, entstand Gedränge. In wenigen Sekunden hatte sich eine Menschenschlange vor dem Mikrofon gebildet.

Ninas Blick wanderte durch den Saal. Frauen in eleganten Kostümen saßen neben jungen Bauern in karierten Hemden. Sie sah alte, bärtige Männer in altmodischen Jacken neben jungen Frauen in bunten Pullovern und grellen Tüchern. Inmitten einer Gruppe aus Schülern und Studenten strickte eine weißhaarige Dame an einem Schal. Hin und wieder hielt sie inne und nickte nachdrücklich oder schüttelte den Kopf, je nachdem, was der jeweilige Redner zu sagen hatte.

Ein junger Mann in Ninas Alter richtete seine Frage direkt an den Landtagsabgeordneten, der für eine der Regierungsparteien auf dem Podium saß. »Herr Altenburg«, sagte er, »Sie erleben hier, wie sehr die Menschen das Flughafenprojekt ablehnen. War nicht der Grundgedanke der repräsentativen Demokratie, dass Sie als Abgeordneter der Region in Wiesbaden die Interessen der Menschen aus Ihrem Wahlkreis vertreten?«

Nach kurzem, aber heftigem Beifall trat zum ersten Mal an diesem Abend Stille ein. Gespannt warteten die Menschen auf die Antwort. Nina beugte sich vor, um den Abgeordneten besser sehen zu können. Er antwortete nicht sofort. Und dann sprach er ungewohnt leise. »Meine Aufgabe«, sagte er, »sehe ich darin, darauf zu achten, dass sowohl die Wirtschaftskraft der Region als auch die Interessen der Menschen nicht aus dem Blick geraten. Wenn die Prüfung aller Fragen an das Projekt abgeschlossen ist und sich daraus mehr Vorteile als Nachteile ergeben, wenn Ökonomie und Ökologie in Einklang zu bringen sind, muss ich mich –

im wohlverstandenen Interesse der Bevölkerung – für den Flughafen einsetzen. Sollte die Prüfung das Gegenteil ergeben, müsste ich meine Position überdenken.«

Der letzte Satz ging in aufwallenden Unmutsäußerungen unter. Aber Nina hatte ihn gehört.

Das ist doch gar nicht so schlecht. Wenn er es ernst meint.

Auch die Journalisten in der ersten Reihe schienen den Abgeordneten verstanden zu haben. Sie schrieben eifrig mit.

Die Schlange hinter dem Mikrofon war noch länger geworden. So bald würde die Veranstaltung nicht zu Ende sein.

Im Hintergrund, in der Nähe des Ausganges, lehnte ein Mann an der Wand und verfolgte das Geschehen. Ein aufmerksamer Beobachter hätte sich gewundert, wie unbeteiligt dieser Zuschauer blieb. Aber niemand nahm von ihm Notiz. Auch Nina nicht.

26

Verblüfft betrachtete Julia Engelhardt ihr Foto auf dem scheckkartengroßen Ticket. Keine halbe Minute hatte der Vorgang gedauert. »Bezahlt wird nur mit der Karte«, hatte der Typ an der Kasse erklärt. »Und wenn du willst, kannst du am Terminal einen Gruß eingeben. Für einen, der dir gefällt.«

Dann war sie vom Strom der nachrückenden Gäste ins Innere des Center-Treffs gespült worden.

Schon vor zwei Wochen hatte der Musikpark A 7 seine Tore geöffnet. Aber Julia war zu beschäftigt – und zu angespannt – gewesen, um an Disco-Nächte zu denken.

Jetzt hungerte sie nach Menschen und Musik. Ihr Körper verlangte nach Tönen, die den Kopf erdröhnen und den Bauch vibrieren ließen. Sie sehnte sich nach Trubel in gleißendem Licht und rauchgeschwängerter Luft.

Sie hatte besonders viel Mühe auf Make-up und Outfit verwandt und sich auf den Weg in die Göttinger Straße gemacht, fest entschlossen, in dieser neuen spacigen Disco mal wieder so richtig abzutanzen. Bis zur Erschöpfung.

Phillip zog noch immer mit Sandra herum.

Was der kann, kann ich schon lange.

Von links, aus dem Disco-Stadl Mausefalle, klangen ziemlich gruftige Schlagertöne. Julia zog es weiter zur Future-Disco. Hier füllte echter Techno-Sound den künstlichen Weltraum. Mit Hilfe ihrer Karte zog sie eine Cola aus dem Automaten und wanderte weiter.

Auf der Tanzfläche herrschte schon Gedränge. Julia stellte ihre Cola ab und stürzte sich zwischen die bebenden und zuckenden Körper.

Erst gegen Morgen, als ihr Kopf dröhnte, die Augen brannten und ihre Beine wie Pudding waren, hatte sie genug. Mit Jungen hatte sich nichts ergeben – die Typen, die sie anbaggern wollten, waren ihr entweder zu grün oder zu blöd gewesen. Oder sie hatten nicht verbergen können, dass sie nur auf einen schnellen Fick aus waren. Julia war darauf nicht erpicht. Zärtlichkeit, echte Liebe, das war es, wonach sie sich sehnte. Trotzdem fühlte sie sich herrlich leicht. Erhitzt und müde. Aber leicht.

Für den Heimweg nahm sie ein Taxi.

Seltsam geräuschlos glitt der Wagen durch die leere Innenstadt. Ihre Ohren rauschten vom Techno-Sound, und Julia gab sich entspannt der Erschöpfung hin, die sich in ihr ausbreitete.

Bis ihr Blick auf die Zeitung fiel.

Das zerlesene Exemplar lag, flüchtig zusammengefaltet, auf der Mittelkonsole.

»Alles in Ordnung, junge Frau?« Der Fahrer sah besorgt in den Rückspiegel. »Ja, wieso?«, brachte sie halbwegs gleichmütig heraus. Was wollte der Kerl? Hatte sie was gesagt?

Ihre Augen klebten an dem Artikel der HNA vom Vortag. Mit Mühe entzifferte sie den sichtbaren Teil des Textes, immer wieder drohten die Buchstaben zu verschwimmen.

Mordanschlag im Pkw... Hegelsberg... Messerstiche... verletzter Mann in einem Pkw... ins Klinikum... Rettung... Jogger... Blut... Identität...

Julia Engelhardt zitterte. Plötzlich war ihr kalt. Eiskalt.

»So«, hörte sie irgendwann aus weiter Ferne, »wir wären da. Oder haben Sie es sich anders überlegt?«

Stumm bezahlte sie den Fahrer, hastete die Treppe hinauf und warf sich auf ihr Bett. Sie wollte heulen, aber ihre Augen blieben trocken und brannten.

Schlafen. Wenn ich wenigstens schlafen könnte.

Irgendwann, draußen hatte der Verkehr eingesetzt, stand sie auf und ging ins Bad. Ihre Eltern schliefen noch. Sie drehte den Hahn der Dusche auf und ließ heiße Wasserstrahlen auf ihre Haut prasseln. Bis sie ihre Gedanken unter Kontrolle bekam.

Ich muss etwas tun. Sonst werde ich verrückt. Wenn das Schwein überlebt, gehe ich kaputt.

Zuerst hatte sie nur eine vage Idee. Aber dann formte sich daraus ein Plan. Ja, so würde sie es machen.

*

Weniger als zwei Stunden hatte Florian Stöber gebraucht, um die Adresse des Mannes herauszufinden, dessen Name in den Gerichtsakten stand. Und er hatte noch mehr erfahren. Fünfzehn Jahre hatte der Mann gesessen. Fünfzehn Jahre lang keinen Besuch bekommen. Nicht einmal von den eigenen Eltern. Einmal war ein junger Mann da gewesen. Bernd Wieland. Aber der Strafgefangene hatte ihn nicht sehen wollen.

Wie hält ein Mensch das aus? Ist man noch normal, wenn man nach so langer Zeit aus dem Knast kommt? Aber normal war der wohl sowieso nicht. Ein Mädchen. Siebzehn oder achtzehn. Vergewaltigt und umgebracht. Erwürgt. Scheußlich. Was wohl in einem solchen Menschen vorgeht? Ob er sich fragt, was sein Opfer gefühlt hat? Ob er darüber nachdenkt, wie viel Leid er über die Familie gebracht hat?

Holländische Straße.

Ob der überhaupt noch hier wohnt? Ich würde woanders hingehen. Ganz weit weg. Ein völlig neues Leben anfangen. Aber ich würde wohl auch niemanden umbringen.

Auf einem der Klingelschilder fand Stöber den Namen. Verblasst, aber lesbar. Überrascht und erwartungsvoll drückte Stöber den Knopf.

Erst beim dritten Versuch summte der Türöffner, und Stöber schob die schwere Haustür auf. Im Erdgeschoss gab es eine Tür, die zu einer leeren Wohnung führte, einen Durchgang zum Hinterhof und eine Batterie Briefkästen.

Über knarrende Holzstufen erreichte er die erste Etage. Drei Türen, drei Namensschilder. Zwei türkische, eine Liste mit WG-Vornamen. In der Etage über ihm knarrte eine Tür. Rasch sprang er die Stufen hinauf. Die mittlere Wohnungstür war geöffnet. Einen Spalt nur, mit vorgelegter Kette.

Stöber warf einen Blick auf das Schild und sprach gegen den Türspalt.

»Guten Tag. Mein Name ist Stöber. Ich würde gern Herrn Mattuschek sprechen.«

Keine Antwort.

»Guten Tag«, wiederholte Stöber. »Ich würde gern ...«

»Mein Sohn ist nicht da«, keifte eine hohe Stimme. Hinter dem Türschlitz bewegte sich eine Kittelschürze. »Mein Sohn wohnt nicht hier.«

»Wo wohnt denn Ihr Sohn, Frau Mattuschek? Ich müsste ihn wirklich dringend ...«

»Weiß ich nicht. Auf Wiedersehen.«

Die Tür knallte ins Schloss.

Verärgert drückte Stöber auf den Klingelknopf. Ohne Erfolg. Er drückte mehrmals und anhaltend. Aber die Tür blieb geschlossen.

Verdammte alte Zicke, dachte er und wandte sich zum Gehen.

Scheiße, jetzt geht die Sucherei erst richtig los. Wenn der Typ nicht mehr in Kassel lebt, vielleicht untergetaucht oder ins Ausland gegangen ist, haben wir schlechte Karten.

Während er die Stufen hinab stieg, fragte er sich, was an seinen Gedanken falsch sein konnte. Aus dem Unterbewusstsein drang ein undeutliches Signal, das irgendwie gegen die Annahme sprach, Mattuschek habe der Stadt den Rücken gekehrt. An der Haustür begegnete ihm eine schwer mit Einkaufstaschen bepackte Frau. Die Gelegenheit, ein paar Fragen zu stellen.

»Darf ich Ihnen tragen helfen?«, fragte er freundlich.

*

Warum dieser Grünschnabel? Warum kommt sie nicht? Erkennt sie die Zusammenhänge nicht? Wenn sie es nicht schafft, wer soll es dann tun? Ich muss ihr helfen.

Wie sollte er ihr Hinweise geben, ohne selbst in Gefahr zu geraten? Noch schützte Mutti ihn. Aber wie lange noch?

Seine Augen brannten. Der Kopf schmerzte. Seit Tagen quälte ihn die Ungewissheit. Fragen und Gedanken. Und wieder Fragen. Würde sie ihnen auf die Spur kommen? Wer, wenn nicht sie, konnte die Wahrheit ans Tageslicht bringen? Und dann die Sache mit dem Messer. Zuerst hatte er an einen Zufall geglaubt. Hatte sich einreden wollen, dass es noch mehr Leute gab, die einen gelben Sportwagen fuhren. Aber er war nicht wieder aufgetaucht. Weder vor dem Haus noch am Präsidium. Im Krankenhaus hatte man ihm keine Auskunft gegeben. Obwohl er vorsichtshalber nicht selbst angerufen hatte, sondern Mutti. Schließlich war er in die Höhle des Löwen eingedrungen. Hatte sich im Eingangsbereich herumgedrückt, war Gruppen und Grüppchen, die das Gebäude am Grünen Weg verlassen hatten, gefolgt. Hatte sich an Nachbartischen niedergelassen, wenn Beamte nach dem Dienst im 'Gleis 1' oder in einer der Bars in der Treppenstraße zusammen gesessen hatten. Am Ende hatte er Gesprächsfetzen aufgeschnappt, die seine Befürchtung bestätigt hatten.

Doch was er dann gehört hatte, erfüllte ihn auch mit Befriedigung. Von Lähmung und vielen Operationen war die Rede gewesen. Und von Dienstunfähigkeit, Rollstuhl und Siechtum. Wenn überhaupt.

Jemand hatte ihm die Arbeit abgenommen. Und er hatte sie gut gemacht. Eigentlich sollte er dankbar sein. Dennoch hegte er unfreundliche Gefühle gegen den ungebetenen Helfer. Schließlich wäre es seine Sache gewesen. Und es war zu früh. Die Rolle, die er ihm zugedacht hatte, war noch längst nicht ausgefüllt gewesen. Nun würde er das Drehbuch noch einmal ändern müssen.

Alles konzentrieren. Auf die Brüder.

Wie kleine Blitze zuckten die Schmerzen vom Hinterkopf bis zur Stirn. Wenn er noch lange hier herumsaß, würde ihm wieder übel werden. Allein der Gedanke an den drohenden Schmutz im Bad ließ ihn erschaudern.

Mutti mag das auch nicht. Ich muss an die frische Luft. Schnell.

Er sah auf die Uhr. In einer Stunde öffnete das Museum in der Weinbergstraße. Bis dahin würde er durch die Stadt wandern. Dann war der Kopf wieder klar. Im Museum würde er Ruhe finden. Und nachdenken können. Vielleicht fiel ihm dort etwas ein. Bisher war ihm beim Anblick der Haarbilder und Kranzkästen, der Grabmale und Särge noch immer etwas eingefallen. Außerdem konnte er dort ungestört mit ihr reden.

Zuerst war er dankbar gewesen, als man ihm angeboten hatte, Mutti auf dem Friedhof von Bennenborn beizusetzen. Vielleicht war er auch kopflos gewesen und hatte deswegen eingewilligt. Aber nachdem er sie zurückgelassen hatte, waren Gewissensqualen seine Begleiter geworden. Die Entfernung war zu groß, um täglich Zwiesprache zu halten.

Erst im Museum für Sepulkralkultur hatte er die Verbindung wieder aufnehmen können. Es war nicht ganz leicht gewesen, die notwendigen Voraussetzungen zu schaffen. Aber es war ihm gelungen. Niemand hatte etwas bemerkt.

Und er musste nicht mehr nach Bennenborn fahren. Nur einmal noch – als sein Plan begonnen hatte, Gestalt anzunehmen. Um die Namenstafel am Urnengrab zu erneuern. Unter Tränen hatte er die neue Inschrift angebracht. Mutti würde ihm verzeihen, dass ihr Vorname nun abgekürzt war.

Von seinem Platz in der Nähe der Übersärge hatte er freien Blick in die Karlsaue. Um diese Zeit waren nur wenige Besucher im Haus, und er hatte den Ausstellungsraum ganz für sich. Im trüben Herbstlicht über der Fulda tanzten braune Blätter einen seltsamen Reigen. Einen Todesreigen. Es war ihre Bestimmung, zu sterben. So wie es seine Bestimmung war, jenen den Tod zu bringen, die ihn getötet hatten.

Doch bevor er die nächsten Todesfälle arrangierte, musste die Wahrheit über Hannelore an den Tag.

Die Kommissarin braucht ein Zeichen.

Er begann durch die Räume zu wandern. Das Betrachtungssärglein hatte er schon oft gesehen, aber diesmal blieben seine Augen daran hängen. In dem winzigen Sarg, der gut auf eine Handfläche passte, lag ein Skelett. Geschnitzt. Im Gefängnis hatte er auch geschnitzt. Die Figuren hatte er verschenkt. Hauptsächlich Vögel. Fast alle wollten einen Vogel. Mit ausgebreiteten Flügeln. Bei Hunden, Katzen und Rehen hatten sie abgewinkt. »Nett. Wirklich hübsch. Aber so ein Vogel wäre mir lieber.«

Plötzlich wusste er, wie das Zeichen aussehen würde.

*

»Ich glaube nicht, dass wir etwas zu besprechen hätten.« Christoph Altenburg klang selbst durchs Telefon so sehr von oben herab, dass Hanna sich kaum bremsen konnte. »Dann lasse ich Sie vorführen«, hätte sie am liebsten gebrüllt. Aber damit wäre sie vielleicht nicht durchgekommen. Und dieses Risiko wollte sie nicht eingehen. Also versuchte sie es diplomatisch.

»Herr Altenburg, ich verstehe ja Ihre Bedenken. Auch Ihre Abneigung gegen polizeiliche Ermittlungen ist angesichts der tragischen Umstände begreiflich. Aber verstehen Sie bitte auch mich. Wenn ich den Fall abschließen soll, muss ich einen schlüssigen Bericht abliefern. Und da es noch ein paar kleine Unklarheiten gibt, muss ich Sie einfach noch einmal behelligen. Sie und Ihren Bruder.«

»Meinen Bruder? Sie wollen allen Ernstes meinen Bruder verhören? Niemals. Und keinesfalls ohne Beistand. Sie wissen doch, in welcher Situation er sich befindet. Frau Oesterheldt liegt seit Tagen im Koma.«

»Ich weiß«, antwortete Hanna mit aller Anteilnahme in der Stimme, zu der sie fähig war.

Er hat Angst, seinen Bruder allein mit mir reden zu lassen. Damit kriege ich ihn vielleicht.

»Von verhören kann gar keine Rede sein, Herr Altenburg. Es geht wirklich nur um ein paar Informationen. Wenn Sie wollen, können wir das Gespräch gemeinsam führen. Damit ersparen Sie mir sogar einen weiteren Termin. Und für Ihren Herrn Bruder ist es vielleicht hilfreich, Sie an seiner Seite zu wissen.«

Für einige Sekunden herrschte Schweigen in der Leitung.

Dann kam Altenburgs Stimme ganz geschäftsmäßig. »Also gut. Heute Abend um achtzehn Uhr bei meinem Bruder im Juliusstein. Wir sind ohnehin verabredet. Sie haben die Adresse? Ich gebe Ihnen eine halbe Stunde. Auf Wiederhören.«

Es klickte in der Leitung.

Na also. Geht doch.

Hanna sah auf die Uhr. Noch drei Stunden. Genug Zeit, um die Akte Mattuschek/Seiters durchzuarbeiten.

Je tiefer Hanna Wolf in den Fall eindrang, desto merkwürdiger erschien ihr die Logik des damaligen Verfahrens. Obwohl der Täter nicht geständig war, hatte das Gericht seine Schuld »zweifelsfrei« festgestellt. Ohne Einschränkung. Staatsanwaltschaft und Nebenkläger hatten nahezu übereinstimmende Einlassungen vorgetragen. Vertreter der Nebenklage war Ernst August Altenburg gewesen. Also hätte er die Zeugen nicht beraten dürfen. Aber welcher Vater würde seinen Söhnen nicht beistehen wollen? Er hätte das Mandat nicht annehmen dürfen.

Ich wüsste zu gern, wer hier auf wen zugegangen ist. Ob Altenburg den Eltern angeboten hat, für sie das Mandat zu übernehmen?

Kopfschüttelnd las Hanna die Aussagen der Jugendlichen. Sie waren sich so ähnlich wie abgeschriebene Schulaufgaben. War keiner der Prozessbeteiligten aufgestanden, um sie in der Luft zu zerreißen? Aber wer hätte das sein können? Niemand hatte ein Interesse daran, den eindeutig erscheinenden Fall in Frage zu stellen. Und der Anwalt des Jungen? Offenbar ein Pflichtverteidiger. Unerfahren und überfordert. Keine Chance gegen einen alten Fuchs wie Altenburg. Blieben die Richter. Hätten sie nicht zweifeln müssen?

Vielleicht hat der eine oder andere ja gezweifelt, dann aber, angesichts der eindeutigen Zeugenaussagen, resigniert. Und vielleicht ist es ja wirklich so gewesen, wie die jungen Männer ausgesagt haben. Warum nur hat sich dieser Mattuschek nicht geäußert?

Noch einmal überflog Hanna die Sachverhaltsdarstellung. Die Jungen hatten sich nach dem Baden ihre Kleidung übergezogen und waren zu der Stelle im Zaun gegangen, wo man ihn leicht übersteigen konnte. Hannelore hatte länger gebraucht. »Ich schau mal nach«, hatte Siegfried Mattuschek gesagt und war zurückgelaufen. Irgendwann hatte es den Jungen zu lange gedauert, und sie waren über den Zaun gestiegen und nach Hause gegangen. Nur Bernie hatte Bedenken gehabt: »Sigi kann die Hannelore allein nicht über den Zaun heben.«

Kalle hatte abgewunken. »Jetzt kommt da jeder rüber. Ist doch ziemlich weit runter getreten.«

Rolli, Schorsch und Chris hatten diese Sätze bestätigt. Jeder. Und jeder im selben Wortlaut.

Ich fass' es nicht. Das muss doch zu greifen gewesen sein, dass diese Aussagen ...

Hannas Gedanken wurden durch das Klappen der Bürotür unterbrochen. Stöber.

»Na, Florian, was hast du erreicht?« Ihr Kollege verzog das Gesicht. »Nichts«, antwortete er, »der Vogel ist ausgeflogen. Nur die Mutter ist da. Und die weiß angeblich nicht, wo ihr Sohn wohnt.«

»Wäre auch zu schön gewesen«, seufzte Hanna. »Da kommt noch Arbeit auf dich zu. Wir müssen diesen Mattuschek finden.«

»Ich weiß. Morgen setze ich mich an den Computer und frage die Meldedaten ab.«

Er zeigte auf die Akte. »Willst du heute noch zu den Altenburgs? Soll ich mitkommen?«

»Danke für das Angebot, Florian. Aber das mache ich allein. Jedenfalls erst mal. Mach du Feierabend. Du hast ihn dir verdient, und die nächsten Tage werden wieder lang.«

Unschlüssig sah Stöber seine Chefin an, die sich wieder den Papieren zuwandte. »Na gut«, sagte er schließlich, »wenn du meinst ... Dann bis morgen. Und viel Erfolg.«

Hauptkommissarin Wolf war schon wieder in die Akte vertieft und murmelte einen Abschiedsgruß.

*

»Sie finden die HTG-Intensivstation in Haus eins, erster Stock. Blumen können Sie da aber nicht mit rein nehmen.« Julia Engelhardt bedankte sich höflich beim Pförtner und eilte die Treppe hinauf. Den kleinen Strauß, der sie als Krankenbesucherin ausweisen sollte, ließ sie in einen Abfalleimer fallen, als niemand in ihrer Nähe war. Auf der Station schlug ihr der typische Krankenhausgeruch entgegen. Rasch sah sie sich um. Hinter einer Milchglastür herrschte rege Betriebsamkeit, Schwestern, Ärzte und Pfleger eilten über die Flure, Türen klappten, irgendwo stöhnte jemand. Eine Stimme rief nach Schwester Gertrud.

Am Ende des Ganges saß ein uniformierter Polizist mit ausgestreckten Beinen auf einem Stuhl und blätterte in einer Zeitschrift.

Niemand nahm von ihr Notiz.

Mit klopfendem Herzen, aber betont selbstverständlich, wanderte sie den Gang entlang. Plötzlich klappte eine Schwingtür auf, und eine junge Frau in grüner OP-Bekleidung eilte an ihr vorüber. Im Hintergrund erkannte Julia die Reihe der Betten, die nur durch Vorhänge voneinander getrennt waren. Plötzlich berührte jemand ihre Schulter. Julia schrak zusammen.

»Wollen Sie jemanden besuchen? Dann müssen Sie einen Kittel anziehen. Und die Kopfbedeckung aufsetzen.« Eine sanfte Stimme mit südhessischem Einschlag. Der junge Mann, dem die Stimme gehörte, wies lächelnd auf ein Regal mit grünen Kleidungsstücken neben ein paar Garderobenhaken. Ein gut aussehender junger Mann. Er schob einen Wagen mit Medikamentenbehältern, die mit Namen versehen waren. »Und hinterher werfen Sie alles in den Container dort.«

Julia nickte. »Ja, ich ...«

»Zu wem möchten Sie denn?«

»Zu ... zu Frau Winter.« Sie hatte den Namen an einem der Pillenschälchen entdeckt.

»Gut«, nickte der junge Mann. »Frau Winter geht es schon besser. Sie kommt morgen auf die Normalstation.«

Verdammt, der Junge erkennt mich vielleicht wieder. Zumindest kann er eine Personenbeschreibung abgeben. Wenn man ihn fragt.

Julia fühlte Angst in sich aufsteigen. Sollte sie ihren Plan aufgeben?

»Dann kann ich ja morgen wiederkommen«, sagte sie rasch.

»Ach was«, erwiderte der Pfleger, »jetzt sind Sie schon mal hier. Kommen Sie. Ich bringe Sie rein. Und wenn Sie Hilfe brauchen ... Meine Schicht ist gleich zu Ende.«

Julia Engelhardt nickte stumm, hängte ihre Jacke an den Garderobenhaken und zog einen der Kittel heraus.

Als sie sich der Tür näherten, schwang der Flügel plötzlich auf.

»Dort hinten, das vorletzte Bett, das ist Frau Winter. Wir sehen uns gleich noch.«

Vorsichtig trat sie näher.

Der Raum war erfüllt von seltsamen Geräuschen. Ein gleichmäßiges

Brummen wurde von rhythmischen Pfeif- und Summtönen überlagert. Gelegentlich schrillte ein kurzer Piepton von irgendwoher. Drei oder vier Personen standen um eines der Betten, hantierten mit Kabeln und Schläuchen und murmelten Sätze, deren Sinn der Besucherin verborgen blieb.

Der Patient, den sie suchte, lag in der hintersten Nische. Obwohl nicht viel von ihm zu sehen war, erkannte Julia das Profil sofort. Es war schärfer und bleicher als sie es in Erinnerung hatte, aber unverkennbar.

Das Schwein.

Sie sah sich um. Niemand achtete auf sie. Kurz entschlossen trennte sie sämtliche Verbindungen zwischen dem Mann und den Apparaten.

Als sie das letzte Kabel herauszog, begann eine Lampe zu blinken, und ein helles Pfeifen ertönte. Rasch trat sie zurück, wandte sich der nächsten Nische zu und beugte sich halblaut redend über das Bett. Dann richtete sie sich auf und wanderte langsam zum Ausgang zurück. Ein Tross Grünkittel eilte an ihr vorbei, ohne sie wahrzunehmen.

Wieder öffnete sich die Tür wie von Geisterhand, und Julia stand auf dem Flur.

»Sie gehen schon?« Der junge Mann sah sie fragend an. »Ja«, antwortete sie und zwang sich zu einem herzlichen Lächeln, »meine Oma schläft. Und ich wollte sie nicht wecken. Wenn sie sowieso wieder auf die Station kommt, kann ich sie ja länger besuchen.«

Rasch entledigte sie sich der grünen Bekleidung, griff ihre Jacke vom Haken und eilte hinaus.

Der junge Mann sah ihr nach und öffnete den Mund. Was er sagte, hörte Julia nicht mehr. Sie rannte, so schnell sie konnte, den Flur entlang und hastete die Treppe hinunter. Von der hektischen Unruhe, die sich plötzlich auf der Station ausbreitete, bekam sie nichts mit. Sie bemerkte auch nicht, dass ihr mit einigem Abstand ein gut aussehender junger Mann folgte. Wenn sie ihn gesehen hätte, wäre er ihr wohl auch nicht aufgefallen, denn er trug jetzt statt des weißen Kittels Jeans und einen dunklen Pullover.

Unwillig betrachtete die Hauptkommissarin das Telefon. Eigentlich bin ich längst weg.

Als sie den Arm ausstreckte, um den Hörer zu nehmen, erstarb das Klingeln – um gleich darauf wieder einzusetzen.

Seufzend nahm Hanna den Hörer ans Ohr.

»K 11 – Hanna Wolf. Was gibt's denn jetzt noch?«

Unwillkürlich richtete sie sich auf. »War denn keine Bewachung da? Ich hatte doch angeordnet ... Ach ja? Sagen Sie dem Mann, er soll sich auf einiges gefasst machen.«

Hanna Wolf knallte den Hörer auf. Nichts ärgerte sie so sehr wie Schlamperei und Unzuverlässigkeit. An den Toten dachte sie erst im zweiten Augenblick.

Mein Gott, bin ich herzlos? Warum empfinde ich keine Trauer? Immerhin ist ... war ... der Verstorbene ... ein Kollege.

Wie auch immer. Sie würde sich um die Umstände seines plötzlichen Ablebens kümmern müssen. Später. Jetzt war erst mal die Spurensicherung dran. Sie sah auf die Uhr. Es wurde Zeit. Die Herren Altenburg sollten durchaus ein wenig, aber nicht über Gebühr, auf sie warten.

Die Akte hatte sie im Kopf. Daraus ergaben sich einige Fragen an die Herren. Und wenn Hanna mit ihrer Ahnung richtig lag und es ihr gelang, die Brüder aus der Reserve zu locken, verrieten sie vielleicht mehr als ihnen lieb sein konnte.

27

Als es kurz vor sechs klingelte, zuckte Roland Altenburg zusammen. Dann sprang er auf.

»Es ist das Telefon«, bemerkte sein Bruder und wies auf den Apparat, der auf der kleinen Hausbar lag. »Du bist auffallend nervös. Wenn die Kriminalbeamtin kommt, solltest du dich zurückhalten. Lass mich reden.«

Der Abgeordnete nickte und eilte zum Telefon.

»Ja, Altenburg.«

»Grüß Gott, mein Lieber.«

Bollmann.

»Guten Abend, Heinz. Was verschafft mir ...?«

»Lass es mich kurz machen, Altenburg. Ich habe gerade mit einigen Herren aus Wiesbaden gesprochen. Dabei kam ein Zitat auf den Tisch, das uns ein wenig irritiert. Ein gewisses Montagsmagazin schreibt, du willst deine Position in Sachen Flughafen überdenken. Wie dürfen wir das verstehen?«

»Aber so stimmt das doch überhaupt nicht. Ich habe lediglich ...«

»Mensch Altenburg, du bist doch nicht neu im Geschäft. Es reicht, wenn die Journaille einen Satz aufschnappt, den sie so interpretieren kann. Oder ist alles erfunden? Dann mach ’ne Gegendarstellung. Aber sofort.«

»Heinz, bitte! Ich habe hypothetisch ... im Konjunktiv ... Ich muss doch den Wählern wenigstens ...«

»Was du musst, hängt davon ab, was du willst, mein Lieber. Also bring das in Ordnung. Wir brauchen Leute wie dich. Aber nur, wenn auf sie Verlass ist. Verstehst du? Verlass! Und ich habe dich als verlässlich empfohlen. Guten Abend, mein Freund. Und grüß deinen Bruder von mir.«

»Heinz, ich ...«

Aus dem Hörer tönte das Besetztzeichen.

Roland Altenburg starrte auf den Apparat in seiner Hand. Dann legte er ihn ab und ergriff einen Cognacschwenker. Aus dem oberen Barfach zog er eine Flasche und goss ein. Er schüttete den Cognac hinunter.

»Trink nicht so viel.« Christoph Altenburg betrachtete missbilligend Glas und Flasche in den Händen seines Bruders. »Du brauchst deinen Verstand, wenn die Kommissarin kommt. Da ist sie schon, es hat geläutet. Bleib hier, ich gehe öffnen. Macht keinen guten Eindruck, wenn du sie um diese Zeit mit einer Fahne empfängst. Und stell die Flasche weg.«

Irritiert sah Roland seinem Bruder nach. Die Haustürklingel hatte er nicht gehört.

»Guten Abend, meine Herren.« Hanna hatte ihr strahlendstes Lächeln aufgesetzt. »Vielen Dank, dass Sie mich empfangen. Ich weiß Ihr Entgegenkommen zu schätzen. Und Sie wissen, wie sehr wir bei der Aufklärung von Straftaten auf die Mitarbeit der Bevölkerung angewiesen sind.«

»Straftaten?« Christoph Altenburg gab sich keine Mühe, den Ärger zu verstecken, den das Wort ausgelöst hatte.

»Ganz allgemein gesprochen, Herr Altenburg.« Hanna lächelte honigsüß und sagte sich, dass die Herren sich sicher auch nicht zur gemeinen Bevölkerung rechneten.

»Darf ich mich setzen?«

»Bitte.« Der Hausherr wies auf die schwere Ledergarnitur vor der Fensterfront. »Darf ich Ihnen etwas anbieten? Einen Cognac vielleicht? Oder lieber Tee oder Kaffee?«

»Danke, ich nehme gern ein Glas Wasser«, erwiderte Hanna und ließ sich im mittleren der drei Sessel nieder. Wenn sich keiner der Brüder seitlich neben sie setzen wollte, würden sie auf dem Sofa Platz nehmen müssen. Hanna gerade gegenüber. Genau dort wollte sie sie haben.

»Wie ich schon am Telefon sagte, Frau Hauptkommissarin, wir stehen Ihnen nicht unbegrenzt zur Verfügung.«

»Keine Sorge«, erwiderte Hanna, »ich werde Ihre Zeit nicht länger in Anspruch nehmen, als Sie es wünschen. Und wenn Sie gestatten, möchte ich gleich mit einer Frage beginnen.«

»Nur zu.« Rechtsanwalt Altenburg schien das Wort zu führen und den Hausherrn zu spielen. Der Abgeordnete, in dessen Haus sie sich befanden, wirkte dagegen wie ein Besucher, der sich in ungewohnter Umgebung nicht wohl fühlt.

Hanna Wolf nahm das Glas, das Christoph Altenburg ihr hingestellt hatte, und wartete, bis beide Brüder Platz genommen hatten.

»Vielen Dank«, sagte sie, trank einen Schluck und sah von einem zum anderen.

»In welcher Beziehung standen Sie zu Georg Steinfels, Bernd Wieland und Karl-Heinz Karras?«

Für einen Moment hatte Hanna das Gefühl, die Brüder seien erstarrt. Der Anwalt fing sich zuerst. »Wir sind zusammen zur Schule gegangen. Jedenfalls zeitweise. Mit Steinfels bis zum Abitur.«

»Ist das alles?« Sie richtete die Frage an Roland Altenburg, dem die Farbe aus dem Gesicht gewichen war. Er nickte stumm und schenkte sich einen Cognac ein.

»Ist das alles?«, wiederholte Hanna.

»Ich verstehe die Frage nicht«, meldete sich Christoph Altenburg zu Wort. »Was haben Ihre Ermittlungen mit unseren Jugendbekanntschaften zu tun?«

»Wenn ich mich nicht irre, wissen Sie das bereits, Herr Rechtsanwalt. Aber bitte, ich will Ihnen gern helfen, ein paar Erinnerungen aufzufrischen. Sie alle – also Sie beide und die drei genannten Herren – waren neunzehnhundertsiebzig Zeugen in einem Mordprozess gegen einen gewissen Siegfried Mattuschek. Ich habe mir die Akte angesehen und muss Ihnen sagen, dass es einige Ungereimtheiten gegeben hat. So ist beispielsweise Ihr Herr Vater als Vertreter der Nebenklage aufgetreten und hat gleichzeitig Sie und Ihre Freunde beraten.«

»Diese alte Geschichte.« Roland Altenburg machte eine wegwerfende Handbewegung. »Das ist doch längst ...«

»Verjährt, meinen Sie? Verjährung ist in diesem Zusammenhang ein unpassender Begriff. Es sei denn, man unterstellt ... aber lassen wir das. Es gibt schließlich ein Urteil, der Verurteilte hat seine Strafe abgesessen, und damit wäre dann alles in Ordnung. Nicht wahr, das wollten Sie sagen. Aber er gibt eine weitere Ungereimtheit. Wir haben herausgefunden, dass mindestens einer der Zeugen – die übrigens alle gleich lautende Aussagen gemacht haben – mit einer bedeutenden Summe bedacht worden ist. Ihr Vater hat dieses der unbedarften Mutter gegenüber als Zeugengeld bezeichnet. Die Strafprozessordnung sieht zwar Kostenerstattungen vor, aber nicht die Zahlung von Belohnungen für bestimmte Aussagen. Wenn es der Staat nicht war, muss jemand anderes den Zeugen bezahlt haben.«

»Das ist eine ungeheure Unterstellung«, brauste Christoph Altenburg auf. »Im Übrigen halte ich diese Unterredung jetzt für beendet. Wir haben nicht die Absicht, mit Ihnen über ein weit zurückliegendes Verfahren zu diskutieren, das mit einem rechtsgültigen Urteil abgeschlossen wurde.«

»Wie Sie wollen«, antwortete Hanna Wolf und erhob sich. »Ich wollte auch nur andeuten, dass nach einer unserer Theorien gewisse Unfälle der jüngsten Zeit ihren Ursprung in jenem Prozess haben könnten. Die Zusammenhänge muss ich Ihnen nicht erklären. Aber wenn Sie mir folgen können, und vielleicht sogar befürchten, was ich befürchte, ist die Serie der Unglücke und Todesfälle noch nicht zu Ende. Lassen Sie mich wissen, wenn Sie Ihren Verdacht mit mir teilen wollen. Vielleicht führen uns Ihre Hinweise rasch zum Täter. Ohne Ihre Hilfe ermitteln wir zwar auch, aber es könnte länger dauern, bis wir zu konkreten Ergebnissen kommen. In der Zwischenzeit könnte, wie gesagt, die Serie mysteriöser Todesfälle weitergehen. Guten Abend, meine Herren. Vielen Dank, ich finde allein hinaus.«

An der Tür drehte Hanna sich noch einmal um. »Übrigens – Sie wissen sicher noch nicht, dass Karl-Heinz Karras tot ist. Eindeutig kein Unfall.«

Roland Altenburg verschluckte sich am Cognac und bekam einen Hustenanfall. Sein Bruder reagierte nicht. Aber das Gesicht des Anwalts war wie versteinert.

Nachdem die Besucherin gegangen war, herrschte Schweigen zwischen den Brüdern. Hin und wieder räusperte sich Roland Altenburg und trank einen Schluck. Sein Bruder starrte düster vor sich hin.

»Wir müssen zu einer Entscheidung kommen«, sagte er schließlich. »Diese Frau bringt es fertig und zerrt die alte Geschichte ans Tageslicht. Wenn dann womöglich die Presse ... Nicht auszudenken.«

»Das musst du verhindern, du bist schließlich der Anwalt.«

»Anwalt! Anwalt! Was soll ich deiner Meinung nach tun? Sie hat das Recht auf ihrer Seite. Wenn niemand sie hindert, wird sie ...«

»Dann hindere sie. Wie auch immer. Du wirst doch die passenden Leute kennen, die gegen eine entsprechende ...«

»Du redest dummes Zeug, Roland. Wahrscheinlich hast du zu viele Cognacs intus. Aber in einem Punkt hast du Recht: Ich werde mich um die Sache kümmern. Und du hältst dich raus.«

»Einverstanden. Sowieso besser, wenn du dich kümmerst. War ja schon immer so. Und jetzt trinken wir noch einen. Was mich nur wundert – dass Vater damals alle seine Prinzipien hat sausen lassen.« Der Abgeordnete schob seinem Bruder einen Cognac über den Tisch und hob sein Glas. »Prost! Das hat er jedenfalls nicht für mich getan. Das hat er für dich getan, Bruderherz. Und für die Kanzlei. Stand ja schon von Geburt an fest, dass du in seine Fußtapf – Fuß... – Fußstapfen treten würdest.«

»Ich muss noch fahren.« Christoph Altenburg ließ das Glas unberührt und erhob sich. »Wir unterhalten uns weiter, wenn du wieder klar im Kopf bist. Gute Nacht.«

Roland Altenburg kippte einen weiteren Cognac. Doch sein benebeltes Hirn verweigerte ihm die Gefolgschaft. Statt die Schemen der Vergangenheit zurückzudrängen, schob es längst vergessene Bilder ins Bewusstsein. Bilder, in denen fünf Jungen vom Bühl herab eilten, am Dorfeingang in einen Heuschober krochen, dicht beieinander hockten und gegen die Angst ankämpften.

»Passt auf«, flüsterte Chris. »Wir müssen jetzt zusammenhalten. Wenn uns jemand fragt – er war zuletzt mit Hannelore allein. Als wir zusammen abgehauen sind, ist er noch mal zurück, um sie flach zu legen. Ob sie sich gewehrt hat, wissen wir nicht. Habt ihr das kapiert?«

Georg, Bernd und Rolli nickten stumm. Kalle sprach aus, was alle dachten: »Und wenn Siggi was erzählt?«

»Der erzählt nix. Und wenn, stehen unsere Aussagen gegen seine. Und wir sind vier.«

»Aber was ist mit Hannelore? Hannelore weiß doch, was wir ...

»Die erzählt auch nix.« Georg schüttelte den Kopf. »Die ist im ganzen Dorf unten durch, wenn bekannt wird, dass sie mit fünf Jungen gleichzeitig ...«

»Aber sie hat doch gar nicht ... Wir haben doch ...« Rollis Stimme ließ unterdrückte Panik erkennen.

»Halt die Schnauze«, fuhr sein Bruder ihn an. »Und fang bloß nicht an zu spinnen. Erst mal warten wir ab. Vielleicht passiert ja gar nichts. Und wenn doch, wird mein Vater schon dafür sorgen ...«

»Aber Vater würde nie ...«, warf Rolli ein.

»Klar würde er uns helfen, wenn es nötig wäre. Aber das verstehst du nicht. Also tu einfach, was ich dir sage. Und das gilt auch für die anderen. Noch Fragen?«

Die Jungen schüttelten die Köpfe.

»Gut, dann geht jetzt alle nach Hause. Auf getrennten Wegen.«

Roland Altenburg schreckte auf. Fast wäre er – aus dem Tagtraum in einen Alptraum hinüber gleitend – vom Sofa gerutscht. Das Glas lag auf dem Boden, seinen Inhalt hatte der Teppich aufgesogen. Wütend starrte der Abgeordnete auf den dunklen Fleck. Er hasste jede Form von Unordnung und Schmutz.

Lappen, Wasser, ein saugfähiges Tuch, vielleicht Gallseife. Ines nimmt immer Gallseife. Ich muss ... Ines. Mattuschek, das Schwein. Er hat sie auf dem Gewissen. Und den Jungen. Und Georg und Bernd. Und jetzt auch noch Kalle. Ich ... wir ... Christoph muss was unternehmen. Man kann das doch nicht laufen lassen. Wenn Heinz erfährt ... Verfluchte Scheiße, warum geht plötzlich alles schief?

Ächzend richtete sich Altenburg auf. Unschlüssig wanderte sein Blick zwischen Teppich und Cognac hin und her. Schließlich griff er zur Flasche und ließ sich zurück in die Polster sinken. Der Fleck war sein geringstes Problem.

*

Nina zog den Mantelkragen enger, als ihr feuchte Herbstkälte entgegenschlug, und atmete tief durch. Sie hatte mehr getrunken als sie vertrug. Jetzt versetzte ihr die frische Luft einen Schlag. Im Casa Colombiana war ihr warm gewesen. Äußerlich und innerlich. Das Gespräch mit dem Zeitungsmann war schwierig gewesen und hatte wesentlich länger gedauert als geplant. Aber letztlich doch ein Erfolg. Und aufschlussreich. Sie konnte zufrieden sein.

Im Grunde ist er auf unserer Seite. Aber schreiben muss er, was zur vorgegebenen Linie des Verlages passt. Ein bisschen kritisch darf er sein. Nur nicht fundamental. Im Grunde ein trauriger Job. Von wegen Meinungs- und Pressefreiheit.

Was ihr der Journalist unter vier Augen anvertraut hatte, war einerseits deprimierend gewesen, andererseits hatte sie vielleicht einen stillen Verbündeten gewonnen, der ihr die eine oder andere Information zukommen lassen würde, bevor die Zeitung sie verwendete. Schade, dass sie den anderen davon nichts erzählen konnte. Absolute Verschwiegenheit war Bedingung für ihr persönliches Abkommen.

Mal sehen, was dabei herauskommt.

Nina kicherte. Der Mann war sichtlich beeindruckt gewesen. Seine verstohlenen Blicke waren ihr nicht entgangen. Hatte sie unbewusst ihre Weiblichkeit für die Ziele der Bürgerinitiative eingesetzt?

Wenn das Hanna wüsste.

Komisch eigentlich. Mama hat in dieser Hinsicht weniger Skrupel als ich.

Nina benutzte trotz der späten Stunde die Unterführung, um die gegenüberliegende Seite der Fünffensterstraße zu ereichen.

Erst als ihre Schritte von den gekachelten Wänden des Tunnels hallten, wurde ihr bewusst, dass sie weit und breit der einzige Mensch war, der zu Fuß unterwegs war. Sie beschleunigte ihren Schritt. Plötzlich starrte ihr ein gespenstisches Gesicht entgegen. Fast hätte sie einen Schrei ausgestoßen. Sie schlug eine Hand vor den Mund, als sie bemerkte, wessen Augen sie ansahen.

Mann, bin ich blöd.

Nils Petter Molvar. Von einer Plakatwand. On Tour. Am elften November in der Outpost in Göttingen. Rasch glitt ihr Blick über die anderen Plakate. Außer dem düsteren Foto nichts Erschreckendes. »Wir sehen uns im Auestadion«, behauptete eine Ankündigung des KSV Hessen Kassel. Und in der Stadthalle Baunatal gab es demnächst »A Tribute to Buddy Holly«.

Das ist was für Hanna. Muss ich mir merken.

Nina eilte weiter den dämmerigen Gang entlang.

Am Treppenaufgang zur Fünffensterstraße kam ihr eine alte Frau entgegen.

Die Oma sollte hier nicht mehr alleine 'rumlaufen. Ich zwar auch nicht, aber das ist doch noch was anderes. Und geradeaus gehen kann sie auch nicht mehr. Scheiße, die rennt mich doch glatt um. Was will die Alte?

»Hey, lass mich ...«

Bevor Ninas Stimme anschwellen konnte, erstickte ein eiserner Griff um ihre Kehle jeden Laut. Ekelerregender Geruch drang in ihre Nase, biss sich in die Atemwege und raubte ihr den Atem. In der gleichen Sekunde, in der ihre Beine nachgaben, verlor Nina das Bewusstsein.

*

Regen peitschte gegen die beschlagenen Fenster des Präsidiums. Hanna hatte die Heizung höher gedreht, um die Kälte aus ihren Gliedern und die Feuchtigkeit aus den Kleidern zu vertreiben. Trotz Schirm und Regenmantel waren Wind und Regen bis auf ihre Haut gedrungen. Vor ihr dampfte frischer Kaffee aus dem Becher, und Isabellas selbstgebackene Hörnchen verströmten einen verführerischen Duft. Die Hauptkommissarin empfand Dankbarkeit für die Fürsorge ihrer Mitarbeiterin. Sie hoffte, mit dem Kaffee die Kopfschmerzen vertreiben zu können, die sich während der Nacht festgesetzt hatten.

Von einer Seite auf die andere hatte sie sich gewälzt und sich verflucht, weil sie auch nach zwanzig oder mehr Berufsjahren die Bilder des aktuellen Falles nicht abschalten konnte.

Eine junge Frau in Ninas Alter. Sechs Jungen. Nacht. Sie schreit, einige der Jungen halten sie fest, werfen sie zu Boden. Später liegt sie auf der Wiese. Unbekleidet. Am Morgen entdeckt der Bademeister den leblosen Körper. Zu spät.

Auch das Gespräch in der Altenburg-Villa war ihr wieder und wieder durch den Kopf gegangen. Trotz seiner äußeren Gelassenheit war dem Anwalt die innere Unruhe anzumerken gewesen. Sein Bruder war völlig von der Rolle gewesen. Kein Wunder. Nicht nur wegen Ines Oesterheldt. Wahrscheinlich sah er alle seine Felle davonschwimmen, falls diese alte Geschichte aufgerührt würde. Zwar war Hanna selbstsicher aufgetreten, aber der Schlüssel fehlte ihr noch immer. Genauer: die Schlüsselfigur. Sie mussten diesen Mattuschek finden. Sonst würde der Fall zu den Akten gelegt. Ober-Wenzel lauerte bestimmt schon auf das Ende der Frist.

Und noch etwas beunruhigte Hanna.

Nina war nicht nach Hause gekommen.

Mach dich nicht verrückt. Ist schließlich nicht das erste Mal. Aber sonst hat sie immer angerufen. Na ja, immer auch nicht. Aber meistens. Verdammt, endet das denn nie? Immer die Sorge um das Kind. Dabei ist sie erwachsen. Trifft ihre eigenen Entscheidungen. Und das ist auch gut so. Andererseits ... so jung ...

»Möchtest du noch Kaffee?« Isabella erschien in Hannas Gesichtsfeld.

Sie nickte.

»Isabella«, murmelte sie, »du bist wirklich ein Schatz. Verwöhnst uns wie eine Mutter. Danke.« Die junge Frau hob die Schultern. »Einer muss ja auf euch aufpassen. Im übrigen steht noch eine Einladung ins La Frasca aus. Wenn ihr nicht bald mal Zeit findet, suche ich mir andere Begleiter.«

Hanna schob ein Hörnchen in den Mund und nickte. »Einen Abend mit Prosecco und Chianti classico zu Antipasti misti und Piccata vom Zanderfilet ... kann ich mir lebhaft vorstellen. Sobald wir diese Mordserie aufgeklärt haben, verabreden wir uns, Isabella. Versprochen. Ich habe richtig Lust auf einen unbeschwerten Abend mit gutem Essen.«

»Glaubst du daran? Ich meine, dass wir ... dass ihr den Täter findet?«

»Vielleicht täusche ich mich. Aber ich habe das Gefühl, dass wir ganz dicht dran sind. Wenn Florian diesen Mattuschek ...«

»Und was ist mit dem Vergewaltiger?«

Hanna schüttelte unwillig den Kopf. »Den kriegen wir früher oder später auch. Wahrscheinlich später. Aber das ist dann Kleinarbeit, Routine, Labortätigkeit und ein bisschen Glück. Dazu müssen wir uns nicht die Abende und Nächte um die Ohren schlagen.«

Hanna sah in zwei erschreckte Augen. Plötzlich wurde ihr klar, dass Isabella ein potenzielles Opfer des Würgers war.

Scheiße. Und ich rede von Routine. Das arme Mädchen muss annehmen, wir hielten die Suche nach dem Vergewaltiger für weniger wichtig.

»Isabella«, sagte sie rasch, »so war das nicht gemeint. Wir tun wirklich alles, was in unserer Macht steht. Mehr geht im Augenblick wirklich nicht.«

»Was geht im Augenblick nicht?«

Florian Stöber stand in der Tür und schüttelte das Wasser von seiner Jacke.

»Schön, dass du da bist, Florian. Guten Morgen. Setz dich und trink einen Kaffee mit uns. Und erzähl uns, was ihr im Krankenhaus herausbekommen habt. Und lass deine Jacke draußen. «

»Die Vernehmung des Personals hat nichts ergeben. Keiner hat etwas gesehen oder bemerkt. Alle waren beschäftigt.«

Stöber warf die Jacke über einen Kleiderhaken und ließ sich auf seinen Stuhl fallen.

»Einen der Pfleger konnten wir nicht befragen, weil er nach seiner letzten Schicht in Urlaub gefahren ist. War aber langfristig geplant. Von seinen Kollegen hält es niemand für möglich, dass er etwas beobachtet haben könnte, ohne Alarm zu schlagen.«

»Danke, Florian, dass du dich darum gekümmert hast. Bleib trotzdem an dem Pfleger dran. Spätestens bei seiner Rückkehr will ich dessen Aussage. Schließlich muss jemand unbefugt auf der Station gewesen sein.«

»Unser Mann hat auch niemanden gesehen. Nur Krankenhauspersonal.«

Hanna schnaufte. »Wahrscheinlich hat der Kollege geschlafen.«

»Oder jemand hat sich als Arzt verkleidet. Dann hätte keiner von uns ...«

»Ein Arzt, den noch niemand zuvor dort gesehen hat? Auf einer Intensivstation?«

Florian zuckte mit den Schultern. »Ich find's ja auch unvorstellbar. Aber irgendwie muss der Täter ja ...«

»Oder die Täterin ...«

Routinemäßig hatte Hanna Florians Satz ergänzt. Doch während sie die drei Worte aussprach, blitzte ein Gedanke auf, der sie stocken ließ. Wenn Karras nicht in die Reihe derer gehörte, die ein Ereignis der Vergangenheit auf eine Todesliste gebracht hatte, wenn er zwar zu der Gruppe um die Altenburg-Brüder zu rechnen, aber aus ganz anderen Motiven ermordet worden war ... Plötzlich kreisten Bilder in Schwindel erregender Folge vor ihrem inneren Auge. Karras, der Frauenheld, der nie eine feste Beziehung und ein Verfahren wegen sexueller Belästigung am Hals gehabt hatte. Karras, über den immer wieder Gerüchte im Präsidium kursierten.

Karras, der sich Charly nennt.

Charly. Der teure Boxershorts trägt. Der in einer schwülen Nacht aus einem Zimmer flieht, weil eine Frau die Initiative ergreift. Die Frau ist sie.

War eine junge Frau wie sie in der Lage ...?

Jeder ist in der Lage. Liebe, Hass, Eifersucht, Geldgier. Wenn einer der Antriebe nur stark genug ist, kann jeder ...

»Hanna? Hanna, hörst du mich?«

Florian Stöber bewegte die Hand vor den Augen seiner Chefin.

Hanna fuhr auf. »Wir brauchen eine DNA-Analyse von Karras. Sofort.«

»Was?«, kam es aus zwei Mündern gleichzeitig.

»Ihr habt es gehört. Ich will eine DNA-Analyse von Karras. So schnell wie möglich. Für einen Vergleich mit den Spermaspuren von der Frauenleiche. Wir konnten die DNA seinerzeit keinem unserer registrierten Kunden zuordnen.«

»Willst du damit sagen, dass Karras ...« Fassungslos starrte Stöber seine Chefin an.

»Ich will gar nichts sagen«, unterbrach sie ihn. »Nur eine Möglichkeit überprüfen – und eine vielleicht falsche Theorie ausschließen. Wie wir das ja oft genug machen. Wir müssen jede noch so vage Spur verfolgen. Isabella hat zu Recht gefragt, ob wir den Fall weniger wichtig nehmen als die Mordserie. Auf geht's. Trink deinen Kaffee aus und mach dich an die Arbeit. Nein, warte, um die DNA kümmere ich mich selbst. Du suchst weiter nach diesem Mattuschek. Ich will, dass du ihn auftreibst. Der Mann ist eine Schlüsselfigur, vielleicht sogar mehr. Setz alle Hebel in Bewegung, notfalls stehe ich für jede deiner Maßnahmen gerade.«

Stöber lächelte etwas schief. »Auch für eine Dienstreise nach Bennenborn?«

»Wenn's nicht gerade in Bayern liegt. Wie kommst du darauf? Und wo ist das überhaupt? Hab' ich noch nie gehört.«

Hannas Assistent strahlte. »Ich habe schon mal ein bisschen recherchiert. Bennenborn ist ein kleiner Ort im Rothaargebirge. Also nicht allzu weit von hier. Von einer Nachbarin der Frau Mattuschek weiß ich, dass sie früher regelmäßig dorthin zur Sommerfrische, wie sie sich ausdrückte, gefahren ist. Vielleicht gibt es in dem Ort jemanden, der etwas über den Sohn weiß. Hier hat er sich vor einem halben Jahr abgemeldet. Laut Melderegister nach eben jenem Bennenborn, wo er sich aber nicht angemeldet hat. Oder er hat dort einen andern Namen benutzt und einen falschen Ausweis vorgelegt. Jedenfalls spricht einiges dafür, dass er sich dorthin begeben hat, denn außer Kassel und Knast hat der nicht viel von der Welt gesehen. Laut Nachbarin hat er Kassel nie verlassen. Und der Anstaltsleiter ...«

»Alle Achtung.« Hauptkommissarin Wolf nickte anerkennend. »Mit dem hast du auch schon gesprochen? Gut gemacht. Wusste der noch mehr über unseren Mann?«

Florian zog sein Notizbuch aus der Tasche.

»Mattuschek galt als introvertiert und kontaktarm. Extrem ordnungsliebend und reinlich. Ist in der Haft nicht auffällig geworden. Außer durch seinen Sauberkeitsfimmel. Und durch Schnitzereien. Hat für Personal und Insassen kleine Tierfiguren geschnitzt. Bis zur Verurteilung hat er bei seiner Mutter gelebt. Nach Verbüßung der Strafe ist er wieder zu ihr gezogen.«

»Und was ist mit dem Vater?«

»Gestorben, als der Sohn vier oder fünf Jahre alt war. Arbeitsunfall. Bei Henschel.«

»Hast du die Vornamen der Eltern?«

Stöber nickte. »Du glaubst es nicht. Er hieß Friedhelm, und sie heißt Sieglinde.«

»Was ist daran so ungewöhnlich. In der Generation ... Oh nein! Sie haben ihren Sohn Siegfried genannt ... Ich glaub's wirklich nicht. Leute gibt's ...«

Hanna schüttelte den Kopf. »Na gut, Florian. Dann mach dich jetzt mal auf den Weg.«

28

»Post für dich, Hanna. Ist zwar ohne Absender, die Kollegen meinten aber, es könnte nicht gefährlich sein. Zu klein und zu leicht. Trotzdem solltest du vorsichtig sein.« Isabella Rodriguez legte das kleine Päckchen vorsichtig auf Hannas Schreibtisch ab und beäugte es misstrauisch. »Willst du es auspacken?«

Hauptkommissarin Wolf lachte. »So wie du guckst, ist da eine Bombe drin. Sollte ich es lieber aus dem Fenster werfen?«

»Du nimmst mich auf den Arm. Aber man weiß doch nie ...«

»Keine Angst, Isabella. Wenn die Kollegen von der Poststelle keine Bedenken haben ...«

Hanna riss das sorgfältig verklebte Packpapier auf. In dem Karton, der darunter zum Vorschein kam, befand sich Holzwolle, darunter eine Schachtel, kaum größer als eine Zigarettenpackung.

Hanna hob den Deckel ab.

Hinter ihr stieß Isabella einen kleinen Schrei aus.

»Das ist ja ein Sarg«, murmelte sie schließlich kopfschüttelnd. »Igitt, wie geschmacklos.«

»Abwarten«, entgegnete die Hauptkommissarin. »Bestimmt steckt da was drin.« Sie öffnete den Deckel des winzigen Sarges. Darunter kam der fein geschnitzte Körper einer Frau zum Vorschein. Ihr Schöpfer hatte die Geschlechtsmerkmale betont und der Figur blauschwarze Haare angeklebt. Dem Gesicht der Miniatur fehlten die Augen.

»Weibliche Leiche«, konstatierte Hanna Wolf im Tonfall eines Protokoll-Diktates, »sehr jung, vermutlich unter zwanzig. Äußerlich unversehrt, aber zweifelsfrei tot. Zum Glück fallen Leichen dieser Art nicht in unseren Zuständigkeitsbereich.«

»Sieh mal, auf dem Sarg steht ein Name. Bestimmt hat das was zu bedeuten.«

Hanna hob den kleinen Sargdeckel in Augenhöhe. »Das ist kein Name, Isabella, das sind Initialen. Komm, schreib mal auf.« Sie buchstabierte: » R. A., C. A., K. H. K., G. S., B. W.«

»Das sind doch die Anfangsbuchstaben dieser Männer, die ...«

»Du sagst es, Isabella. Jemand will uns mit der Nase auf eine Spur stoßen. Auf eine Spur, die wir längst haben. Aber das kann dieser Jemand nicht wissen.«

»Aber wer kann das sein?« Isabellas dunkle Augen sahen Hanna bekümmert an.

»Ich glaube, ich weiß, wer uns da einen Tipp geben will. Und der Tipp ist gar nicht so schlecht. Leider hat der Absender selber Dreck am Stecken.«

»Du meinst ...?«

»Genau.« Hanna nickte. »Ruf Stöber an. Er soll sich sofort melden, wenn er in diesem Bennenborn – oder wie das heißt – angekommen ist. Und er soll vorsichtig sein. Wahrscheinlich ist er dem Gesuchten näher als beide ahnen.«

In dieser Sekunde piepte ihr Handy.

»Da ist er schon«, lachte Isabella. Wenn man vom Teufel spricht ...«

Aber es war nicht Stöber. Es war auch kein Anruf. Es war eine SMS. Sie kam von Nina.

Endlich.

ES GEHT MIR GUT. TUT WAS SIE SAGT. SIE WILL EINE ÖFFENTLICHE ERKÄRUNG. DAS GERICHT SOLL DEN PROZESS NEU AUFROLLEN. IHR SOHN HAT HANNELORE NICHT GETÖTET.

Sie fühlte den Schwindel kommen, krallte die Finger um die Schreibtischkante und atmete heftig. Der Raum begann sich zu drehen, dann stürzten die Fenster auf sie zu.

Hannas Handy polterte zu Boden.

Isabella schrie auf, als sie ihre Chefin ansah.

Doch Hanna hatte sich schon wieder gefangen.

»Mach mal bitte das Fenster auf«, presste sie hervor. »Ich brauche frische Luft.«

*

Bennenborn lag in der Talsohle zwischen zwei lang gestreckten Höhenzügen. Niedrige, aber schmucke Häuser säumten die Dorfstraße, die sich schmal und kurvenreich neben der Benne entlang schlängelte. Die Hauptstraße endete an einem Platz, der neben der Kirche und einem Rathaus einer Handvoll Geschäfte Raum bot. Stöber entdeckte schließlich die Pfarrei und erfuhr von einem misstrauischen Küster, dass der Friedhof an der Kirche schon seit Jahrzehnten keine Grabstellen mehr bot und darum außerhalb des Dorfes, auf einem kleinen Hochplateau, ein neuer Friedhof angelegt worden sei.

Ja, die Frau Mattuschek sei ihm bekannt. Es gebe einige Gäste, die regelmäßig zur Erholung nach Bennenborn kämen. Wegen der guten Luft. Und wegen der Ruhe. Kein Durchgangsverkehr. Natürlich nur ältere Leute. Junge kämen nicht nach Bennenborn. Und die hier geborenen verließen das Dorf, sobald sie konnten.

»Frau Mattuschek kommt jedes Jahr. Sie wohnt immer bei der Witwe Wingershaus.«

Nein, den Sohn habe er nie gesehen. Aber es habe eine weltliche Beisetzung gegeben. Ein Urnengrab. So wie der Küster es aussprach, drückte er sein ganzes Unverständnis aus. »Keine richtige Beerdigung.« Er schüttelte den Kopf bei diesem offenbar befremdlichen Gedanken.

»Und ohne unseren Herrn Pfarrer«, fügte er hinzu, als Stöber ihn ob seines Gesichtsausdruckes fragend ansah.

»Sie wissen also nicht, ob dort die Asche des Herrn Mattuschek beigesetzt worden ist?«

Der Küster schüttelte erneut den Kopf.

»Nee, junger Mann, das war nicht unsere Sache. Fragen Sie im Rathaus. Die müssen ja wissen ...«

Stöber verabschiedete sich freundlich. »Danke bestens«, sagte er, »ich werde Ihren Rat befolgen.«

Im Rathaus musste er seinen Dienstausweis vorlegen, aber auch dann dauerte es eine Weile, bis die junge Angestellte – nach telefonischer Rückfrage beim Bürgermeister, der sich auf Dienstreise in die Kreisstadt befand – widerwillig begann, im Sterberegister des zurückliegenden Jahres den Namen Mattuschek zu suchen. Offenbar hatte sie nicht bemerkt, dass der Kriminalbeamte aus einem anderen Bundesland kam – oder sie wusste nicht, dass er in Nordrhein-Westfalen keine eigenen Ermittlungen durchführen durfte. Jedenfalls hatte sie ihrem Chef gegenüber nichts dergleichen erwähnt. Fehlende Kenntnisse konnten also auch nützlich sein. Sichtlich verwirrt kehrte die Angestellte zu Stöber zurück.

»Ich kann nichts finden.«

»Keine Eintragung?« Stöber zweifelte.

Ist die jetzt blöd oder stellt sie sich nur dumm?

»Wie ist das möglich? Der Küster hat mir erzählt ... Wie bitte?«

Mit gesenktem Kopf hatte die junge Frau etwas geflüstert.

»Es fehlt eine Seite«, wiederholte sie. »Im Sterberegister fehlt ein Blatt.«

Plötzlich ahnte Stöber, was in der jungen Frau vorging. Wahrscheinlich rechnete sie damit, für den fehlenden Eintrag verantwortlich gemacht zu werden.

»Machen Sie sich deshalb keine Sorgen«, sagte er rasch. »Ich sehe mir das Grab an Ort und Stelle an. Von mir erfährt niemand was. Auf Wiedersehen. Und noch einen schönen Tag.« Sein Gegenüber lächelte dankbar. Als Stöber die tränenfeuchten Augen sah, tat ihm das Mädchen Leid. Aber zu weiteren tröstenden Bemerkungen fehlte ihm die Zeit. Rasch verließ er das Amt und eilte in Richtung des neuen Bennenborner Friedhofs.

Er brauchte nicht lange, um zu finden, was er suchte. Als er sein Handy aus der Tasche zog, um Hanna anzurufen, klingelte es. Das Display verriet ihm, wer dran war.

»Hallo Isabella, gerade wollte ich auch anrufen. Du kannst Hanna sagen, dass ich ihn gefunden habe. Ich stehe vor seinem Grab. Siegfried Mattuschek. Keine weiteren Daten. Aber ... Was? Das ist doch nicht möglich. Ich bin ... ich habe gerade ... Gut, ich komme so schnell wie möglich zurück.«

Florian Stöber rannte.

*

Ihre Zunge war trocken und geschwollen. Auf ihrem Kopf lastete ein dumpfer Druck, der die Ohren rauschen und die Augen tränen ließ. An der Schwelle zum Bewusstsein wurde der Wunsch, nicht aufzuwachen, übermächtig, und sie versuchte, in gnädiger Besinnungslosigkeit zu verharren. Sekundenlang schien es zu gelingen, doch dann würgte ihre Zunge gegen die Klammer, die ihren Kiefer zusammenhielt und sie hinderte, Luft zu holen. Ihre Lippen waren verklebt, ein widerwärtiger Geschmack nistete in ihrem Mund. Nina kämpfte gegen den aufsteigenden Brechreiz. Durch die Nase hechelnd versuchte sie, sich aufzurichten, um das Blut aus dem Kopf zu vertreiben. Doch etwas hinderte sie. Ihre Hände wurden auf dem Rücken festgehalten und ließen sich nicht bewegen.

Langsam kehrte die Erinnerung zurück. Sie war durch den Fußgängertunnel gegangen. Dann war da diese alte Frau gewesen. Der Griff an die Kehle, der Schmerz, die Dunkelheit. Sie zerrte an der Fessel, wollte nach der Uhr sehen, aber der scharfe Stich der einschneidenden Schnur ließ sie sofort wieder aufgeben.

Wo bin ich? Was ist passiert? Wer hat ...? Warum?

Heftig durch die Nase atmend sah sie sich um. Durch ein verdrecktes Lukenfenster fiel schwaches Mondlicht auf verstaubte Kisten, angefressene Kartons und ein paar Mausefallen. In einer klemmte ein regloser Mäusekörper. Sie befand sich auf einem Dachboden.

Plötzlich huschte ein kleines graues Tier an ihren Füßen vorüber. Erschreckt sprang Nina auf. Die Maus verschwand raschelnd in der Dunkelheit. Durch die unkontrollierte Bewegung war der Hocker umgekippt. Zugleich hatte eine unsichtbare Kraft ihre gefesselten Hände in die Höhe gezwungen. Sie musste sich vornüber beugen, um dem Schmerz der hochgerissenen Arme auszuweichen.

Zitternd vor Angst drehte sie den Kopf zur Seite. Aus den Augenwinkeln konnte sie ein Seil erkennen, das von ihren Händen senkrecht nach oben führte und im Gebälk verschwand.

Wer oder was zog an diesem Seil? Angestrengt versuchte sie die Dunkelheit zu durchdringen. Durch die leicht schaukelnde Bewegung entdeckte sie schließlich den Eimer. Einige Meter von ihr entfernt kehrte das Seil aus dem Gebälk zurück. Dort war es mit einem Zinkeimer beschwert, der bis zum Rand mit Steinen gefüllt war.

Jede Bewegung lässt das Seil mit meinen Händen weiter nach oben wandern. Ich habe keine Chance.

Die Erkenntnis füllte ihre Augen mit Tränen.

Später spürte sie die Kälte. Ein nasskalter Luftzug strich über sie hin und ließ sie zittern. Das Dach war nicht isoliert, neben der Luke konnte sie vage die Formen der nackten Ziegel erkennen.

Wie lange soll ich das aushalten? Was will die Alte von mir? Sie muss mich verwechselt haben. Niemand kann für mich Lösegeld zahlen. Mama ... Ob es mit Hannas Arbeit zu tun hat?

Ganz schwach begann eine Hoffnung zu keimen. Wenn die Entführung mit einem von Hannas Fällen zu tun hatte, würde sie kommen und sie befreien. Wo war sie überhaupt? In Kassel? Oder hatte man sie an einen anderen Ort verschleppt?

Wenn ich an mein Handy komme, kann ich Hanna anrufen ... Sie wird nach mir suchen, eine Fahndung veranlassen. Vielleicht kann ich mich auf den Rücken ... Nina zerrte an ihren Fesseln, doch das Gegengewicht hob sich keinen Zentimeter.

*

»In Ihrem eigenen Interesse, Frau Haupt... Frau Wolf. Bitte nehmen Sie doch Vernunft an.« Beschwörend hob Kriminaloberrat Wenzel die Hände. »Der Herr Oberstaatsanwalt meint auch, dass es besser wäre, wenn ...«

»Ich habe es gehört.« Starr sah Hanna an den Männern vorbei in den Novemberregen.

Die kleine Krisenrunde hatte sich in ihrem Büro getroffen, um die Lage zu beraten. Wenzel wollte ihr den Fall entziehen, zumindest vorübergehend. Wenn sie ehrlich war, konnte sie ihn sogar verstehen. Carl war auf ihre Bitte dazugekommen. Dafür war sie ihm dankbar. Mit einem dieser jungen, aalglatten Staatsanwälte hätte sie jetzt nicht diskutieren können.

Irgendwo da draußen ist Nina. Gefangen. Vielleicht geht es ihr schlecht. Und wir reden hier über Zuständigkeiten.

Sie zwang sich, ihre Gesprächspartner anzusehen. Erst Carl von Bredow, dann Wenzel. »Ihre Fürsorge in allen Ehren, meine Herren. Aber es geht um meine Tochter. Und es ist mein Fall. Ich weiß inzwischen, mit wem wir es zu tun haben. Eine gestörte Persönlichkeit mit einem aus ihrer Sicht berechtigten Anliegen. Ich kann mich in sie hineindenken.«

»Sie?« Wenzel starrte Hanna an. »Glauben Sie ...«

»Sie – die Persönlichkeit. Nicht unbedingt die Frau. Es könnte sich um einen Mann handeln. Siegfried Mattuschek. Zwar deuten einige Details – zuletzt die SMS von Ninas Handy – auf eine Frau. Und oberflächlich betrachtet, ist sie – die Mutter unseres Mannes – die handelnde Person. Aber entgegen den äußerlichen Fakten halte ich es für möglich, dass Mattuschek sich dahinter verbirgt. Ich habe eine Botschaft bekommen, die nur von ihm stammen kann. Einen geschnitzten Miniatursarg mit einer weiblichen Figur darin.

Wahrscheinlich hat Stöber mit ihm gesprochen. Und in jenem Urnengrab in Bennenborn befindet sich nicht seine Asche, sondern die seiner Mutter.«

Florian Stöber öffnete den Mund, um zu widersprechen.

Ich habe die Frau mit meinen eigenen Augen gesehen und mit meinen eigenen Ohren gehört. Doch er behielt den Einwurf für sich und bemühte sich um einen gleichmütigen Gesichtsausdruck.

So habe ich Hanna noch nie gesehen. Verletzlich und doch entschlossen. Und hoch konzentriert. Wenn Ober-Wenzel nicht einsieht ... Ob ich mal was sagen soll?

Bevor er sich entscheiden konnte, ergriff der Oberstaatsanwalt das Wort.

»Meine Herren«, sagte er und fügte nach einer kurzen Pause hinzu: »Hanna.« Erneut unterbrach er sich und sah von einem zum anderen. »Bevor wir weitere Zeit verlieren, schlage ich vor, dass Sie, Herr Kriminaloberrat, offiziell die Ermittlungen leiten.« Er hob die Hand, als Hannas Kopf zu ihm herum schoss und sprach weiter. »Dabei geben Sie Frau Wolf freie Hand für alle ihr angemessen erscheinenden Maßnahmen. Seitens der Staatsanwaltschaft sichere ich Ihnen beiden volle Rückendeckung zu.«

Gernot Wenzel wog im Stillen ab. Wenn von Bredow zu seinem Wort stand, und daran war nicht zu zweifeln, ging er kein allzu großes Risiko ein. Zögernd nickte er in Richtung Hanna Wolf, die ihn skeptisch musterte.

»Gut«, bekräftigte er schließlich. »Ich bin einverstanden.«

Hanna bedankte sich nicht.

»Stöber«, sagte sie stattdessen, »ruf die Kollegen zusammen. Wir treffen uns in zwanzig Minuten im kleinen Sitzungssaal zur Einsatzbesprechung. Außerdem brauchen wir Kontakt zu den Kollegen von der Technik. Und gib ihnen die Daten von Ninas Handy. Kann sein, dass Mattuschek es benutzt, um mit uns Kontakt aufzunehmen.«

*

Das Mädchen erinnerte ihn an Hannelore. Obwohl sie blond war. Und dünn. Viel dünner. Wie ein Kind. Hannelore war eine richtige Frau gewesen. Eigentlich ganz anders. Aber die Augen. Angstvoll. Groß und rund und angstvoll. Wie bei Hannelore. Wenn Hannelore nicht gestorben wäre, bräuchte dieses Mädchen nicht zu leiden. Wenn nicht er, sondern die anderen ... Wenn! Zu spät. Er konnte die Zeit nicht zurückdrehen. Nur einen neuen Prozess erzwingen. Ein paar Stunden Gefangenschaft für die Gerechtigkeit waren nicht zuviel verlangt. Vielleicht würde es ganz schnell gehen. In der Tasche des Mädchens hatte er ein Handy gefunden. Die Nummer der Mutter war im Speicher. Telefonieren war zu riskant. Sie konnten feststellen, wo sich ein Mobiltelefon befand. Aber ein paar Sekunden für eine SMS waren kein Problem. Der Zeitraum war zu kurz für eine Lokalisierung. Er sah auf die Uhr und schaltete das Telefon wieder ein. Die PIN hatte das Mädchen verraten, als Mutti ihr versprochen hatte, sie loszubinden. Kleine Notlüge. Eigentlich hätte Mutti die Kontaktaufnahme übernehmen sollen. Sie wäre zur Telefonzelle gegangen. Aber so ging es viel besser.

Nach wenigen Sekunden piepte es. Die Antwort.

WIR GEHEN AUF IHRE FORDERUNGEN EIN. OBERSTAATSANWALT GIBT ERKLÄRUNG AB. SIE BESTIMMEN ZEIT UND ORT. BEDINGUNG: LEBENSZEICHEN VON NINA. HANNA WOLF.

Eine Welle des Triumphes überrollte ihn. Das Ziel war nahe. So schnell. So leicht. Die Buchstaben verschwammen vor seinen Augen. Rasch schaltete er das Handy aus.

Ein Lebenszeichen. Daran hatte er nicht gedacht. Ärger über die Unzulänglichkeit seiner Planung verdrängte das Triumphgefühl. Er brannte darauf, die Sache zu einem Ende zu bringen.

Soll ich Sie telefonieren lassen? Ganz kurz? Oder ist das zu riskant? Oder mit dem Mädchen zur Telefonzelle. Am helllichten Tage? Vielleicht doch lieber mit dem Handy?

Unschlüssig drehte er das Mobiltelefon in den Händen. Plötzlich sah er die Lösung vor sich. Ja, so würde es gehen. Rasch drückte er den Einschaltknopf und formulierte die nächste Nachricht.

LEBENSZEICHEN KOMMT. ERKLÄRUNG MUSS IM RADIO ÜBERTRAGEN WERDEN. HR1. IN DEN 12-UHR-NACHRICHTEN. ALLE NAMEN MÜSSEN GENANNT WERDEN. KEIN POLIZEIEINSATZ.

*

Zwischen Kabeln und elektronischen Geräten, von denen Hanna nur das Tonbandgerät erkannte, war ihr Handy kaum noch zu sehen. Die Kollegen von der Technik hatten rasch und umsichtig gearbeitet.

»So«, sagte einer von ihnen zu Hanna, »Sie können frei sprechen, ohne Ihr Handy zu berühren. Alles wird aufgezeichnet. Auch Nachrichten. Sollte es zu einem Gespräch kommen, werden wir versuchen, die Gegenstelle zu orten.« Er wies auf seinen Kollegen, der mit Kopfhörern vor einem Notebook saß und den Stadtplan von Kassel über den Monitor rollen ließ. Die Arbeit der Techniker hatte eine beruhigende Wirkung auf Hanna. Gelassen und trotzdem zügig hatten die Männer hantiert, sich mit wenigen halblauten Worten verständigt, gelegentlich erklärt, was sie taten, und schließlich ohne Aufhebens die Anlage in Betrieb genommen.

Trotzdem wartete Hanna voller Ungeduld auf das nächste Zeichen des Entführers. Sie wollte, sie musste etwas tun können.

Die Rollen waren verteilt. Stöber war mit einer Gruppe Zivilbeamter zur Holländischen Straße unterwegs. Es war nicht wahrscheinlich, dass Mattuschek von der Wohnung aus operierte, aber sie mussten alle Möglichkeiten in Betracht ziehen. Carl saß in ihrem Büro und telefonierte. Für die öffentliche Erklärung zur Wiederaufnahme des Verfahrens brauchte er die Zustimmung seiner Vorgesetzten. Vielleicht auch des Ministers. Hanna fragte sich, wie er handeln würde, wenn man sie ihm verweigerte. Isabella hing auch am Telefon. Im Hessischen Rundfunk denjenigen zu finden, der eine solche Durchsage ins Programm heben konnte, schien nicht einfach zu sein. Sobald sie ihr Anliegen vorgetragen hatte, wurde sie weiter vermittelt. Kompetenzwirrwar oder Angst vor der Verantwortung?

Ober-Wenzel kümmerte sich um das SEK. Für den Fall der Fälle. Hanna hoffte inständig, dass er nicht eintrat. Nina mit Blendgranaten und Schnellfeuerwaffen aus der Hand des Entführers zu befreien, war das letzte, was sie sich vorstellen mochte. Oft hatten genug dabei Opfer oder Kollegen ihr Leben gelassen. Meist auch der Entführer. Doch was nützte ihr das, wenn Nina ...?

Sie schüttelte den Gedanken ab.

Ich muss mich auf Mattuschek konzentrieren. Auch wenn mir hier so recht keiner glauben mag, dass er der Entführer ist, gerade deshalb, muss ich mich in ihn hineindenken, die Situation mit seinen Augen sehen, seine Schritte vorausahnen und ...

Das Klingeln ihres Handys und Blinkzeichen an den Apparaturen ringsum rissen Hanna aus ihren Gedanken.

»Anruf«, sagte der Techniker neben ihr. »Aus dem Festnetz.« Er nickte ihr zu, als sie ihn fragend ansah, und drückte eine Taste.

»Hanna Wolf.«

Statt einer Antwort vernahm sie ein Rauschen aus dem Lautsprecher. Hanna räusperte sich. »Hallo? Wer ist dort? Bitte sprechen Sie.«

Dann erklang Ninas Stimme. Schwach und weit entfernt. »Hallo Mama, ich bin in Ordnung.« Ein Schluchzen. »Mama, hol mich hier ...« Mit einem Knacken brach die Nachricht ab. Sekunden später wurde die Verbindung beendet und das Besetztzeichen der Telekom ertönte.

Obwohl sie das Gefühl hatte, alle Farbe aus dem Gesicht und den Boden unter den Füßen zu verlieren, zwang sich Hanna zu einem möglichst sachlichen Ton.

»Was meinen Sie«, fragte sie, »was war das?«

Statt einer Antwort gab der Techniker seinem Kollegen ein Zeichen. In der nächsten Sekunde klangen Ninas Worte erneut durch den Raum. Diesmal aus mehreren Lautsprechern und mit höherer Lautstärke.

»Ich tippe auf eine Bandaufnahme. Wahrscheinlich von einem Diktiergerät. Achten Sie jetzt nicht auf die Stimme, sondern auf die Hintergrundgeräusche.«

»Moment«, rief der Kollege mit den Kopfhörern, »ich hebe die Hintergrundfrequenzen an und nehme die Stimme etwas zurück.« Zügig bearbeitete er die Tastatur seines Computers. »So«, sagte er schließlich und lehnte sich zurück.

Diesmal wurden Ninas Worte fast vom Rauschen übertönt. Was sich zuvor wie ein entfernter Wasserfall angehört hatte, klang plötzlich weniger gleichmäßig, einzelne Töne schwollen an, andere ab. Irgendwie erschien Hanna das Klanggemisch vertraut.

»Straßenverkehr.«

Neben ihr nickte der Techniker anerkennend. »Sie haben ein gutes Ohr«, sagte er, »klingt in der Tat nach einer belebten Straße. Aus einer Telefonzelle.«

»Telefonzelle? Das können Sie hören? Mit einem Diktiergerät aus einer Telefonzelle?«

»Nicht absolut sicher. Aber mit sehr hoher Wahrscheinlichkeit.«

So erstaunlich ihr diese Aussage erschien, Hanna glaubte dem Kollegen.

Mattuschek war offenbar raffinierter als sie gedacht hatte. Sie durfte ihn nicht unterschätzen.

Jedenfalls hatte sie das geforderte Lebenszeichen von Nina bekommen. Nun war es an ihr, die Forderung des Entführers zu erfüllen. Sie sah auf die Uhr. Keine dreißig Minuten waren seit der ersten Nachricht des Entführers vergangen. Ihr war es wie eine Ewigkeit erschienen und sie hatte das Gefühl, dass Carl und Isabella längst mit den Ergebnissen ihrer Telefonrecherchen zurück sein mussten. Auch Stöbers Anruf war überfällig.

Carl erschien als erster. Er war blass und wirkte niedergeschlagen. »Sie wollen die öffentliche Erklärung nicht«, sagte er ohne Einleitung. »Wir können dem Entführer alles versprechen, was wir für nötig halten. Nur nicht öffentlich.«

Florian Stöbers Kollegen hatten sich im Treppenhaus verteilt. Nachdem er sich vergewissert hatte, dass jeder auf seinem Posten war, zog er die P 6 und entsicherte sie. Dann legt er einen Finger auf den Klingelknopf. Scheppernd machte sich die Türglocke in der Wohnung bemerkbar. Stöber unterbrach das Geräusch und lauschte. Drinnen rührte sich nichts. Er drückte erneut einige Sekunden lang und horchte anschließend an der Tür. Nichts.

Stöber steckte die Waffe ein.

Dann warten wir auf den Mann mit dem Schlüssel.

Vorsorglich hatte er einen Kollegen losgeschickt, damit dieser nach dem Hausmeister suchte.

Stöber sah auf die Uhr.

Fünf Minuten würde er warten. Wenn niemand kam, der die Wohnung aufschließen konnte, würden sie das Schloss aufbrechen. Er rechnete nicht damit, jemanden anzutreffen. Aber sie mussten jede Möglichkeit prüfen. Und wenn Hannas Theorie stimmte, fanden sie vielleicht Hinweise.

Von unten näherten sich ungleichmäßige Schritte. Langsam und mit Unterbrechungen schlurften sie die Stufen herauf. Der Kollege auf dem Treppenabsatz gab ein Zeichen: Alles in Ordnung. Dann bog eine Greisin in Hut und schwarzem Kleid um die Ecke. Gebeugt, eine altmodische Einkaufstasche in der einen Hand, sich mit der anderen am Handlauf ziehend, schleppte sie sich an Stöber vorbei, ohne von ihm Notiz zu nehmen. Den Impuls, der alten Frau Hilfe anzubieten, unterdrückte er und sah wieder auf die Uhr.

Wenn die Alte in ihrer Wohnung verschwunden ist, brechen wir Matuscheks Tür auf.

Er gab den Kollegen ein Zeichen. Rasch nahmen sie vor der Wohnung Aufstellung.

In diesem Augenblick kamen zwei Männer die Treppe herauf gehastet. Einer war kahlköpfig und trug einen grauen Kittel.

»Können Sie diese Tür öffnen?« Stöber klang ungeduldig.

Atemlos nickte der Mann und hangelte ein Schlüsselbund aus der Tasche.

»Dann los. Nur öffnen. Anschließend treten Sie bitte zurück. Meine Kollegen und ich gehen zuerst hinein.«

»Awer, awer ...«

»Nichts aber. Mein Kollege hat Sie doch sicher aufgeklärt, dass es sich hier um einen Polizeieinsatz ...«

»Jo, jo«, nickte der Hausmeister. »Ich honn ja bloß gedacht. Frau Mattuschek ...«

Stöber wurde aufmerksam. »Was ist mit Frau Mattuschek?«

»Äwen grad do honn ich se je noch gesähn. Die muss doch do sinn. Wunn Se nit erschdemoh bimmeln?«

Wie ein Blitz durchzuckte Stöber die Erkenntnis. »Los aufmachen«, rief er. »Und dann kommen Sie mit mir.« Er hob die Stimme. »Ihr geht ohne mich rein und durchsucht die Wohnung.«

Zwei Stufen auf einmal nehmend, sprang Florian die Treppe hinauf. Ächzend folgte ihm der Hausmeister.

»Gibt es hier einen Speicher?«, rief Stöber über die Schulter. Statt einer Antwort kam nur ein Schnaufen. Als er sich umdrehte, nickte der Mann zustimmend. Er hielt sich am Geländer fest und keuchte.

»Haben Sie einen Schlüssel dafür?«

Stumm durchsuchte der Hausmeister sein Schlüsselbund. Schließlich drückte er ihn Stöber in die Hand. »Der da«, knurrte er unwillig.

Stöber eilte die Stufen hinauf.

Die Treppe endete vor einer eisenbeschlagenen Holztür. Vorsichtig schob er den Schlüssel ins Schloss und drehte ihn langsam. Wider Erwarten blieb das schaurige Quietschen aus, mit dem er gerechnet hatte. Die Tür schwang geräuschlos auf.

Im Halbdunkel erfasste Stöber die Situation zu spät.

*

Nina schwankte zwischen Angst, Wut und Verzweiflung. Arme und Schultern schmerzten. Jede Bewegung löste scharfe Stiche aus, die vom Nacken bis in die Handgelenke drangen.

Lange halte ich das nicht mehr aus. Was will die Alte nur? Warum ich? Wenn sie wenigstens mit mir sprechen würde. Nur böses Gekeife. Ob Hanna die Nachricht inzwischen erhalten hat? Ich bin in Ordnung ... Scheiße, nichts ist in Ordnung. Was will das Miststück?

Inzwischen war es hell geworden, und die Frau war, nachdem sie Nina gezwungen hatte, den Satz in ein Diktaphon zu sprechen, schon seit einer Weile verschwunden.

Plötzlich klappte die Tür des Vorraumes. Kurz darauf vernahm sie einen erstickten Schrei, dann ein Poltern.

Nina versuchte zu schreien. »Hier bin ich, hier ...« Doch kein Laut drang durch ihre verklebten Lippen. Sie stampfte mit dem Fuß auf den Boden.

»Ruhe!«, dröhnte eine Männerstimme.

Erschreckt riss Nina die Augen auf. Mit schnellen Schritten näherte sich ihre Peinigerin, zog sich im Gehen die Perücke vom Kopf und schleuderte sie beiseite. Das Kleid flog kurz darauf in Fetzen hinterher.

Schon war der Mann bei ihr. Eine Mischung aus Parfüm, Puder und Schweißgeruch stieg Nina in die Nase, als er dicht neben sie trat und ein Messer aus dem Gürtel zog.

Sie schrie auf.

»Sei still«, knurrte der Mann, »sonst muss ich dir weh tun.« Mit einem raschen Schnitt trennte er das Seil von Ninas Handgelenken. Er packte ihren Arm und zerrte sie voran. »Beweg dich. Wir machen einen kleinen Ausflug.«

Eilig zog ihr Entführer sie tiefer in den Dachboden hinein. Mit der freien Hand riss Nina die Klebestreifen von ihren Lippen. Hinter einer Holztür öffnete sich ein weiterer Raum. Hier gab es eine größere Dachluke. Darunter eine Leiter.

»Los, da rauf.« Das Messer tanzte vor Ninas Augen. »Zieh den Hebel hoch und mach die Klappe auf.«

Nina gehorchte. Mit zitternden Händen zerrte sie an dem Mechanismus. Nach Sekunden, die ihr wie eine Ewigkeit erschienen, gab der Handgriff nach. Das Fenster schwang auf. Hinter sich hörte sie die Atemzüge des Entführers. Nina kletterte ins Freie.

Ein leichter Schwindel erfasste Hanna Wolf, als sie endlich verstand, was ihr der Kollege aus Stöbers Trupp am Telefon sagen wollte. Sie hatten sie gefunden. Auf dem Dachboden des Hauses in der Holländischen Straße. Aber Nina war noch immer in der Gewalt des Entführers. Der Entführerin, sagte der Kollege am anderen Ende der Leitung. Es sei eine ältere Frau gewesen, der Stöber gefolgt sei. Später hätten sie ihn gefunden. Niedergeschlagen. In jeder Beziehung. Er sei aber schon wieder bei Bewusstsein. Die Frau habe dem jungen Kommissar eine Porzellanbüste auf den Kopf gehauen.

»Jetzt sind sie auf dem Dach.«

»Auf dem Dach? Mein Gott. Unternehmen Sie nichts. Falls Sie Kontakt zum Entführer bekommen, sagen Sie ihm, dass ich komme.«

»Ich fahre mit.« Friedrich Carl von Bredow beeilte sich, mit Hanna Schritt zu halten.

Während sie über die Gänge des Präsidiums zum Fahrstuhl eilten, versuchte Hanna, sich Mattuscheks Situation vorzustellen. Ihm konnte nicht daran gelegen sein, dass Nina etwas zustieß. Alles, was er wollte, war die Zusicherung eines neuen Prozesses um den Tod von Hannelore Seiters. In der Fahrstuhlkabine sah sie von Bredow an.

»Wirst du Mattuschek einen neuen Prozess versprechen?«

»Selbstverständlich. Das ist nicht das Problem. Die Frage ist, ob er meine Erklärung akzeptiert. Und dann ist immer noch offen, ob wir das Versprechen auch halten können. Ohne neue Tatbestände ist ein Wiederaufnahmeverfahren nicht möglich. Das weißt du. Im Übrigen wird Mattuschek nicht viel davon haben. Er wandert wieder hinter Gitter.«

Hanna nickte. »Ich glaube, das ist ihm inzwischen egal. Hauptsache, der Prozess wird neu aufgerollt. In diesem Punkt bin ich seiner Meinung. Und die Tatbestände bekommst du. Aber dafür brauchen wir Mattuschek lebend. Wenn Wenzel das SEK losschickt und einer der Scharfschützen ... Ich darf gar nicht daran denken.«

Verdammt, verdammt. Der Jungbulle hat alles vermasselt. Bald werden sie hier sein. Ich muss es ihnen erklären. Wenn die Kommissarin mir verspricht, die Brüder vor Gericht zu bringen, lasse ich das Mädchen gehen. Und ich lege ein Geständnis ab. Und ich erzähle ihnen alles. Wie es damals wirklich war. Damals, im Freibad am Bühl ...

Hannelore wand sich unter den Griffen der kichernden Jungen. Zwei hielten die Beine, einer die Arme. Die Beine waren gespreizt.

»Los, komm«, rief einer der Jungen, »du als erster.«

Er schüttelte den Kopf und wandte sich ab. Als Hannelore hinter ihm erstickt aufschluchzte und kurz darauf ein rhythmisch klatschendes Geräusch ertönte, hielt er sich die Ohren zu und rannte in die Dunkelheit. Irgendwann fand er sich auf dem Boden liegend, mit tränennassem Gesicht Grasbüschel ausreißend.

Später trieb es ihn zurück.

Rolli und Chris hockten neben dem Mädchen und hielten ihre Arme fest. Kalle saß auf ihr. Mit beiden Händen hatte er Hannelores Hals umfasst. Wie auf Kommando ließen die Jungen plötzlich von ihr ab und rannten fort. Das Mädchen blieb regungslos zurück.

Langsam schlich er näher.

Hannelores Augen waren geschlossen. Die Nacktheit ihres Körpers nahm er nicht mehr wahr, sah nur ihr Gesicht. Streichelte ihre Wange, berührte ihre Haare und flüsterte: »Hannelore, Hannelore ...«

Bis die Erkenntnis in sein Bewusstsein drang.

Verwundert registrierte Nina Tränen auf den Wangen ihres Entführers.

Von der Dachluke führte ein schmales Gitterrost zu dem Kamin, neben dem sie sich auf Geheiß des Mannes nieder gehockt hatte. In ihrem schmerzenden Rücken spürte sie wohltuend und tröstlich die Wärme des Schornsteins. Obwohl Gesicht und Hände dem kalten Wind ausgesetzt waren und dunkle Wolken gelegentlich feine Regentropfen versprühten, empfand sie die Helligkeit des Tages als Befreiung aus dem dunklen Verlies des Dachbodens.

Unterhalb des steil abfallenden Daches rauschte der Straßenverkehr. Die Fußgänger auf der gegenüberliegenden Seite hielten die Köpfe gesenkt oder bewegten sich unter Regenschirmen. Niemand sah zu ihnen herauf.

Da können zwei Menschen mitten in der Stadt auf einem Dach herumklettern, und niemand bemerkt es.

Länger nach unten sehen durfte sie nicht. Dann begann ihr Magen zu revoltieren. Also konzentrierte sie sich auf ihr Gegenüber.

»Was wollen Sie eigentlich erreichen?«, fragte sie unvermittelt. Der Mann sah sie ausdruckslos an. »Das verstehen Sie nicht«, murmelte er. »Später werden Sie es vielleicht verstehen.« Sein Gesicht wirkte plötzlich besorgt. »Ihnen passiert nichts. Bleiben Sie einfach so sitzen. Ich muss mit Ihrer Mutter reden. Und mit dem Staatsanwalt. Und dann wird alles gut.«

Wieder glitzerten Tränen in den Augenwinkeln des Mannes.

Vielleicht ist es der Wind. Einer, der so was macht, kann doch nicht so sensibel sein, dass er heult.

Noch nie war Hanna eine so kurze Strecke so lang vorgekommen. Am Liebsten hätte sie den jungen Fahrer angetrieben, mehr Gas zu geben. Doch der tat sein Bestes. Obwohl sie auf Sirene und Blaulicht verzichtet hatten, um nicht Neugierige oder womöglich Presseleute aufmerksam zu machen, waren sie nach wenigen Minuten am Ziel. Als sie vom Westring in die Holländische Straße einbogen, schlug Hannas Herz bis zum Hals. Kurz darauf stoppte der Wagen. Stöber und zwei seiner Kollegen warteten am Straßenrand.

Stumm wies der Kommissar nach oben. Aber Hanna hatte sie schon entdeckt.

»Wie komme ich da rauf?«, fragte sie.

»Durchs Treppenhaus zum Dachgeschoss. Vom Speicher führt eine Leiter zu einer Luke aufs Dach. Wir haben noch nicht ...«

Hanna rannte los.

»Ruf die Feuerwehr an«, rief sie Stöber über die Schulter zu. »Die sollen sich bereit halten, aber nicht ausrücken, wenn einer anruft und wegen der beiden auf dem Dach Alarm schlägt. Das gäbe nur Panik und unnötiges Aufsehen. Wir holen sie rein.«

Während sie die Stufen hinauf hastete, dachte Hanna kurz daran, wie gut es wäre, wirklich und endgültig mit dem Rauchen aufzuhören. Und für ihre Fitness musste sie auch etwas tun. Doch je näher sie dem Dachboden kam, desto stärker nahm Angst von ihr Besitz. Angst, nicht rechtzeitig anzukommen. Ihre Bronchien rasselten und schmerzten, ihr Atem ging stoßweise und pfeifend. Als sie schließlich unter der Luke stand, musste sie innehalten. Keuchend lehnte sie an der Leiter und versuchte, zu einer halbwegs normalen Atmung zu finden.

»Soll ich zuerst mit ihm sprechen?« Carl von Bredow war ihr gefolgt. Seine Stimme klang wie immer.

Oh Gott, ich kriege keinen Satz heraus.

Hanna schüttelte den Kopf.

Einen Augenblick noch.

Der Oberstaatsanwalt nickte verständnisvoll und wartete. Schließlich gab sich Hanna einen Ruck.

»So«, krächzte sie, »ich gehe jetzt da raus.«

In einem der Dienstfahrzeuge hatte Florian Stöber ein Fernglas entdeckt. Damit beobachtete er die Szene auf dem Dach.

Mattuschek stand auf einem Gitter, dicht neben Nina, die neben einem Kamin hockte. Während der Mann unruhig nach allen Seiten Ausschau hielt, schien Nina ihn zu beobachten. Plötzlich drehte er den Kopf. In der Dachluke erschien der Oberkörper von Hanna Wolf.

Nina machte Anstalten sich zu erheben, sank aber wieder zurück. Mattuschek wandte sich zu Hanna um. Er stand jetzt zwischen Nina und ihrer Mutter, jeweils etwa zwei Meter von den Frauen entfernt. Hanna gestikulierte. Mattuschek verharrte bewegungslos. Hanna redete. Hanna gestikulierte.

Redete.

Mattuschek hörte ihr zu.

Dann schüttelte er plötzlich den Kopf, ging auf Nina zu und packte sie am Ärmel.

Hanna redete, gestikulierte, redete.

Zögernd gab Mattuschek Ninas Arm frei.

Hanna zog sich zurück.

Von Bredow erschien. Ohne jede Gestik sprach er auf den Entführer ein. Der schien etwas zu fragen. Von Bredow nickte, sagte noch ein paar Worte und verschwand wieder in der Luke. Sofort war Hanna wieder da.

Plötzlich schien Mattuschek aus seiner Erstarrung zu erwachen. Er entspannte sich, wies erst auf Nina, dann auf Hanna.

Schließlich kam Bewegung in die Szene. Nina begann sich aufzurichten. Offensichtlich fielen ihr die Bewegungen schwer. Langsam schob sie sich am Kamin in die Höhe, bis sie in leicht gebeugter Haltung stand. Sie schwankte. Stöber biss sich vor Erregung in die Zunge. Langsam, Schritt für Schritt, bewegte sich Nina auf Mattuschek zu. Der hielt ihr seine Hand entgegen, doch Nina schüttelte den Kopf. Vorsichtig schob sie sich an ihm vorbei. Hanna streckte beide Hände nach ihrer Tochter aus. Fast hatte Nina sie erreicht, als sie strauchelte. Ein Fuß trat ins Leere, ihr Körper knickte ein, rutschte zur Seite weg.

Stöber schluckte und schmeckte Blut.

Blitzschnell packte Mattuschek nach dem Mädchen und riss es in die Höhe. Aus der Bewegung heraus stieß er Nina vorwärts. Sie fiel nach vorn und landete mit dem Oberkörper vor der Luke. Hanna packte ihre Tochter und zog sie in die Öffnung. Für Sekunden strampelten Ninas Beine in der Luft, dann verschwanden sie in der Dachluke.

Durch den Stoß war Mattuschek aus dem Gleichgewicht geraten. Er fiel rücklings auf das Gitter, rollte von dem schmalen Rost und rutschte auf die Dachfläche.

Stöber hielt den Atem an.

Mattuschek hing nur noch am Gitterrost, zwei bis drei Meter von der Dachluke entfernt. Wenn er losließ, würde er in die Tiefe stürzen.

Hastig drückte der Kommissar die Tasten seines Handys. »Jetzt könnt ihr kommen«, schrie er ins Mikrofon.

Dann hob er erneut das Glas an die Augen.

Oberstaatsanwalt von Bredow kletterte aus der Dachluke. Langsam, aber stetig kroch er auf Mattuschek zu. Als er ihn erreichte, begann er an seinem Hosenbund zu nesteln. Sekunden später zog er den Gürtel aus der Hose und band ihn um eines von Mattuscheks Handgelenken. Anschließend befestigte er das andere Ende am Gitterrost. Rückwärts kroch er zurück zur Dachluke.

Als er sich ins Innere gleiten ließ, vernahm Stöber das Signal der Feuerwehr. Sekunden später stoppten die roten Einsatzfahrzeuge vor dem Haus.

Die Männer wussten, was sie zu tun hatten.

Nach weniger als drei Minuten hatten sie Mattuschek befreit. Kurz nachdem Hanna und ihre Tochter aus dem Haus getreten waren, führten zwei Kollegen den Entführer ab.

Stöber setzte sich in Bewegung. Trotz Ninas Rettung trieb ihn eine innere Unruhe voran. Schuldgefühle?

Hanna sah ihn kommen und winkte ab. »Wir reden später, Florian. Ich möchte Nina jetzt nach Hause bringen.«

Stöber nickte stumm und sah dem Wagen nach, in den die Frauen gestiegen waren.

29

Mann von Hausdach gerettet. Lebensmüde?

Kassel. Gestern kam es in der Holländischen Straße zu einem koordinierten Einsatz von Polizei und Feuerwehr. Der Aufmerksamkeit eines unbekannten Passanten verdankt ein Mann aus Kassel seine Rettung aus lebensbedrohlicher Lage. Wie die Pressestelle des Polizeipräsidiums mitteilte, war am Vormittag telefonisch ein Hinweis auf eine männliche Person auf dem Dach eines Hauses eingegangen. Innerhalb weniger Minuten waren Einsatzkräfte der Polizei und der Berufsfeuerwehr vor Ort und bargen den möglicherweise Lebensmüden durch eine Ausstiegsluke. Über die Identität des Mannes wollte die Polizei keine Angaben machen.

»Wenn ihr nichts dagegen habt, nehme ich den Artikel jetzt ab.« Ohne eine Antwort abzuwarten, löste Florian Stöber die Zeitungsmeldung von der Pinnwand.

»Ist dir wohl unangenehm«, stichelte Isabella. »Was macht übrigens dein Hinterkopf?«

Stöber warf ihr einen grimmigen Blick zu. »Ich habe einfach keine Lust mehr, an dieses Abenteuer erinnert zu werden. Das ist alles.«

»Florian hat Recht«, warf Hanna Wolf ein. »Es ist an der Zeit, den Fall

Mattuschek abzuhaken. Ohnehin wird der Prozess gegen die Altenburg-Brüder viel interessanter als die Verhandlung gegen Mattuschek. Nachdem er die Anschläge auf Steinfels und Wieland, den jungen Altenburg und Ines Oesterheldt zugegeben hat, ist für ihn die Sache gelaufen. Er wandert wieder in den Knast. Aber was bei dem Verfahren gegen die Altenburgs herauskommt – das wird richtig spannend.«

»Ich find's ja cool«, sagte Stöber, »dass Oberstaatsanwalt von Bredow ein Wiederaufnahmeverfahren durchgesetzt hat. Soll nicht leicht gewesen sein. Die Altenburgs haben offenbar noch immer einflussreiche Freunde.«

Hanna nickte. »Das kann man wohl sagen. Aber jetzt scheinen sie von ihnen abzurücken. Seit Herr von Bredow, mit einigen Leuten unter vier Augen gesprochen hat, sehen die das wohl etwas anders.«

»Wie geht's eigentlich Nina?«, warf Isabella ein. »Kommt sie heute Abend?«

»Es ist erstaunlich, wie gut sie die Geschichte weggesteckt hat. Nina ist voller Energie und Tatendrang. Demnächst startet sie eine Initiative gegen den Caldener Flugplatzausbau in Hann. Münden. Die Südniedersachsen scheinen noch gar nicht zu ahnen, welche Risiken auf sie zukommen können. Natürlich kommt sie. Ich habe ganz vergessen, dir das zu sagen. Und sie freut sich auf's La Frasca. Wir waren schon lange nicht mehr da.«

»Ich freue mich auch. Auf's Essen und auf euch alle.« Isabella knuffte Stöber in die Seite und lachte. »Schau nicht so. Wir lieben dich auch mit Beule.«

»Piccata vom Zanderfilet in Gorgonzolasauce mit gedünsteter Rotweinbirne, Polenta und Mangold – das nehme ich. Und vorher ein Zucchinischaumsüppchen mit frischer Minze.« Hanna klappte die Karte zu und lehnte sich zurück.

»Wolltest du nicht abnehmen?« Nina grinste vieldeutig. »Oder wird dieser Vorsatz vorläufig außer Vollzug gesetzt?«

»Oh«, kicherte Isabella, »Nina hat schon was gelernt. Redet wie ein Rechtsverdreher.«

Hanna machte eine vage Handbewegung. »Ich würde es nicht so nennen, aber es trifft ziemlich genau. Ich finde, wir haben Grund genug zum ...«

»Und ich freue mich«, fiel Isabella ihr ins Wort, »dass ich euch endlich mal im La Frasca an einen Tisch bekommen habe. Außerdienstlich, meine ich. Wo doch meine Einladung schon so lange steht.«

»Für mich gegrillte Lammkoteletts«, diktierte Stöber dem Kellner in den Block, der geduldig wartete, bis die Runde ihre Bestellung aufgegeben haben würde.

»Und als Vorspeise?«, fragte Nina.

»Ich weiß nicht. Wird vielleicht ein bisschen viel. Außerdem möchte ich Isabella nicht ... Sie verdient am wenigsten von uns allen ...«

»Mach dir mal deswegen keinen Kopp«, lachte die Sekretärin. »Erstens habe ich eine reiche Großtante, die ich ab und zu besuche, und außerdem ist es mir wirklich ein Bedürfnis, euch einzuladen. Hanna hat es geschafft, dass ich unbefristet eingestellt bin. Das ist doch was, oder?«

»Also gut.« Stöber schlug die Karte mit den Antipasti auf. »Dann nehme ich die geräucherte Entenbrust.«

Dabei tastete er unwillkürlich nach der Beule auf seinem Hinterkopf.

»Die hast du übrigens redlich verdient.« Isabella wies auf Stöber und grinste. »Wer Schimanski spielen will, muss damit rechnen, dass er eins auf die Rübe kriegt. Mit einem Napoleon aus Porzellan.«

Hanna hob die Hände. »Nun lasst den armen Florian mal in Ruhe. Alles in allem hat er gute Arbeit geleistet. Das war ein Ausrutscher. Weil er Angst um Nina hatte. Und das kann niemand besser verstehen als ich. So, und jetzt solltet ihr euch mal entscheiden. Ich habe nämlich Hunger.«

»Antipasti misti«, riefen Nina und Isabella wie aus einem Munde. »Und Tagliata vom Rinderfilet.«

Nachdem der Kellner die Bestellung aufgenommen und die Getränkewünsche notiert hatte, wandte sich Nina an ihre Mutter.

»Du hast mir noch gar nicht erzählt, was aus der Prozessgeschichte geworden ist. Hat dieser Mattuschek gesponnen? Oder ist an der Sache was dran?«

Hanna zögerte einen Moment, dann nickte sie. »Carl, ich meine Oberstaatsanwalt von Bredow, hat ein Wiederaufnahmeverfahren beantragt. Offenbar mit Erfolg. Und nach allem, was wir wissen, stellt sich der Fall tatsächlich anders dar als das Gericht es damals gesehen hat. Ich weiß nicht, was dabei herauskommt. Aber die Altenburgs sind gesellschaftlich ruiniert. Und damit wohl auch finanziell. Selbst wenn sie nicht verurteilt werden sollten. Allein durch die Berichte über die Vorwürfe werden dem Anwalt die Klienten wegbleiben, und dem Abgeordneten wird die Partei den Stuhl vor die Tür stellen.«

»Der Mann soll ja dem Suff verfallen sein.« Isabella schüttelte mitleidig den Kopf. »Die arme Ines Oesterheldt. Jetzt hat sie den Anschlag überlebt, und dann das. Bestimmt trennt sie sich ...«

Das Gespräch wurde unterbrochen, als der Kellner die Getränke servierte.

Isabella hob ihr Glas. »Schön dass ihr da seid. Zum Wohl.«

»Stimmt es«, fragte Nina, »dass der Fall des ermordeten Polizeibeamten zu den Akten gelegt worden ist?«

Florian Stöber und Hanna Wolf sahen sich an. Schließlich nickte die Hauptkommissarin. »Ja. Wir haben keinerlei konkrete Spuren. Weder Fingerabdrücke an der Tatwaffe noch Spuren im Wagen des Toten. Ich hatte zwar eine Theorie, aber die hat sich nicht bestätigt. Angeblich ist kurz vor dem zweiten Anschlag im Krankenhaus ein Mann auf der Intensivstation gewesen, der sich verdächtig verhalten hat. Ein Pfleger will mit ihm gesprochen haben. Er hat auch eine Beschreibung geliefert. Aber damit konnten wir nichts anfangen. Außerdem ...« Hanna verstummte, weil der Kellner mit den ersten Vorspeisen erschien.

»Außerdem?«, fragte Nina nach.

Hanna zögerte. »Wir sind ja unter uns«, sagte sie schließlich und senkte die Stimme. »Man hat Ober-Wenzel zu verstehen gegeben, dass eine Aufklärung der Umstände, die zum Tod des Kollegen geführt haben, nicht unbedingt erwünscht ist.«

»Nicht erwünscht?«

In ihrer Empörung war Nina laut geworden. »Wo leben wir denn? Das ist ja ...«

»Bitte, Nina, nicht so laut.«

»Ja, aber ...« Sichtlich verwirrt starrte Nina ihre Mutter an. »Kann dir jemand verbieten, ein Tötungsdelikt aufzuklären?«

»Nein, Kind. Nicht wirklich. Wenn wir Beweise hätten ... Aber wir haben keine.«

»Ich versteh's trotzdem nicht. Was sagst du dazu, Florian. Das kann doch nicht ...«

Stöber hob bedauernd die Schultern. »Deine Mutter hat Recht.

Manchmal gibt es übergeordnete Gesichtspunkte ... Und wie sie sagt: Es gibt keine Beweise.«

»Ich glaub' es nicht.« Nina stürzte ihren Wein hinunter und blickte kämpferisch in die Runde.

»Lasst uns jetzt nicht streiten«, warf Isabella ein. »Verderbt mir nicht den Abend. Heute will ich mit euch feiern. Nichts sonst.«

Dankbar hoben Hanna und Florian ihre Gläser. »Komm, Nina, stoß mit uns an. Wir reden später noch mal drüber.«

Nina zögerte. Schließlich lächelte sie. »Na gut. Später.«

Etwa zu der Zeit, als Hanna Wolf im La Frasca mit den jungen Leuten anstieß, klingelte bei Julia Engelhardt das Telefon. Die Nummer auf dem Display konnte sie nicht zuordnen. Offenbar niemand aus ihrem Freundeskreis.

Sie meldete sich.

»Guten Abend«, sagte eine sanfte Stimme mit südhessischem Einschlag. »Wir haben uns vor drei Wochen im Klinikum Kassel kennen gelernt. Ich würde dich gern wieder sehen.«

Epilog

Weil der Angeklagte geständig war, wurde es ein kurzer Prozess. Siegfried Mattuschek erhielt dreimal lebenslänglich wegen Mordes an Georg Steinfels, Bernd Wieland und Christian Altenburg. Die Verurteilung, war in der HNA zu lesen, habe der Angeklagte mit Gleichmut hingenommen.

Dagegen wurde er im neu aufgerollten Verfahren wegen Mordes an Hannelore Seiters freigesprochen. Das Gericht sah die Beweisführung von damals als nicht hinreichend an und übte deutliche Kritik an allen Prozessbeteiligten. Insbesondere seien die Zeugenaussagen offensichtlich abgesprochen und in mindestens einem Fall durch geldliche Zuwendungen erkauft worden.

Mattuschek soll nach Verkündung des Freispruchs den Gerichtssaal mit einem glücklichen Lächeln verlassen haben.

Christian und Roland Altenburg wurden wegen des Mordes an Hannelore Seiters nicht verurteilt. Zwar hielt das Gericht die Darstellung des Siegfried Mattuschek für glaubwürdig, sah aber die Tatbeteiligung der Brüder als nicht zweifelsfrei erwiesen an.

Einige Wochen nach dem Prozess stieß Hauptkommissarin Hanna Wolf auf eine Zeitungsmeldung, die ihr augenblicklich den Fall Mattuschek ins Gedächtnis rief. Im Museum für Sepulkralkultur war eine makabre Entdeckung gemacht worden. Bei der Neuordnung einiger Exponate hatten Museumsmitarbeiter in einem Sarg eine Urne sowie Kleidungsstücke und Toilettenartikel einer älteren Frau gefunden. Wie die Gegenstände in den Sarg gekommen seien, konnte die Museumsleitung nicht erklären.

Weil Hanna sich auszumalen begann, wie die Erklärung wohl auszusehen hätte, übersah sie die kleine Notiz auf der gleichen Seite. Sie hätte sonst lesen können, dass der Abgeordnete Roland Altenburg alle Parteiämter aufgegeben und sein Mandat zurückgegeben hatte. Als sein Nachfolger war ein junger Wirtschaftswissenschaftler aus der GhK benannt worden. Nicht in der Zeitung zu lesen war, dass der Bauunternehmer Bollmann zuvor mit Altenburg gesprochen und anschließend der Parteiführung Dr. Jürgen Ahlborn als Nachfolger vorgeschlagen hatte.

Nina Wolf trug in den folgenden Wochen und Monaten wesentlich dazu bei, dass die Diskussion um den Flugplatz Kassel-Calden auch in Südniedersachsen Wellen schlug.

Vom selben Autor im Prolibris Verlag

Wolf S. Dietrich
Grobecks Grab
Göttingen Krimi
Paperback, 224 Seiten
ISBN 3-935263-05-8
2. Auflage 2001

Der Göttingen Krimi

Anna Lehnhoff, die junge Redakteurin beim Göttinger Tageblatt, recherchiert in einem mysteriösen Fall. Im Keller einer Bank wird bei Umbauarbeiten eine eingemauerte Leiche gefunden. Aber warum zeigt die Polizei so wenig Interesse an der Aufklärung? Die Spur führt in die 60er Jahre. Anna stößt bei ihren Recherchen auf den unaufhaltsamen Aufstieg eines Geschäftsmannes, späteren Ratsherren und Bürgermeisterkandidaten, dem das Haus und Grundstück am Kornmarkt gehörte, bevor 1964 die Westbank dort ihre Filiale baute. Je weiter sich die Journalistin in den Fall vertieft, desto mehr gerät sie in den Bann eines Verbrechens, dessen Wurzeln in die Zeit von Wirtschaftswunder, Flower-Power und APO reichen. Mit Hilfe eines jungen Kriminalkommissars kommt sie der Wahrheit so nahe, dass sie selbst in Lebensgefahr gerät.

Der Autor

Wolf S. Dietrich studierte in Göttingen Germanistik und Theologie, arbeitete als Lehrer und wissenschaftlicher Mitarbeiter an der Universität Göttingen. Neben seiner Arbeit als Pädagoge schreibt er Kurzprosa und Romane. Grobecks Grab ist sein vierter Krimi. Der Autor ist Mitglied im Syndikat, der Autorengruppe deutschsprachiger Kriminalliteratur.

Weitere Krimis aus dem Prolibris Verlag

Hubert Reimann

Mord im Eichsfeld

Eichsfeld Krimi

Paperback, 156 Seiten

ISBN 3-935263-07-4

1. Auflage 2001

Der Eichsfeld Krimi

„Du Gendarrm! Du hier! Gutt!", sagt der sowjetische Besatzungsoffizier, als er Kaminskis altes Soldbuch der Feldgendarmerie noch aus dem ersten Weltkrieg sieht. Und so wird aus dem sechzigjährigen Elektroingenieur 1945 überraschend ein Kriminalinspektor mit Schreibzimmer, Tisch und Stuhl, einem leeren Aktenordner in der Kommandantur Worbis - und Anrecht auf eine warme Suppe aus der Gulaschkanone! Sein erster Fall führt ihn in ein idyllisches Dorf in Grenznähe. Einen Kirchenraub soll er aufklären - und ahnt nicht, daß seine erste Leiche auf ihn wartet - der erste Mord einer grausamen Serie, die das ganze Dorf in Atem hält.

Der Autor

Hubert Reimann wurde 1936 im Eichsfeld geboren und erlebte als Kind den Zweiten Weltkrieg, die amerikanische und kurz darauf die sowjetische Besatzung seines Heimatdorfes. Erst Jahrzehnte später verdichten sich Erlebtes und Fiktion zu einer Romantrilogie um die Figur des Kaminski, deren erster Band hier vorliegt.